Das Kuh-Kommissariat

Steffi Hege, 1984 geboren, lebt zusammen mit ihrem Mann und ihrer kleinen Tochter im Westallgäu. Seit ihrem Hochschulabschluss 2006 arbeitet sie hauptberuflich als Sozialpädagogin im psychiatrischen Bereich. Ihre Freizeit verbringt sie gern in der Natur ihrer schönen Heimat und ist selbst begeisterte Leserin.

STEFFI HEGE

Das Kuh-Kommissariat

ALLGÄU KRIMI

emons:

Bibliografische Information der Deutschen Nationalbibliothek
Die Deutsche Nationalbibliothek verzeichnet diese Publikation in der Deutschen Nationalbibliografie; detaillierte bibliografische Daten sind im Internet über http://dnb.d-nb.de abrufbar.

MIX
Papier aus verantwortungsvollen Quellen
FSC
www.fsc.org
FSC® C083411

Umschlagmotiv: Christoph Jorda/LOOK-foto
Umschlaggestaltung: Tobias Doetsch
Gestaltung Innenteil: César Satz & Grafik GmbH, Köln
Lektorat: Christine Derrer
Druck und Bindung: CPI – Clausen & Bosse, Leck
Printed in Germany 2015
ISBN 978-3-95451-523-3
Allgäu Krimi
Originalausgabe

Prolog

Dem Pfleger des Altenstifts »Zur frohen Morgensonne« war nicht wohl in seiner Haut, und insgeheim verfluchte er sich dafür, dass er sich von der alten Frau hatte überreden lassen. Aber sie hatte die entscheidende Karte ausgespielt, und nur ein Mensch mit einem Herz aus Stein hätte ihre Bitte abweisen können. Die alte Frau würde bald sterben. Und sie musste ihr Leben noch schnell ins Reine bringen, bevor Gevatter Tod an ihre Tür klopfte. Dass sie ihm dabei eine tragende Rolle zugedacht hatte, fand er ungerecht. Schließlich war er nur ein niedrig bezahlter Hilfspfleger, der mit seiner Ausbildung nicht einmal die Tabletten, die bereits rationiert in den Boxen lagen, an die Bewohner des Seniorenstifts verteilen durfte. Nein, ihm waren die undankbaren Aufgaben anvertraut: Nachttöpfe ausleeren, Essensreste einsammeln und, wenn es mal hoch herging, Einlagen wechseln. Und ausgerechnet ihm hatte die alte Frau so zugesetzt, dass er sich nun auf dem Weg zu einem Wildfremden befand, um dessen Lebensgeschichte ordentlich durcheinanderzuwirbeln. Nein, das war wirklich nicht gerecht.

In ihm hatte die Alte sofort das schwächste Glied der Gruppe ausgemacht und damit auch Erfolg gehabt. Es fiel ihm schon immer schwer, anderen einen Wunsch abzuschlagen und seinen eigenen Willen durchzusetzen. Immerhin hatte er gegen die Zweifel seiner Eltern an seinem Berufsziel festgehalten.

»Altenpfleger willst du werden? Die werden dich aber gründlich ausnutzen, wenn du überhaupt die Ausbildung schaffst!«, hatte sein Vater nur höhnisch bemerkt. Sein Vater hielt ihn für einen Schwächling, der für ihn nahezu nicht existent war. Er hatte das Gefühl, dass sein Vater sich nur mit ihm beschäftigte, um seinen eigenen Frust abzubauen. So ließ er die Spitzen, die sein Vater auf ihn abschoss, geduldig über sich ergehen.

Leider hatte der Vater mit seiner Schwarzmalerei recht behalten; er hatte die Ausbildung nicht bestanden und daher den verkürzten Weg zum Hilfspfleger eingeschlagen. Damit hatte er sich zwar das erste Mal in seinem Leben ein wenig durchgesetzt, aber an der Richtigkeit seiner Berufswahl hatte er schon damals gezweifelt. Bereits in diversen Praktika in verschiedenen Pflegeheimen hatte er große Probleme mit dem Zeitmanagement bekommen, da ihn die alten Leute, die er eigentlich schnell abfertigen sollte, zu langwierigen Gesprächen genötigt hatten. Unfähig, sich zu entziehen, hatte er an den Betten der Bedauernswerten gestanden und sich bei ihren schleppenden Worten und ihrem Ringen darum, Gedanken in Worte zu fassen, gewunden. Ab und zu hatte er einen verstohlenen Blick auf seine Uhr geworfen und festgestellt, um wie viele Leute er bereits im Rückstand war, war aber zu höflich gewesen, den Erzählenden abzuwürgen oder einfach das Zimmer zu verlassen. War es ihm schließlich geglückt, weil die Geschichte zu Ende war und er panikartig den Raum verlassen hatte, bevor eine neue begann, oder weil der Erzähler müde über seine Worte einfach eingeschlafen war, war die Verspätung bereits uneinholbar groß.

Sein Berufsweg stand von Anfang an unter keinem guten Stern. Warum er gerade diesen Weg so zielstrebig verfolgt hatte, war ihm inzwischen ein Rätsel. Den Auftrag der alten Frau empfand er als weiteren Schritt ins Verderben.

»Das machen Sie schon, Jüngelchen«, hatte sie gesagt. »So ein sensibler Mensch, wie Sie es sind, wird meine Geschichte gut erzählen können, ohne das arme Kuckuckskind meines Mannes vor den Kopf zu stoßen. Glauben Sie mir, Sie sind genau der Richtige, um jemandem zu sagen, wer sein Vater war und dass es auch noch einen Halbbruder gibt. Dass sein Vater ihn nie gewollt hat, können Sie ja für sich behalten.«

Sie hatte ihm seine Schwächen als Stärken verkauft und ihn damit endgültig überredet. Hungrig nach Lob und Anerkennung, die ihm weder sein Vater noch die strenge Hierarchie im Pflegeheim gewährten, schenkte er ihr nur zu gern Glauben. Es war seine Pflicht, das bedauernswerte »Kuckuckskind« vor einem groben anderen zu bewahren, der ihm seine Lebenslügen womöglich um die Ohren hauen würde. Außerdem stand Weihnachten vor der Tür, und der Mann sollte die glückselige Botschaft, dass er ein noch lebendes Familienmitglied besaß, unbedingt vor dem frohen Fest erhalten. Vielleicht hätte er dann sogar jemanden, mit dem er feiern konnte.

Als er nun in seinem klapprigen Fiat Panda, in dem zu allem Übel nicht einmal die Heizung richtig funktionierte, durch die tief verschneite Winterlandschaft zu einem Bauernhof im Oberallgäu zockelte, beschlichen ihn massive Zweifel. Er fuhr einige Umwege, um das Unaufschiebbare noch hinauszuzögern und doch noch umzukehren. Er könnte der alten Frau sagen, dass er es nicht gekonnt hatte, oder sie anderweitig belügen. Er wusste, dass ihm beides nicht gelingen würde. Sie würde das nicht akzeptieren, ihn mit Sicherheit weiter unter Druck setzen oder seine Lüge sofort durchschauen. Trotz ihres Alters war sie eine scharfsichtige Person. Der hungrige Krebs, der in ihrem ganzen Körper wütete und sie innerlich auffraß, hatte ihr Gehirn bisher verschont.

Seufzend, mit vor Kälte klappernden Zähnen, schlug er dann doch den direkten Weg ein, um die Sache schnell hinter sich zu bringen. Während er in die Zufahrt zum Hof einbog, seufzte er ein letztes Mal und schwor sich, gleich am nächsten Tag zur Arbeitsagentur zu gehen, um sich einen anderen Job zu suchen.

16. April

16.00 Uhr, auf der Kuhweide des Höpflhofs

Berta stand im knietiefen Gras auf der Wiese am Waldrand des Bauern Höpfl und kaute träumerisch auf einem frisch gerupften Büschel Gras herum. Sie genoss die letzten Sonnenstrahlen, die noch über die Wipfel schienen. Es war ein perfekter Tag gewesen – der erste Tag im Frühling, an dem sie und ihre Gefährtinnen den Stall verlassen durften und auf die Weide getrieben wurden. In sattem Grün hatte sie vor ihnen gelegen, als hätte sie nur darauf gewartet, dass die fünfzehn Kühe von Bauer Höpfl in ausgelassenem Kuhgalopp, zu dem sie sich in jedem Jahr nach dem langen Winter im dunklen Stall hinreißen ließen, über sie hinwegfegen würden. Ja, Berta war mit den anderen wie ein junges Kalb über die Wiese getobt, die bereits nach kurzer Zeit recht mitgenommen aussah, und hatte vergnügt ihre eingerosteten Gelenke vom Winter befreit. Da sie alle miteinander keine jungen Kälber mehr waren, sondern gesetzte Milchkühe mittleren Alters, hatten sie das Toben, Auskeilen und Wettrennen nach kurzer Zeit eingestellt und sich daran gemacht, über das saftige Grün herzufallen und sich die Mägen mit dem jungen Gras zu füllen.

Zur Mittagsstunde erinnerte nichts mehr an den Übermut vom Morgen. Die zertrampelten Halme richteten sich im Sonnenschein wieder auf, die Kühe hatten sich schmatzend und zufrieden muhend zur Mittagsruhe gelegt, um im Sonnenschein zu dösen. Selbst die Fliegen waren zu träge, um sie zu stören, und ruhten sich lediglich auf ihren breiten Rücken aus. Der Nachmittag war ebenso friedlich verlaufen und wurde mit weiterem Fressen und Wiederkäuen verbracht.

Bald war es Zeit für den Eintrieb. Berta spürte das am fortgeschrittenen Stand der Sonne und daran, dass ihr Euter spannte. Bald würde ihr Bauer zur Wiese gelaufen kommen und sie mit seinen »Holadi komm – ho, ho, ho«-Rufen zusammentreiben und ermahnen, in den Stall zum Melken zurückzukehren. Berta war sich fast sicher, dass das erste Eintreiben des Jahres so beschaulich wie der verstrichene Tag werden würde.

Leider war das nicht immer der Fall. Oft hatten sie Quertreiberinnen in der Gruppe, die versuchten, den Haufen aufzumischen, aus der umzäunten Wiese auszubrechen, und abends partout nicht in den Stall zurückkehren wollten. So schlimm wie mit der Kuh Yvonne, von der regelmäßig im Radio berichtet wurde, das täglich den Stall beschallte, war es allerdings noch mit keiner gewesen. Berta verstand solche Kühe nicht. Sie fand es unsinnig, durch den Stromzaun zu brechen, nur um von einer saftigen Wiese auf ein anderes saftiges Stück Wiese zu gelangen. Wo lag da die Logik? Nein, sie war durch und durch eine vernünftige Kuh und das, was ein Bauer ein braves Stück Vieh zu nennen pflegte. Auch die tägliche Rückkehr in den Stall war für sie pure Erleichterung, da sie vom Druck des Euters, das sich im Laufe des Tages mit der Milch füllte, befreit wurde. Am nächsten Morgen ging es nach einer erneuten Melkprozedur ohnehin wieder auf die Wiese, wo sich im Frühling, Sommer und Herbst der größte Teil des Kuhlebens abspielte. Hier wurden Allianzen geschlossen und wieder gebrochen, Freundschaften gepflegt, neue Mitglieder der Herde, die im Winter in den Stall gekommen waren, offiziell in den Verband aufgenommen und auch Rat abgehalten, wenn es Dringendes zu besprechen gab. Manche der Kühe flirteten über den Weidezaun hinweg mit Ferdinand, dem Stier des Hofes, der eigentlich Barnabas hieß. Ferdinand? Berta schüttelte unwillig den Kopf. In ihren Augen war Ferdinand ein aufgeblasener Nichtsnutz, und über ihn wollte sie sich jetzt nicht den Kopf zerbrechen. Nein, viel lieber wollte sie die letzten Minuten im weichen Gras im Sonnenschein nutzen und sich Gedanken über ihre Zukunft machen. Morgen würde der Rat der Kühe tagen, und sie hegte frohe Hoffnung, zur neuen Leitkuh gewählt zu werden.

Sie hatte sich bereits in den letzten Jahren als enge Vertraute der bisherigen Leitkuh Trudi den Ruf erworben, vernünftig und besonnen die Kühe zu beraten und faire Entscheidungen zu fällen. Ja, besonders im vergangenen Sommer hatte sich dieser Ruf gefestigt. Trudi war längst vom Alter gezeichnet gewesen und hatte das Wort immer häufiger an Berta übertragen und ihr freie Hand gelassen. Trudi ... Berta seufzte. Mitten im Winter war sie dann dorthin gegangen, wo Kühe hingingen, die alt oder krank oder beides waren. Sie hatte den Stall verlassen und war vom Bauer Höpfl im Viehanhänger vom Hof gefahren worden. Danach war sie, wie so viele andere vor ihr, nie mehr gesehen worden.

Nun, da Trudi nicht mehr bei ihnen war, wurde eine neue Stallvorsteherin, eine Leitkuh, benötigt, die die Herde zusammenhielt und für anständiges Benehmen und Auskommen untereinander sorgte. Sie war dafür zuständig, Neulinge im Stall zu begrüßen und in die Regeln, die sich die Kühe selbst auferlegt hatten, einzuweisen. Berta hoffte auf dieses verantwortungsvolle Amt, das sie beschäftigen und ihre Tage füllen sollte. Sie war anders als die anderen Kühe, die ihr Dasein nur mit Fressen, Ruhen und Sonnen verbrachten und ihre Erfüllung ganz im Kuhsein fanden. Sie sehnte sich nach Anerkennung innerhalb der Gruppe und einer wichtigen Aufgabe.

Dass sie die nächste Leitkuh werden würde, war nicht unwahrscheinlich. Ihr Ansehen basierte auf ihrem guten Ruf als Beraterin, und sie war unter den Kühen beliebt. Viele sahen sie aufgrund ihres Alters zweifelsfrei als Mutterfigur. Berta würde wenig Überzeugungsarbeit leisten müssen, denn einigen Mitgliedern der Herde war es mehr als recht, die ihnen lästig erscheinenden Pflichten einer Leitkuh an eine andere abtreten zu können. Die Einzige, die ihrem Streben gefährlich werden konnte, war Lotti, ihre Stallnachbarin und enge Freundin.

Lotti war wie Berta eine ausnehmend freundliche, faire und bodenständige Zeitgenossin. Sie würde ihr wohl nicht in die Quere kommen, das wusste Berta. Denn Lotti kannte ihr Sehnen und würde sich mit dem Rang der engen Beraterin an ihrer Seite zufriedengeben. Damit war es für Berta abgemachte Sache, dass die morgige Abstimmung eindeutig zu ihren Gunsten ausfallen würde. Ihre Gedanken wurden vom Rufen des Bauern unterbrochen, der sie zum Melken in den Stall rief. Die Kühe setzten sich, wie von Berta erwartet, ohne großen Widerstand in Bewegung. Manche nutzten den Weg zur Lücke der Weide, die der Bauer für sie geöffnet hatte, um noch ein paar letzte Grasbüschel zu rupfen, bevor sie sich einträchtig im Gänsemarsch auf den Weg zu ihrer Behausung machten.

17.15 Uhr, auf dem Höpflhof

Anton ging seinen Kühen vorneweg und grübelte. Zum Glück benahmen sich seine Kühe ausgesprochen brav bei ihrem ersten Eintrieb nach der langen Winterpause. Seine Lockrufe, auf die sein Vieh reagierte und die er in regelmäßigen Abständen ausstieß, kamen automatisch, fast mühelos, aus seinem Mund und verrieten nichts von den dunklen Gedanken, die ihn plagten. Mit zusammengekniffenen Augen blickte er in Richtung Hof, als könnte er seine Frau Sieglinde durch die dicken Mauern des Wohnhauses erspähen. Sicher saß sie wieder einmal am Küchentisch und trank ihre Tasse Cappuccino, bevor sie sich ebenfalls an ihre abendliche Arbeit machte. Eine weitere Eigenart, die sich im Laufe der letzten Monate in ihr immer merkwürdigeres Gehabe eingeschliffen hatte. Wann diese seltsamen Verhaltensweisen angefangen hatten oder womit, konnte er im Nachhinein nicht mehr sagen. War es die Tasse Cappuccino gewesen? Oder dass sie sich beim Friseur regelmäßig *Strähnchen* machen ließ? Fing es mit den grellbunten Leggins und den Röcken an, die sie neuerdings auch zu Hause trug und die für seinen Geschmack eindeutig zu kurz waren – immerhin reichten sie nur bis knapp über die Knie? Oder war es der Umstand, dass sie nach der Stallarbeit, bei der sie neuerdings kein Kopftuch mehr trug, sofort ihre Haare wusch, um den Stallgeruch herauszubekommen? Sie hatte sich verändert, und er erkannte seine Sieglinde kaum mehr wieder – *Strähnchen*! Sollte sie doch ganz aufhören, sich die Haare zu färben, dann wären ihre Haare vom beginnenden Grau mehr als strähnig genug. *Cappuccino*. Pah! Sollte sie doch einen anständigen Kaffee trinken oder ihren immer dünner werdenden Hintern am besten gleich in den Stall bewegen und sich um die Kälber kümmern, die ihn bereits hungrig angebrüllt hatten, als er losging, um seine Kühe zu holen.

Für den modischen Kram, den Sieglinde neuerdings auslebte,

hatte er nichts übrig. Humbug, der zudem noch Geld kostete. Er wünschte sich seine alte Sieglinde zurück, die herzhaftes Essen kochte und am Sonntag einen Braten mit üppigen Beilagen zubereitete, anstatt auf leicht verdauliche Kost zu achten.

In seine düsteren Gedanken vertieft, die sich als Wut in seinem Magen zusammenballten und die sich bald Bahn brechen mussten, sollte Sieglinde nicht schleunigst beschließen, wieder normal zu werden, bemerkte er den Wagen nicht, der auf seinen Hof zusteuerte. Ein gepflegter Geländewagen in schickem Dunkelgrau kam vor dem Wohnhaus auf der gepflasterten Fläche zum Stehen. Diese Tatsache verriet bereits einiges über den Fahrer, der anscheinend weder sein Auto noch seine Schuhe unnötig schmutzig machen wollte, sonst hätte er wie jeder andere Besucher seinen Wagen auf der gekiesten Einfahrt des Hauses abgestellt und nicht auf dem Pflaster vor dem Wohnhaus der Höpfls, das gleichermaßen als Terrasse und Dekorationsfläche diente. Nun stand das Fahrzeug gekonnt eingeparkt zwischen den Blumentöpfen und Gartenstühlen, die Sieglinde bereits aus dem Keller herangeschleppt hatte.

Nachdem er den Gast wahrgenommen hatte, wunderte sich Anton darüber, dass seine Frau ausgerechnet dafür zwischen ihrer exzessiven Pflege und dem Cappuccino Zeit gefunden hatte, und ärgerte sich gleichzeitig über den arroganten Besucher, der immer noch in seinem Fahrzeug hantierte.

Anton ließ sich von ihm nicht aus der Ruhe bringen, trieb seine Kühe in den Stall und kettete jede einzelne an ihrem Platz gut an. Feine Herrschaften, die auf seiner Terrasse parkten, hatte er gefressen. Das Bürschchen – er war sich sicher, dass es ein Mann sein musste, denn Frauen fuhren selten einen solch großen Wagen und konnten nicht so versiert einparken – brachte mit seinem Verhalten den Rebellen in ihm zum Vorschein. Der Gast sollte ruhig auf ihn warten.

Als Anton in der Stalltür erschien, sprang die Tür des Wagens augenblicklich wie von Zauberhand auf, und zwei lange Beine, die in eleganten Lederschuhen und eng sitzenden Bluejeans steckten, wurden sichtbar. Was folgte, rief in Anton vielschichtige Gefühle hervor. Johannes von Stegmann, der ortsansässige

Tierarzt, stieg aus dem Wagen. Sein Outfit wurde von einem weißen Hemd und einer dunkelbraunen Lederjacke ergänzt. Die oberen Knöpfe des Hemdes waren geöffnet und ließen den Blick auf diverse Lederbänder frei, die um den Hals von von Stegmann geschlungen waren und auf dem glatten, haarlosen Brustansatz – rasiert, so mutmaßte Anton – ruhten.

Bäh, dachte Anton, wer will denn das sehen? Ein Mann hatte sich seines Erachtens höchstens im Gesicht zu rasieren und Frauen gar nicht.

Von Stegmann ging mit einem breiten Lächeln, das perlweiße Zähne zum Vorschein brachte, Anton aber eher an das Zähnefletschen eines Hofhundes erinnerte, auf ihn zu.

Er streckte Anton die Hand entgegen. »Anton, alter Freund, schön, dass ich dich hier antreffe.«

Wo sollte ich denn sonst sein, wenn nicht auf meinem Hof?, dachte Anton, erwiderte aber den Gruß mit einem angestrengten Lächeln. »Johannes. Schön, dass du vorbeischaust. Wie geht es dir und deiner Tina? Wir haben uns ja schon ewig nicht mehr gesehen. Zuletzt bei der Untersuchung von Barnabas, meinem Mollen.«

»Ja, das war, als ich mir deinen Stier angesehen habe. Toller Bursche!« Bewusst benutzte er den hochdeutschen Begriff für das besagte Tier. Von Stegmann legte wenig Wert darauf, sich sprachlich den Westallgäuer Einheimischen anzupassen. Lieber wollte er sein reines Hochdeutsch kultivieren, das ihn seiner Meinung nach in einen anderen Stand als den des gemeinen Westallgäuers erhob. Als er die Ränder unter den Fingernägeln von Anton sah, zog er möglichst unauffällig seine Hand zurück.

»Ach Tina, das hat nicht geklappt. Manche Frauen sind eben nicht das, was sie auf den ersten Blick versprechen. Aber es bahnt sich etwas Neues an, diesmal tatsächlich etwas Ernsthaftes. Diese Frau könnte es schaffen, mich einzufangen.« Lachend schob er sich mit einer schwungvollen Handbewegung die schwarzen Locken aus der Stirn, die verwegen dorthin gerutscht waren.

»Aber lass uns nicht über meine Liebschaften sprechen, sonst stehen wir morgen noch hier.« Von Stegmann zeigte wieder dieses strahlend weiße Zahnpastalächeln, das jenes von Anton einfrieren ließ. »Sprechen wir übers Geschäftliche: Barnabas. Ich habe seinen Stammbaum geprüft, und die Spermien wurden im Labor untersucht.« Bekümmert schüttelte er den Kopf. »Leider ein hervorragendes Laborergebnis, das einem eher mittelmäßigen Stammbaum gegenübersteht.«

»Hm.« Anton war wenig überrascht vom Untersuchungsergebnis, hatte er diesem Möchtegernveterinär doch von Anfang an gesagt, dass Barnabas nicht gerade Spitzengene in sich trug. Aber der Großkotz, der nun auf seiner Terrasse lässig an seinem blitzblanken Wagen lehnte, war der Meinung, dass mit Barnabas viel Geld in der Zucht und durch den Verkauf seiner Spermien zu verdienen war. Nun, der Traum vom schnellen Geld war wahrlich schnell ausgeträumt. Unglücklicherweise hatte Sieglinde den Gedanken von von Stegmann schnell aufgegriffen und bereits große Pläne geschmiedet, was sie beide mit dem bevorstehenden Geldsegen anfangen könnten. Wenn Anton jetzt darüber nachdachte, war er sich nicht mehr so sicher, ob Sieglinde ihn überhaupt noch in ihre Überlegungen miteinbezog.

»Aber, aber … ich sagte doch, das lässt sich mit den richtigen Kontakten klären. Wir müssen Barnabas abstammungstechnisch sozusagen etwas optimieren. Mit Hilfe meines Bekannten ist das *no problem*, alles bereits geritzt. Vorausgesetzt, du bist bereit, dich diesen Gefallen etwas kosten zu lassen.« Eine Spannung, die im krassen Gegensatz zum lockeren Tonfall von von Stegmann stand, hing in der Luft.

Ja, es waren deutliche Worte in diese Richtung gefallen. Von Stegmann hatte Anton gesagt, wenn er mit Barnabas Geld verdienen wolle, müsse er rechtlich eher wackeliges Gebiet betreten. Anton, von Stegmann und eine weitere, ihm unbekannte Person würden diesen Schritt gemeinsam unternehmen und damit alle drei gleichermaßen an den Gewinnen beteiligt. Unsicherheit hatte in den letzten Tagen an Anton genagt. Was sollte das olle Geld? Ja, Johannes von und zu Stegmann hatte es nötig. Mit seinem geschliffenen Gequatsche, teuren Auto und hautengen Jeans musste er schließlich regelmäßig eine neue Blondine beeindrucken. Aber er selbst war schließlich Landwirt, der von seinem Betrieb ganz gut leben konnte, und kein Tierarzt, der sich bei seiner Arbeit zwar ungern die Hände schmutzig machte – Anton hatte von Stegmanns Reaktion auf seine Hände sehr wohl bemerkt –, bei den Frauen aber vom Bild des attraktiven, gebildeten und gut verdienenden Burschen vom Land profitierte. Anton brauchte so etwas nicht, aber seit er am Morgen Sieglinde geschminkt im Stall gesehen hatte, beschlichen ihn massive Zweifel. Wollte er seine Ehe retten, würde er seiner Frau etwas bieten müssen. Auch wenn er sie nicht verstand, liebte er Sieglinde auf seine etwas verschrobene und altmodische Art von ganzem Herzen. Zur Not sollte sie doch zur Wellnesskur und zum Beautywochenende gehen. Hauptsache, sie blieb bei ihm. So, wie die Dinge standen, würde sie das langfristig nicht tun, da war sich Anton sicher.

Ohne zu zögern schlug er in von Stegmanns ausgestreckte Hand ein, die dieser zur Besiegelung des Vertrages nun doch Antons schmutzigen Fingern opferte.

»Ich komme die nächsten Tage noch mal, dann stoßen wir auf unser Geschäft an. Ich sehe zu, schnellstmöglich einen Termin mit meinem Kontaktmann zu bekommen, um den Deal fix zu machen«, rief von Stegmann, sprang in sein Auto und raste vom Hof. Er rammte dabei den Blumenkübel, der beim linken vorderen Autoreifen gestanden hatte und nun in seinen Scherben lag.

Sieglinde hatte die Begegnung zwischen dem gut aussehenden Tierarzt, dessen Charme sie durchaus verfallen wäre, hätte sie auch nur ansatzweise seinem Beuteschema entsprochen, und ihrem Mann aus dem Stubenfenster sorgsam verborgen hinter einem Vorhang beobachtet.

Bezüglich ihrer Chancen bei Johannes von Stegmann machte sie sich nichts vor: zu alt, zu einheimisch und nicht blond. Sosehr sich Sieglinde auch bemühte, ihren eingeschliffenen Dialekt wurde sie nicht los. Selbst wenn ihr mit höchster Konzentration ein paar Sätze reines Hochdeutsch gelangen, klang es falsch und aufgesetzt. Nein, sie war hier im Gai, nur drei Nachbardörfer entfernt, geboren und aufgewachsen, und das hatte unwiderruflichen Einfluss auf ihre Sprachentwicklung und Persönlichkeitsformung genommen. Bitter dachte sie darüber nach, was für ein Mensch sie hätte sein können, wenn sie ihre Kindheit in einer größeren Stadt verbracht hätte und nicht als Tochter eines Milchwagenfahrers und einer Schneiderin, die Änderungsarbeiten für »Vögele« machte. Sieglinde war ein höchst unsicheres und scheues Kind gewesen, hatte sich immer brav an Regeln gehalten und die Wertvorstellung ihres Vaters, der dem Alter nach auch ihr Großvater hätte sein können, nie hinterfragt und diese schließlich übernommen. Heute, mit fast fünfzig Jahren, kam sie recht altmodisch in einer auch auf dem Lande modernen Zeit daher. Und dieser Entwicklung wollte sie sich nicht länger verschließen. Sie hatten auf dem Höpflhof ein Telefon und seit einem Jahr sogar einen Computer, um die Buchhaltung zu vereinfachen. Musik hörten sie im Radio, eben das, was die Heimatsender spielten. Zum Friseur ging sie einmal im Halbjahr, so wie ihre Mutter ihr das als Kind beigebracht hatte – vor Ostern und vor Weihnachten. Dem ewigen Nörgeln ihrer Friseurin hatte sie irgendwann nachgegeben und sich ihr praktisch geschnittenes Haar färben lassen, um ihre zu früh ergrauenden Strähnen zu verbergen – in einem Farbton, der sich »Mittelbraun« nannte.

Sie sehnte sich nicht nach mehr Beachtung oder Bewunderung bis zu dem Zeitpunkt, an dem sie Petra Steingut kennengelernt hatte, die kurz darauf zu Petra Bernbach wurde, indem sie den Großbauern Bernbach heiratete. Ja, Petra hatte Sieglindes Welt und ihre Ansichten von einem guten Leben ordentlich durcheinandergewirbelt, dabei hatte sie Petra nicht einmal sonderlich gemocht. Vielmehr ehrfürchtig bewundert für ihre präsente Art und ihr selbstbewusstes Auftreten, das jeden in ihren Bann zu schlagen schien. Petra war keine sonderlich schöne Frau, verstand es aber, das Beste aus dem, was ihr die Natur mitgegeben hatte, zu machen. Sie war nicht wie Sieglinde auf die etwas biedere Art gekleidet, die vor allem praktisch war. Wozu sich schminken, wenn es nur der eigene Mann und die Kühe im Stall sahen? Warum sich die Haare frisieren, wenn sie zweimal täglich unter dem Kopftuch verschwanden, um den Kuhgeruch etwas zu dämpfen? Immerhin ließ sich Sieglinde trotz ihrer altmodisch anmutenden und unscheinbaren Art nicht gehen, sie war dennoch eine gepflegte Frau.

Petra hatte mit ihrer lauten und einnehmenden Weise, mit der sie in ihre Welt eingebrochen war, eine Saite in Sieglinde zum Klingen gebracht, die tief in ihrem Inneren darauf gewartet hatte, entfesselt zu werden. Petra hatte ein gewinnendes Wesen, was sich bald in verschiedenen Gesprächskreisen und Versammlungen der Landfrauen und sogar bei Sieglindes Freundinnen zeigte, die rundum begeistert von ihr waren. Sieglindes anfängliche Bewunderung, weil Petra sich so schnell integriert hatte, war in nagenden Neid umgeschlagen. Giftige Missgunst rumorte in ihr, die mit jedem Treffen wuchs. Eigentlich hatte sie immer so sein wollen wie Petra.

Sieglinde selbst hatte sich immer schwergetan, Freundschaften zu schließen, und sie mutmaßte, dass viele ihrer Bekannten und Freundinnen es nur deshalb waren, weil sie die Gemeinsamkeit des Bäuerinnendaseins verband. Sie war keine sehr aufregende Person und konnte wenig Interessantes in ein Gespräch einfließen lassen, da sich ihre kleine Welt fast ausschließlich um den Höpflhof drehte. Petra hatte immer neue Schönheitspflegetipps parat, einen neuen Kleiderladen oder ein gemütliches Einkehrstübchen entdeckt. Sie war klug und gebildet und wusste vieles bei den Landfrauen einzubringen. Aufgaben, wie zum Beispiel kleine Geschenke zu Geburtstagen oder zu anderen besonderen Anlässen zu besorgen, die bisher Sieglinde in Form von eingemachter Erdbeer-Rhabarber-Marmelade oder einem selbst gebackenen Kuchen organisiert hatte, wurden mehr und mehr in Petras Hände gelegt. Wie waren doch die dummen Hennen des Gesprächskreises in entzückte Begeisterung ausgebrochen, als Petra einmal selbst gefertigte Duftseifen in Röschenform an eine von ihnen verschenkt hatte. Tapfer musste Sieglinde zusehen, wie ihr Posten als Leiterin der Gesprächsrunde bei der Wiederwahl an Petra übertragen wurde, die ihn mit freudig geröteten Wangen und Tränen in den Augen über ihr Glück, dass sie so warmherzig von diesen Frauen aufgenommen worden war, entgegengenommen hatte. Feierlich hatte sie versprochen, spannende Vorträge und Workshops zu organisieren, und der jährliche Ausflug ging, statt in eine Staudengärtnerei, in ein Wellnesshotel zu einem Beautytag mit Gesichts- und Dekolletémassagen, die durch Stirngüsse ergänzt wurden. Trotz des Unmuts, den Petra in ihr hervorrief, hatte Sieglinde einige Schmink- und Pflegetipps aufgeschnappt, die Petra gut gemeint in die allgemeine Runde geworfen hatte, und sie heimlich ausprobiert. Nach außen hin achtete sie jedoch geflissentlich darauf, die Alte zu bleiben. Keiner sollte merken, wie sehr Petra sie verunsicherte und wie gern sie so sein wollte wie sie. Diese Genugtuung wollte sie Petra nicht gönnen.

Petra brachte ihr scheinbar Bewunderung entgegen. Sieglinde war sich allerdings sicher, dass ihre Komplimente für ihr natürliches Wesen und ihren Teint, der auch ohne Make-up frisch und rosig aussehe, und ihre lange Beziehung und Ehe mit Anton nur aufgesetzt waren.

Anton ... Sieglinde seufzte auf. Sie hatte versucht, Schwung in ihre Beziehung zu bringen, indem sie Ausgeh-Abende in die von Petra entdeckten Einkehrstuben initiierte. Anton hatte zwar anfangs mitgespielt, aber bei seinem zunehmenden Gemoser über die verlorenen gemütlichen Abende zu Hause und seine Müdigkeit am nächsten Morgen, weil er nicht pünktlich ins Bett kam, hatte Sieglinde ihre Versuche bald eingestellt. Ihre Ehe war festgefahren, und Anton war mit seinem Leben, so, wie es war, zufrieden. Nichts störte diesen Frieden, nicht einmal das Geplärr von Kindern; ihre Ehe war kinderlos geblieben. In stillschweigendem Einvernehmen hatten sie beide diese Tatsache akzeptiert. Sie und Anton hatten ihre Kinderlosigkeit nie hinterfragt, wollten sich keinen medizinischen Tests unterziehen oder auf unnatürliche Weise versuchen, doch noch ein Kind zu zeugen. Es hatte halt nicht sein sollen, dachte Sieglinde gottergeben. Und wenn sie ehrlich war, hatte sie ihre Freundinnen, die sich bei ihren Treffen mit zum Teil mehreren rotznasigen, quengelnden Kindern und später pubertierenden Teenagern herumgeschlagen hatten, nicht gerade um deren Aufgabe beneidet.

Aber so hätten sie und Anton wenigstens ein bisschen Abwechslung neben dem Hof gehabt und hätten nicht ihre freien Stunden mit Fernsehen und Stricken füllen müssen. Sie lebten nebeneinanderher und konnten ihr fades Leben nicht einmal mit Ausreden wie »Das geht wegen der Kinder nicht« rechtfertigen. Weder vor sich selbst noch vor anderen. Raum für Veränderung und eine erneute Annäherung als Liebespaar wäre da gewesen, aber Anton fehlte jegliche Bereitschaft dazu.

Ihr Blatt hatte sich gewendet, als Petra immer spärlicher zu den Versammlungen und Treffen der Landfrauen erschienen war. Sie kam mit fadenscheinigen Ausreden an, ihr ginge es nicht so gut. Pah! Diese Frau hatte doch eine Rossnatur. Wahrscheinlich wurden ihr die Bäuerinnen, sie selbst und ihre Freundinnen, zu langweilig, und Petra suchte bereits nach einem Ausweg, sich einen aufregenderen Freundeskreis zuzulegen. Ihre Mutmaßungen hatten sich als falsch erwiesen, als bekannt wurde, dass Petra tatsächlich ernsthaft krank war – Krebs, eine seltene und aggressive Form. Ein halbes Jahr später war sie gestorben.

Natürlich war auch Sieglinde betroffen vom schnellen Dahinsiechen und elenden Sterben einer Frau, die eben noch in der Blüte ihres Lebens gestanden hatte und jetzt einen trauernden Witwer hinterließ. Sieglinde war schließlich nicht aus Stein. Trotzdem vermisste sie Petra nicht sonderlich.

Ohne großes Aufheben hatte sie ihren Posten in der Gesprächsgruppe wieder übernommen und als repräsentative Beileidsbezeigung einen Besuch beim Witwer Bernbach abgehalten. Was sie auf dem gepflegten und beinahe pompösen Bernbachhof vorgefunden hatte, verstörte sie zutiefst: einen von Trauer gebeutelten Mann, der sich an sie klammerte und schluchzte wie ein kleines Kind. Georg Bernbach hatte niemanden, der ihn auffing und ihm zuhörte, wenn er stundenlang von seiner Petra und ihrem unglücklichen Schicksal sprach, weinte und gegen Gott und dessen Grausamkeit zürnte.

Sieglinde war wiedergekommen, hatte ihn besucht, ihm zugehört und ihn im Arm gehalten. Zwar war ihr sein Verhalten äußerst unangenehm, denn so hatte sich in ihren Augen ein Mann nicht zu benehmen, sie konnte sich aber der Verzweiflung, mit der Georg Bernbach sich an sie klammerte, nicht entziehen.

Ja, und so war es dann geschehen. Georg, der sich in seiner Trauer um seine verlorene Liebe wie ein Ertrinkender an einem Strohhalm, Sieglinde, festhielt, da er außer ihr niemanden auf der Welt hatte, wagte in der Übertragung seiner Gefühle von Petra auf Sieglinde einen ersten zaghaften Kuss. Unter dem Deckmantel verschiedenster Gefühle, die von beiden mit Verliebtheit verwechselt wurden, wie Sieglinde inzwischen wusste, entspann sich eine Liebschaft, die bis zum heutigen Tage anhielt.

Sieglinde war zwar mittlerweile durchaus klar geworden, dass ihre erste freudige Überraschung, von einem Mann auf sexuelle Weise wahrgenommen zu werden, durchaus nichts mit Liebe zu tun hatte, ließ Georg aber in dem Glauben.

Zunächst war es eine Unterbrechung ihrer Einöde, doch nach einigen Wochen war auch ein berechnendes Kalkül hinzugekommen. Warum sollte sie nicht Petras Platz einnehmen? Die herausragende und immer eine Spur bessere Frau des Bernbachbauern werden, eines Großbauern, der immerhin einen repräsentativen Hof und ein ordentliches Vermögen besaß, wie sie inzwischen erfahren hatte. Bei seinem Lamentieren hatte Georg ihr vom frühen Unfalltod von Petras Eltern berichtet, ihr Vater war Inhaber einer gut gehenden Baufirma gewesen und Petra die Alleinerbin. Mit dem Verkauf der Firma hatte sie ein hübsches Sümmchen mit in die Ehe gebracht.

Der Gedanke setzte sich in ihr fest, und Sieglinde achtete mehr auf ihr Äußeres, schminkte sich und ließ sich eine modernere Frisur mit Strähnchen verpassen. Ihre Friseurin, die dumme Pute, hatte ihr Glück kaum fassen können, sich endlich auf Sieglindes Kopf ausleben zu dürfen.

Mit den Veränderungen und der Erweiterung ihres Horizontes hatte aber auch die Unzufriedenheit in ihrem Leben Einzug gehalten. Außer Georg war niemand da, der ihre positive Verwandlung zur Kenntnis nahm. Anton sah nur die Unruhe, die die neue Sieglinde hervorbrachte, und die Kühe glotzten sie wie immer dümmlich kauend im Stall an. Trotz der lockenden Aussichten, die Georg ihr bot, zögerte Sieglinde, den letzten und entscheidenden Schritt zu wagen: Anton zu verlassen. Was würden die Freundinnen sagen und die Frauen des Gesprächskreises? Ihre Rivalität mit Petra war ein offenes Geheimnis gewesen. Schließlich lebten sie auf dem Land, und ihr Ruf stand auf dem Spiel. Sieglinde hatte Angst, ins Bodenlose abzustürzen. Für dieses Problem hatte sie noch keine Lösung gefunden. Egal, wie sie ihre verfahrene Situation gedanklich drehte und wendete, sie konnte nicht gewinnen. Bald jedoch würde sie sich entscheiden müssen, Georg drängte immer mehr auf eine Klärung ihrer Verhältnisse. Und obwohl sie sich so viel Attraktivität seit dem Beginn der Liebschaft zugelegt hatte und Georg ihre Veränderungen sehr schätzte, würde sie ihn nicht mehr lange hinhalten können.

Frustriert darüber, dass ihr Leben so kurz davor war, sich zum Besseren zu verändern, sie diese Chance aber nicht würde wahrnehmen können, hatte sich Sieglinde noch mehr von Anton zurückgezogen, den sie als Wurzel ihres Übels empfand. Er, der sich nicht ändern wollte, der nicht bereit war, ihr in ihren verbleibenden Jahren noch etwas zu bieten, und sie stattdessen nur an diesen Hof kettete.

Jetzt, als sie ihren Mann Anton an diesem Dienstagmorgen mit Johannes von Stegmann vom Fenster ihrer Stube beobachtete und den abschließenden Handschlag zufrieden zur Kenntnis nahm, fiel ihre endgültige Entscheidung.

17.45 Uhr, im Stall des Höpflhofs

Anton hatte bereits begonnen, die Kühe zu melken, und war bei Lotti angekommen, als Sieglinde den Stall betrat. Ihre mittlerweile ansehnlich schlanken Beine steckten in Leggins, zu denen die Gummistiefel, in die sie soeben schlüpfte, nicht so recht passen wollten. Argwöhnisch blickte Anton am Hintern von Lotti vorbei, um seine Frau genau zu betrachten. Ja, sie war schon recht hübsch geworden in letzter Zeit. Das konnte der Mann in ihm nicht leugnen. Aber anstatt sich an ihrem attraktiven Bild zu erfreuen, das sie mit ihrem am Hinterkopf toupierten kurzen Haar und ihrem perfekten Augen-Make-up, das ihr einen erotischen Augenaufschlag bescherte, abgab, weckte es sein Misstrauen. Jetzt kam sie schon wieder so aufgebrezelt in den Stall. Was wollte sie damit bezwecken? Für wen richtete sie sich denn so spät am Abend noch derart adrett her? Für ihn bestimmt nicht! Er hatte ihr bereits tausendmal versichert, dass er sie so mochte, wie sie von Natur aus war, und dass sie sich quälende Selbstbehandlungen wie Augenbrauenzupfen und Beinewachsen für ihn sparen konnte.

Plötzlich dämmerte es ihm. Sieglinde hinter dem Vorhang

in der Stube, den Blick auf den Schnösel gerichtet, der wie ein in Leder und Bluejeans gekleideter Pfau auf seiner Terrasse herumstolziert war. In engen Bluejeans. Die Erkenntnis traf ihn wie ein Schlag in die Magengrube. Sieglinde versuchte gar nicht, ihre Ehe in Schwung zu bringen, sie machte das für einen anderen Mann! Für Johannes von Stegmann? Hatte sie etwa gehofft, ihn im Stall bei der Behandlung eines seiner Tiere anzutreffen, und sich deshalb so herausgeputzt? Erneut donnerte die Eisenfaust in seinen Magen, es passte alles zusammen, und zügig fügten sich die Puzzleteile, die er in den vergangenen Stunden in seinen düsteren Gedanken zu ordnen versucht hatte, zu einem Bild zusammen. Was hatte der eitle Pfau gesagt? Es bahne sich etwas Neues an – etwas *Ernsthaftes*. Und das mit einer Frau, die auf den ersten Blick nicht das zu sein schien, was sie tatsächlich war. Nein. Nicht mit ihm und nicht mit *seiner* Sieglinde. Und doch bestärkte ihr verändertes Äußeres seine ärgsten Vermutungen. Wahrscheinlich hatten sich die beiden ineinander verliebt, vielleicht sogar im letzten Herbst, als er mit der schweren Grippe im Bett lag und Sieglinde allein die Arbeit verrichtet hatte. Von Stegmann war ein paarmal zur Behandlung von Bella da gewesen, die sich am Huf verletzt hatte. Was hatte Sieglinde – nein, die beiden – getrieben, während er halb tot im Bett lag? Ihm wurde fast schlecht bei dem Gedanken.

Lotti keilte mit dem Hinterbein aus, Anton hatte seine sich steigernde Wut beim Ausmelken an ihrem Euter abgelassen.

»Schon gut, altes Mädel, tut mir leid … du kannst ja nix dafür«, brummelte er, tätschelte ihr dickes Hinterteil, das wegen ihrer fortgeschrittenen Trächtigkeit in den letzten Wochen ein beachtliches Ausmaß angenommen hatte, und kletterte hinter der Kuh hervor, um Sieglinde zur Rede zu stellen. »Du, mir sollte mal miteinander reden«, sprach er Sieglinde unsicher an.

Diese quittierte seine Anrede mit einem gezielten Augenaufschlag ihrer dramatisch getuschten und gebogenen Wimpern in der Erwartung, dass er ihr den nahenden Geldsegen offenbaren würde und mit ihr Pläne für die Zukunft schmieden wollte. Zufrieden kostete sie die Sekunden aus, bis das Gewitter über sie hereinbrach.

Anton holte tief Luft; die Beherrschung, die es ihn gekostet hatte, Sieglinde in höflicher Form anzusprechen und nicht sofort loszutoben, hatte sich in Wohlgefallen aufgelöst. »Du alte Schlampe! Was denkst denn, wer du bist? Mich so vorführen vor dem dämlichen Lackaffen. Die neuerdings so feine Dame hat eine Liebelei mit dem ach so feinen Herrn Tierarzt. Wennst schon so schamlos in der Gegend herumliebeln musst, kannst dir nicht wenigstens an gescheiten Mann aussuchen?«

Erschrocken wich Sieglinde vor Anton zurück. Derartige Ausbrüche kannte sie von ihm nicht, war er doch sonst ein durchaus gutmütiger und beherrschter Mann. Sie verstand nicht – Johannes von Stegmann? Liebelei? Glaubte er etwa, sie habe ein Verhältnis? Ein Verhältnis mit *ihm*?

»Anton«, rief sie aus und lief ihm nach, weil der mittlerweile herumgewirbelt war und sich im Laufschritt auf dem Weg in den Heuschober befand. Kurz vor der Milchkammer holte sie ihn ein. »Anton«, keuchte sie, denn trotz ihrer Gewichtsabnahme war sie sportlich gesehen kein Stück fitter geworden. »Was glaubst du denn? Mit dem hab ich doch keine Liebelei.«

Anton war stehen geblieben. Misstrauisch funkelte er sie an. »Ach ja? Der hat eine Neue am Haken. Du hast ihn beobachtet. Und schau dich doch an, wie ein billiges Stadtflittchen kommst hier in den Stall.«

»Anton, nein. Und wenn du mir nicht glaubst, dann überleg doch mal ganz realistisch: Würde der so eine wie mich überhaupt anschauen? Ich bin über vierzig und dem seine Frauen sind doch höchstens Mitte zwanzig. Außerdem hab ich keine langen blonden Haare, und dem seine Liebschaften sind ausnahmslos Blondinen …« Sieglinde legte sich ins Zeug. Nun galt es, die Situation zu retten. Anton ahnte ja nicht, wie nahe er der Wahrheit gekommen war. Aber sie hatte ihn nicht angelogen, als sie sagte, dass sie mit Johannes von Stegmann kein Verhältnis hatte. Und ohne es zu wissen, hatte sie ja auch seinen Wunsch erfüllt und sich einen »gescheiten Mann« als Liebhaber ausgesucht.

»Hmmm«, brummte Anton und war fast geneigt, ihr zu glauben; das, was sie sagte, hatte zumindest einen wahren Kern.

»Hallihallöchen! Keiner da? Hier ist die Hiltrud«, klang das Rufen ihrer lästigen Nachbarin, Hiltrud Gersberger, aus der Milchkammer.

Vermutlich kam die Ökotussi, um sich wieder mal billig Milch einzukaufen. Na ja, wenigstens erkannte sie den Wert von vollwertiger Milch an, dachte Anton jetzt milder gestimmt, warf einen letzten zweifelnden Blick auf Sieglinde und öffnete die Tür zur Milchkammer, die nur angelehnt war.

»Hiltrud, es gibt heut noch keine Milch, wir sind spät dran, komm doch in 'ner Stunde wieder«, nuschelte er verlegen. Hatte sie ihren Streit mitbekommen? Anton war der Gedanke daran zutiefst unangenehm, fand er doch Leute, die ihre Probleme in der Öffentlichkeit auslebten, unmöglich. Vor allem wenn es um so pikante Themen wie Ehebruch ging. Da schämte er sich regelmäßig sogar für Prominente, die ohne Schamgefühl ihr Sexualleben und mit wem es stattfand im Fernsehen diskutierten. Dass seine Milchkammer nicht die Öffentlichkeit war und es von ihm nicht geplant gewesen war, dass jemand mithörte, spielte dabei keine Rolle.

»Ach, mein guter Anton. Das ist ja gar kein Problem. Ich komme später wieder, dann verschiebe ich mein Abendessen einfach ein bisschen. Das schadet mir auch nicht«, flötete sie und klopfte sich auf die breite Hüfte. Sie nahm Anton beim Arm und erzählte ausführlich über ihre aktuelle Entdeckung eines Neunkorn-Müslis, das absolut ökologisch hergestellt worden war und das natürlich nur in Kombination mit seiner vollwertigen Milch genießbar sei. Anton hörte nur halb zu, ihn interessierte vielmehr, ob sie etwas und was sie mitbekommen hatte. Zumindest ließ die olle Gersberger sich nichts anmerken. Fast eine Viertelstunde verging, bis er sie endlich losgeworden war.

Zurück im Stall, hielt er Ausschau nach Sieglinde. Sie war dabei, die jungen Kälber mit Ersatzmilch zu tränken, und an ihrem kühlen Blick erkannte er, dass sie sich wieder einmal hinter den Mauern des Schweigens verschanzt hatte. Er wusste, dass es keinen Zweck hatte, mit ihr zu reden, sie benahm sich dann wie eine bockige Eselstute, die nicht von ihrem Fohlen getrennt werden wollte, und ihr war kein Wort zu entlocken. Auch eine dieser neuen Eigenarten von ihr. So verliefen die Arbeit und der weitere Abend in eisigem Schweigen.

Sieglinde war zufrieden mit sich. Unabsichtlich hatte Anton ihr zuvor im Stall gezeigt, dass sie ihn in der Hand hatte und ihre Veränderungen ihn unter Druck setzten. Ja, sie würde erreichen, was sie wollte: ein Leben mit etwas mehr Glanz und Glamour, fernab von der für sie inzwischen unerträglichen Bauernhofidylle des Höpflhofes. Denn nur ein Mann, der noch etwas für seine Frau empfand, reagierte derart eifersüchtig wie Anton. Das war eine gute Grundlage, auf der sich aufbauen ließ. Fröhlich ging sie ihrer Arbeit nach, bedacht darauf, ihre eisige Miene zu wahren. Um Anton zum begehrten Wandel zu bringen, war wohl ein wenig mehr notwendig, als ihr Aussehen zu optimieren. Anton selbst hatte ihr soeben offenbart, wie sie ihn auf den richtigen Weg bringen konnte: Sie musste ihn in dem Glauben lassen, dass er sie verlieren könnte. Seltsam, dass ebendieses drohende Schicksal, das Anton beinahe tatsächlich ereilt hätte, ihre Wünsche in Erfüllung bringen würde. Sie musste sich nur schnellstmöglich von Georg trennen, damit einem sauberen Neuanfang mit Anton nichts mehr im Weg stand.

Morgen, gleich morgen, wenn Anton zum Sägemehlkaufen ginge, würde sie es hinter sich bringen. Morgen würde sie sich von Georg trennen. Ebenso wie kurz zuvor Anton hoffte auch Sieglinde, dass Hiltrud Gersberger nichts von ihren Unstimmigkeiten mitbekommen hatte.

Beide bedachten nicht, dass weitere fünfzehn Paar Ohren ihren Streit mit angehört hatten und die dazugehörenden Gehirne ihre eigenen Schlüsse zogen.

20. April

20.30 Uhr, ein Wohngebiet in Lindau

Herbert Locher saß seit einer halben Stunde in seinem Auto, das er auf einem Parkplatz in einer gepflegten Wohnsiedlung am äußeren Stadtrand von Lindau abgestellt hatte. Er verharrte beinahe regungslos, hielt das lederne Lenkrad seiner Audi-Limousine mit beiden Händen umklammert und beobachtete durch die Dunkelheit das letzte Haus auf der linken Seite der Straße – sein Haus.

Die Laubhecke fing zaghaft an zu grünen, weshalb man noch gut in den Vorgarten und über diesen hinweg durch die gläserne Front in das hell erleuchtete Wohnzimmer blicken konnte. Was er sah, musste für einen Außenstehenden wie die perfekte Familienidylle wirken: Das gepflegte, in elegantem Stil erbaute Einfamilienhaus mit dem weit überhängenden anthrazitfarbenen Dach, das in geschmackvollem Kontrast zur cremefarbenen Hauswand stand, erweckte auf aparte Art einen gemütlichen Eindruck. Er blickte auf die Terrasse, die durch eine Glastür vom Wohnzimmer aus zugänglich war. Eine Plane, die sich über einen kastenförmigen, hüfthohen Gegenstand spannte, verriet die darunterliegende Sitzgruppe, und man konnte sich fast die dazugehörigen Familienmitglieder vorstellen, wie sie, einander fröhlich neckend, am Sonntagnachmittag bei Kaffee und Kuchen zusammensaßen. Verließ man die Terrasse und folgte dem durch runde Steinplatten angedeuteten Weg, fand man sich im hinteren Teil des Gartens wieder, der durch eine hohe Thuja-Hecke auch im Winter vor neugierigen Blicken geschützt war und im Herzstück einen Teich mit Koikarpfen beherbergte – das große Hobby der Hausherrin. Die kunstvoll angelegten Blumenrabatten in geometrischen Formen, die sich hier und da wiederfanden, trugen bereits stolz die ersten farbenprächtigen Blütenstauden zur Schau.

Ja, dachte Locher, dieser gepflegte und etwas pompöse Garten mit dem dazugehörigen freundlich wirkenden Haus ließ einen Beobachter nicht erahnen, was sich hinter der sauberen Fassade dieser adretten Familie abspielte. Er seufzte. Nun, irgendwann musste er hineingehen, auch wenn ihm das, nur wenige Wochen vor den nächsten Schulferien seiner beiden Töchter, immer schwerer fiel. Er hatte geglaubt, dass seine flatternden Nerven ein wenig Ruhe geben würden, nachdem er für ein paar Tage verreist gewesen war. Bei einer groß angelegten Messe für Landwirtschaft war er als Juror für die dortige Kuhschau angefragt worden. Diese Gelegenheit hatte er genutzt, um vor seiner Frau Lisa ein paar Tage in Deckung zu gehen, und war sogar länger, als er tatsächlich benötigt wurde, dort geblieben. Er hatte es sich gut gehen lassen und sich in einer kleinen anheimelnden Pension einer alten Dame eingemietet. Dort hatte er ein paar wunderbare Tage wie in einer längst vergangenen Zeit gelebt.

Auf Luxus hatte er verzichten müssen, denn es gab nicht einmal fließend warmes Wasser, und die Alte hatte ihm eimerweise Wasser, das sie auf ihrem großen Holzofen in der Küche heiß gemacht hatte, in die emaillierte Badewanne gekippt, wo er sich dann in ein herrlich heißes Schaumbad legen durfte. Mit gebeugtem Rücken war sie immer wieder die Stiege zum Badezimmer hochgestiegen, bis die Wanne endlich voll war. Es war ihm unangenehm gewesen, eine alte Frau – er schätzte sie auf gute siebzig Jahre – für sich buckeln zu lassen, und er hatte ihr mehrfach seine Hilfe angeboten. Doch sie hatte ihn vehement abgewiesen. »Wenn ich mal keine Arbeit und keine Aufgabe mehr habe, dann wird es Zeit für mich zu sterben, also lassen Sie mich doch arbeiten, damit ich noch ein kleines Weilchen bleiben darf«, war alles, was sie dazu sagte. Er hatte sich geborgen und getröstet gefühlt, fast als würde er beim Einsteigen in die Badewanne herzlich umarmt werden, was vielleicht an der altmodischen Weise, in der das Wasser erhitzt worden war, lag. Er war ihr einziger Gast gewesen, und sie verwöhnte ihn am Morgen mit frischem, selbst gebackenem Brot und köstlich eingemachter Marmelade, die er auf dick gebutterte Scheiben schmierte. Er staunte immer wieder über ihren Tatendrang und ihre unerschöpfliche Energie. Ja, diese Tage in ihrer mit Spitzendeckchen ausgelegten Welt waren wie Balsam für seine wunde Seele gewesen, bis er Georg begegnete.

Georg, ein Freund und irgendwie entfernter Verwandter aus seinen Kinder- und Jugendtagen. Früher hatten sie viel Zeit miteinander verbracht und allerhand Unsinn angestellt. Als er nach dem Tod des Vaters dann mit seiner Mutter wegzog, war der anfangs so rege Kontakt nach und nach abgebrochen. Ab und zu trafen sie sich irgendwo wieder, vor allem nachdem sein Radius mit dem achtzehnten Geburtstag und der bestandenen Führerscheinprüfung wieder größer geworden war. Ihre Freundschaft war allerdings nicht wieder so recht aufgelebt, zu verschieden hatten sie sich entwickelt.

Ausgerechnet jetzt musste er ihm wieder über den Weg laufen, Georg trat halb betrunken wieder in Lochers Leben. Er hatte den Fehler begangen, die anheimelnde Pension zu verlassen, und dank der ersten keimenden Gefühle von Wohlbefinden beschlossen, ein wenig unter Leute zu gehen und eine Pizza zu essen. Am Tresen einer Kneipe stieß er dann auf Georg, der sich in einer üblen Verfassung befand. Locher konnte nicht anders, er musste sich zu ihm setzen und sich seine Geschichte anhören, die ihm letztendlich seinen Aufenthalt fern von der Familie verdorben und seine tief vergrabene Pein wieder aufgewirbelt hatte.

Auch wenn Georgs Vergangenheit ganz anders als seine war, gab es gewisse Parallelen. Beide hatten es in der Kindheit nicht einfach gehabt. Georg lebte mit seiner Mutter auf dem Bernbachhof, dem Hof des Großvaters, eines gebieterischen und strengen Mannes. Seinen Vater hatte er nie kennengelernt und in seiner sensiblen Art stets darunter gelitten, dass der Vater ihn nicht gewollt und sich gleich nach seiner Geburt aus dem Staub gemacht hatte. Auch die Mutter machte nie einen Hehl daraus, dass er ein unerwünschtes Kind gewesen war und ihr durch seine Geburt ein Ehemann und Familie, ein glückliches Leben eben, verwehrt geblieben waren. Das Geheimnis um seinen Vater hatte sie mit ins Grab genommen. Der Großvater, der Georg immerhin den gut dastehenden Bernbachhof vermacht hatte, ließ ihn zu jeder Zeit spüren, dass er ein Bastard und auf seinem Hof nur willkommen war, wenn er mitarbeitete. Immerhin hatte er mit ihm zumindest noch einen blutsverwandten Erben für seinen Besitz. Maria, Georgs Mutter, war das einzige noch lebende Kind vom alten Bernbach. Ein Junge war als Säugling plötzlich und ohne ersichtlichen Grund gestorben, und der andere Bruder von Maria, Hans, war als junger Kerl mit siebzehn bei der Waldarbeit unter einem Baum begraben worden.

So blieb nur noch der ungeliebte Georg als Erbe, der sich unter den gegebenen Voraussetzungen zu einem ruhigen, ernsthaften und in sich gekehrten Menschen entwickelt hatte. Seine stillen Träume von einer glücklichen Familie schienen sich zu erfüllen, als er Petra über eine Zeitungsannonce – die einzige, auf die er je zu antworten gewagt hatte – kennenlernte. Es war Liebe auf den ersten Blick gewesen. Und Locher, der zur Hochzeit in der Kirche war, hatte sofort gespürt, dass die Liebe der beiden echt und tief war. Er hatte Georg beneidet. Das Glück war jedoch nicht von langer Dauer, und noch ehe die beiden die ersehnte Familie gründen konnten, erkrankte Petra an Krebs und starb. Locher hatte es nicht gewagt, Georg sein Beileid zu bezeigen, aus Angst, selbst am Unglück seines einstigen Freundes zu zerbrechen.

Und nun saß er ihm gegenüber und konnte der Wucht seiner Trauer nicht länger ausweichen. Nicht nur Petras Tod setzte ihm übel zu. Eine kurz darauf beginnende Affäre, die seinen Schmerz abgemildert hatte, da er zumindest einen atmenden Körper in den Armen halten durfte, jemanden, mit dem er sprechen konnte und der ihn ein wenig aus seiner Depression holte, war gerade von der Frau beendet worden. Georg hegte nur wenig Hoffnung, sie wieder für sich gewinnen zu können und somit sein Leben eine Spur erträglicher werden zu lassen. Als Locher den Namen der Geliebten erfuhr, stockte ihm kurz der Atem: Sieglinde Höpfl, wie klein die Welt doch war.

Auch Locher hatte keine schönen Erinnerungen an seine Kindheit, und Georgs Schmerz, der ihn an diesem Abend wie eine Eisenfaust getroffen hatte und seitdem in ihm rumorte, war zu großen Teilen auch sein eigener, den er tief in sich verschlossen geglaubt hatte. Er war ebenfalls ein ungeliebtes Kind gewesen. Sein Vater hatte ihn stets zu Ehrgeiz angetrieben, ihm dabei aber immer das Gefühl gegeben, nichts gut genug erledigen zu können, und so lebte Locher in ständiger Unzufriedenheit und der Unruhe, alles immer noch besser machen zu wollen. Mehr Geld, ein größeres Haus, ein schöneres Auto. Es war nicht so, dass der Vater ihn je in seinen Bemühungen unterstützt hätte. Letztendlich war er kaum zu Hause, hatte sich bei anderen Frauen herumgetrieben, wie er aus den rausgebrüllten Worten seiner Mutter bei den seltenen Gelegenheiten erfuhr, wenn der Vater doch mal wieder bei ihnen auftauchte. Meist wollte er dann Geld, vor allem für Alkohol, oder sich einfach von seiner Frau mit einem guten selbst gekochten Essen umsorgen lassen. Irgendwann war er gar nicht mehr gekommen, und von zwei Beamten hatten sie eines Sonntagmorgens erfahren, dass er im Suff im Schnee erfroren war. Ihr Leben war besser geworden. Locher und seine Mutter rückten enger zusammen. Es fehlte zwar an vielem, aber nicht an Mutterliebe. Seine Mutter war seine Rettung, sein Halt im Leben.

Als er Lisa kennenlernte, dachte er, nun würde sein Leben die richtige Wendung nehmen. Er hatte die schönste Frau, die er kannte, geheiratet. Doch das sollte sich als größter Fehler seines Lebens herausstellen. Lisa … Solange er sich auch in seinen trüben Gedanken im Auto herumwälzte, er musste doch zu ihr hineingehen. Sie würde ihn bestimmt mit einem Kuss auf die Wange und einem kostspieligen Wunsch erwarten.

Er atmete tief ein, startete seinen Wagen und fuhr die kurze Strecke zur Einfahrt seines Hauses. Mit einem Knopfdruck öffnete er das Garagentor und stellte den Audi in die Doppelgarage, die bereits das BMW-Cabrio seiner Frau beherbergte. Aus reiner Gewohnheit versicherte er sich, dass niemand in der Nähe stand und ihn beobachtete, bevor er die Zahlenkombination auf dem Tastenfeld drückte. Er hörte das vertraute Summen der sich schließenden Garage und trottete mit müden Schritten in Richtung Haus.

Als er ins Wohnzimmer eintrat, blieb sein Blick unmittelbar an den neuen Reisekatalogen, die sich auf dem Sofatisch türmten, hängen. Einige Seiten waren mit Klebezetteln markiert, was darauf schließen ließ, dass die Prospekte bereits intensiv durchgearbeitet worden waren. Von Lisa und seiner restlichen Familie war nichts zu sehen. Locher nutzte die Gelegenheit zum

Durchatmen und versuchte, sich kurz zu entspannen, bevor das unausweichliche Gespräch mit Lisa stattfinden würde. Ärger auf seine Frau stieg in ihm auf, als er es wagte, einen kurzen Blick auf die Reiseziele der Kataloge zu werfen: Dominikanische Republik, Kuba. Das war doch kaum zu fassen. Kein Wunder, dass Lisa Zeit hatte, gedanklich Tausende von Euro für eine Ferienreise zu verplanen, schließlich hatte sie zuletzt vor dreizehn Jahren, bevor die Kinder kamen, gearbeitet. Und selbst da hatte sie kein Geld verdient, sondern nur ihr Unistudium absolviert. Seitdem genoss sie ihr Ansehen als dynamische, bewunderte Gattin des Veterinärs und ging vollends in ihrer Mutterrolle auf, die sie bei Treffen der Elternbeiräte der Schule, der Kirchengemeinde oder sonstigen Ehrenämtern stolz zur Schau trug. Dabei fühlte sie sich, in ihre elegante Markenkleidung und Chanel-Duft gehüllt, den anderen Frauen stets einen Hauch überlegen. Gut, dass keine ahnte, dass Lisa ihre perfekte Figur einem Personal Trainer verdankte, der sie zweimal in der Woche durch die Gegend scheuchte, und sie die Zeit für die aufwendige, stets tadellos sitzende Frisur nur hatte, weil ihre Haushaltshilfe Mathilde sich um irdische Dinge wie Waschen, Kochen und Putzen kümmerte. Lisa war eine hauswirtschaftliche Niete und keineswegs besser als andere Frauen, höchstens im Ausgeben seines sauer verdienten Geldes bei endlosen Shoppingtouren. Und ihre beiden Töchter Clarissa, zwölf Jahre, und Emely, neun Jahre alt, eiferten ihrer von ihren Freundinnen bewunderten Mutter bereits nach in ihrer Gier nach Labels und Statussymbolen.

Zudem lag ihm Lisa nun in den Ohren, eine zweite Urlaubsreise im Jahr zu unternehmen, mit der Begründung, die knappe Zeit genießen zu müssen, die die Mädchen noch mit ihnen verreisen wollten. Lisa hatte sich in den Kopf gesetzt, dass diese Reise in den Pfingstferien stattfinden sollte. Die unangenehmen Worte, die gestern zwischen ihnen gefallen waren und bei denen er den Standpunkt vertreten hatte, dass eine derartige Ausgabe nur einmal im Jahr möglich sei, waren bei ihr offensichtlich auf taube Ohren gestoßen, was die Reisekataloge und die eifrig eingeklebten Streifen bewiesen.

Mit geschlossenen Augen massierte Locher seine Schläfen,

um den aufkommenden Druck im Kopf einzudämmen, obschon er wusste, dass es dafür bereits zu spät war und er in ein oder zwei Stunden rasende Kopfschmerzen und Magenkrämpfe haben würde. Lisa machte sich keinerlei Gedanken, wie er den von ihr und den Mädchen geforderten Luxus überhaupt bezahlen sollte. Wie junge Vögel saßen seine Töchter im gemachten Nest und kreischten stets nach mehr, mehr, mehr. Bisher hatte Locher alles dafür getan, diesen Job zu erledigen.

Dass er einen Fehler gemacht hatte, dämmerte ihm kurz nach der Hochzeit unmittelbar vor Clarissas Geburt. Lisa hatte schon zu diesem Zeitpunkt beschlossen, sich mit der Rolle der Mutter zufriedenzugeben, und ihr Germanistikstudium vor dem Abschluss an den Nagel gehängt. Für ihre neugeborene Tochter erwartete sie nur das Beste. Natürlich tat das jede Mutter, aber Lisa hatte kein Einsehen, dass die Kleidungsstücke von Kaufhäusern das Baby kaum stören würden, würde der Pullover für zwölf Euro sowieso nach kurzer Zeit, vom Bäuerchen bekleckert, gewechselt werden müssen. Nein, es waren die angesagten Marken, die Lisa gelockt hatten und die für Baby Clarissa gerade als gut genug befunden wurden, auch wenn ein Babypullover in Größe 56 um die fünfzig Euro gekostet hatte. So benötigten sie für die Babyerstausstattung mehrere tausend Euro. Geld, das natürlich er erarbeitet hatte. Er hatte sich mit dem Gedanken an die überschießende Mutterliebe und fehlgeleiteten Hormone von Lisa beruhigt und gehofft, dass sich alles nach einer gewissen Zeit normalisieren würde.

Als dann Emely geboren wurde und Lisa für sie eine völlig neue Ausstattung anschaffen wollte, da sie nicht das Gebrauchte ihrer großen Schwester auftragen sollte – »Abfallstücke«, hatte Lisa die vorhandene Kleidung sogar genannt –, waren seine Befürchtungen, mit der Heirat einen Fehler gemacht zu haben, bittere Gewissheit geworden. Er saß in der Falle. Es war ein großer Irrtum, die Frau für das zu verehren, was ihm später zur Qual werden sollte: Geltungssucht und übersteigerte Eitelkeit, gepaart mit einem unerträglichen Hang zum Perfektionismus. Sie war noch schön und attraktiv, aber Locher wusste inzwischen auch, wie viel dazu nötig war, und hatte alle naiven und gutgläubigen

Vorstellungen verloren. Die milden Augen und rosigen Wangen waren Ergebnis eines zweitägigen Schmink-Workshops inklusive Kauf einer Make-up-Palette für schlappe dreihundertfünfzig Euro und nicht Zeugnis ihres sanften Wesens.

Aber Locher konnte aus dem Karussell der Ausgaben und des Geldverdienens nicht aussteigen, er konnte der Familie nicht den Rücken kehren, sie sich selbst überlassen. Der Gedanke erfüllte ihn zwar mit Genugtuung, dass Lisa auf hartem Wege lernen würde, wie schwer sich Geld verdienen ließ, doch er konnte nicht so sein, wie sein Vater gewesen war. Locher würde also zusehen müssen, wie er die Reise in tropische Gewässer für zwei Wochen finanzieren konnte.

Er hörte das Knarzen der Saunatür im ersten Stock und erwartete, dass Lisa in ihrem knappen Bademantel das Wohnzimmer in wenigen Minuten mit zwei Gläsern Rotwein in den Händen betreten würde. Auch dieses Kalkül hatte er mittlerweile durchschaut. Seine Schläfen pochten stärker, und in seinem Magen schwappte die Magensäure über.

Das Treffen am frühen Abend mit Johannes von Stegmann lastete ebenso schwer auf seinen strapazierten Nerven wie die unnachgiebigen Forderungen seiner Frau. Trotzdem war es nötig gewesen, um an das erforderliche Geld zu kommen, das sein Karussell für kurze Zeit zum Stillstand bringen und ihm eine Verschnaufpause verschaffen sollte. Er sehnte sich nach Frieden. Locher wünschte sich ein paar Tage in die Zukunft, dann hätte er die unangenehmen Bestechungen bereits hinter sich gebracht und könnte sich mit Bündeln von Geld in der Tasche beruhigt mit Lisa ins Reisebüro aufmachen. Alles wäre gut.

Die Türklinke wurde hinuntergedrückt, und Lisa betrat mit einem zuckersüßen Lächeln auf ihren frisch nachgezogenen Lippen das Wohnzimmer. Ihre kokettierende Art brachte Lochers Nerven erneut unangenehm zum Vibrieren, und ihre Forderungen standen beinahe greifbar im Raum. Im selben Moment klingelte das Telefon. Dankbar für diesen weiteren Aufschub sprang Locher mit einem Satz vom Sofa zum Telefontischchen.

»Locher«, meldete er sich mit mechanischer Stimme.

Lisa hörte Gemurmel am anderen Ende der Leitung und

schloss daraus, dass es sich um einen unangenehmen Anruf handeln musste und sie ihn wohl kaum mit ihren Wünschen würde behelligen können, wenn es tatsächlich so war.

Lochers Haut verfärbte sich ins Aschfahle, und kalter Schweiß trat auf seine Stirn. Ohne einen Gruß zum Abschied legte er auf. »Meine Mutter …«, stammelte er ungefragt in Richtung seiner Frau, »… meine Mutter – sie ist tot. Sie wurde in ihrem Bett vom Pfleger aufgefunden.« Dann wurde es dunkel um ihn.

5. Mai

19.25 Uhr, auf dem Weg zwischen Lindenberg und Stiefenhofen

Johannes von Stegmann pfiff das Lied im Radio mit, ein Song der aktuellen Charts, dessen Melodie perfekt zu seiner Laune passte: Euphorisch! Er hatte sich mit seinem Kontaktmann Herbert Locher, der kein anderer war als der zuständige Veterinär des Bezirks, getroffen, um die Einzelheiten des Höpfl-Deals zu besprechen. Locher hatte die erforderlichen Verbindungen zur Stammbuchhaltung, die Barnabas' Stammbaum optimieren und damit seine Karriere als Zuchtstier in der Deckstation ins Rollen bringen sollte. Gerade zum jetzigen Zeitpunkt standen die Chancen gut. Es wurde nach neuem Blut oder besser gesagt Bullensperma gesucht, und es war bislang kein vielversprechender Kandidat in Aussicht. Mit ihrem Vorgehen würden sie schnell viel Geld verdienen. Auch die Mitarbeiter der Deckstation hinterfragten das unverhoffte Auftauchen eines Spitzenstiers nicht, wenn sie dafür genug Schmiermittel bekamen. Doch es gab Probleme, Locher hatte seine Hausaufgaben nicht in der geplanten Zeitspanne erledigt.

Nun endlich hatte er es fertiggebracht, die hohen Herren aus der Stammbuchhaltung und der Deckstation in ihre Pläne einzuweihen, und so wurde beschlossen, dass Barnabas ein guter Kandidat für das Vorhaben war, da es sich für sie alle auszahlen würde. Beim letzten Treffen war von Stegmann sich nicht mehr so sicher gewesen, ob Lochers Nerven mitmachten. Wie ein Häufchen Elend hatte er vor ihm gesessen. Die tief eingesunkenen Augen in seinem teigigen Gesicht, auf dem ein ungesunder Schweißfilm glänzte, waren ruhelos durch den Raum gehuscht. Das nervöse Trommeln seiner Finger hatte das Gespräch begleitet, in dem von Stegmann ihn hart rangenommen hatte, um endlich Bewegung in die Sache zu bringen. Er brauchte schließlich das Geld. Vage hatte von Stegmann die Drohung in den Raum geworfen, dass Locher schon einige Leichen im Keller habe und dass doch schließlich niemand wolle, dass diese Betrugsfälle an die Öffentlichkeit gelangten. Das allein hatte genügt, und Locher parierte. Von Stegmann genoss seine Macht und fühlte sich angesichts des abgespannten Lochers stark und gesund.

Den nächsten Termin hatte Locher dann unerwartet wieder abgesagt, und von Stegmann dachte erneut darüber nach, den Druck auf ihn zu erhöhen. Er wollte den Skandal nicht wirklich aufdecken und Locher hochgehen lassen. Dann hätte auch er selbst einiges zu erklären, und der nächste Geldsegen würde ausbleiben. Er hatte dem erbarmungswürdigen Komplizen ein wenig Verständnis entgegengebracht, als er dann erfuhr, dass Locher zur Testamentseröffnung seiner jüngst verstorbenen Mutter musste. Wie ein ausgetrockneter Schwamm hatte dieser seine beileidsbezeigenden Worte aufgesogen und eifrig versprochen, die Geschäfte unter Dach und Fach zu bringen. Locher schien ein Typ für Zuckerbrot und Peitsche zu sein. Situationsabhängig richtig eingesetzt, wäre da einiges zu erreichen, das würde er sich für ihre zukünftigen Geschäfte gut merken.

Und endlich war es so weit. Am frühen Abend hatten sie sich in einer dunklen Kaschemme in Lindenberg getroffen, in der sie die ersten und einzigen Gäste waren. Der Wirt polierte desinteressiert seine Gläser und hatte keine Chance, sie in der Nische, in der sie saßen, zu belauschen. Locher gab ihm grünes Licht. Er konnte nun dem Bauern mitteilen, dass die Sache am Laufen war. Die Daten würden in den Büchern geändert werden, und Locher würde Barnabas als potenziellen Zuchtstier an den richtigen Orten ins Gespräch bringen.

Von Stegmann beglückwünschte sich für sein schlaues Vorgehen. Eigentlich hatte er bei dem Ganzen die wenigste Arbeit, ihm drohte kaum Gefahr, aber das mussten diese Landtölpel, die er lediglich zum Mitmachen bewegen musste, ja nicht wissen. Er überredete die Bauern und gab die Daten an den Veterinär weiter. Dieser erledigte die weitere Arbeit und musste von seinem finanziellen Anteil auch die Mitwirkenden in der Stammbuchhaltung zum Schweigen bringen und ihre Arbeit entlohnen. Wenn Fragen der Deckstation laut wurden, nötigte er die Bauern dazu, sie mit ihrem finanziellen Anteil zum Schweigen zu bringen. Er selbst musste keinem etwas abgeben. Ja, so langsam hatte er die Vorgehensweise im Griff, es war nicht das erste Mal, dass er auf diese Weise sein viel zu mageres Einkommen als Tierarzt aufbesserte. Wenn einer der Landwirte sich weigerte, hatte er schon manches Mal gestaunt, welche Wirkung eine angedrohte Erpressung haben konnte. Von Stegmann dachte darüber nach, vom Höpflbauer etwas mehr als den üblichen Anteil zu erwarten, eine zusätzliche Prämie für das Risiko, das er einging, seine Zulassung zu verlieren. Er pfiff lauter durch seine gebleichten Zähne und verspürte eine diabolische Freude bei der Vorstellung, den alten Tölpel Höpfl etwas unter Druck zu setzen.

Bei genauerer Überlegung fand er beinahe selbst, dass er diese Prämie verdient hatte, für ihn stand schließlich einiges auf dem Spiel. Zudem wäre der alte Höpfl ohne ihn doch gar nie auf die geniale Idee gekommen, wie sich mit wenig Aufwand schnelles Geld verdienen ließ. Und ohnehin, was wollte der Höpfl denn überhaupt mit seinem Anteil anfangen? Neue Kühe anschaffen? Neue Traktoren? Es war ihm auch egal. Er würde es natürlich nicht für solch profane Dinge wie Lebensmittel und Kleidung ausgeben. Er hatte andere Pläne.

Melanie – er hatte sie vor wenigen Wochen kennengelernt. Sie war eine klasse Frau, ganz nach seinem Geschmack. Träumerisch sah er ihr kurviges Bildnis vor sich. Die langen, leicht gebräunten Beine und die blonden Haare, die sich wie ein Heiligenschein um ihr liebliches Gesicht schmiegten und sich leuchtend von ihrem beinahe exotischen Teint abhoben. Melanie war anders als die Frauen vor ihr. Ihr Äußeres passte zwar genau in das bevorzugte Raster von von Stegmann, doch sie hob sich in ihrer Persönlichkeit und Klugheit deutlich von seinen anderen Frauen ab. Sie hatte Grundschullehramt studiert und vor wenigen Monaten ihre erste Stelle in Stiefenhofen, wo sie auch wohnte, angetreten. Obwohl sie jetzt lediglich vierzig Kilometer von ihrem Elternhaus in Lindau entfernt lebte, war sie hier ein unbeschriebenes Blatt und hatte bisher kaum Kontakte zum oberen Landkreis gehabt. Melanies Ziel war es, junge Geister zu formen und sie auf ihrem Weg in die Bildung und damit in die Welt zu begleiten. Um Melanie zu beeindrucken, musste von Stegmann weit größere Geschütze auffahren als ein Abendessen mit Kerzenschein und

Drei-Gänge-Menü in der nächsten größeren Stadt. Finanzielle Mittel würden dabei nicht schaden. Er seufzte. Nein, Melanie war wahrlich nicht leicht zu knacken, aber er hatte bereits Fortschritte gemacht und ihr zumindest einen Gute-Nacht-Kuss nach ihrem letzten Treffen abringen können. Diese Frau reizte ihn mehr als jede andere zuvor, und es kratzte an seinem männlichen Ego, das nun wahrlich nicht sehr klein war, dass sie seinem unwiderstehlichen Charme und seinem Charisma nicht schneller erlag. Aber er würde es schaffen, da war er ganz sicher. Pfeifend und in seine helle Zukunft mit Melanie blickend, stimmte er den nächsten Song an, der im Radio angespielt wurde.

Spontan beschloss von Stegmann, Anton Höpfl schon am Abend zu besuchen. Er würde einfach vorbeifahren, Höpfl würde nach Feierabend wohl kaum woanders als auf seinem Hof sein, und womöglich gab ein unangekündigter Besuch seiner Forderung einen bedrohlichen Anstrich. Vielleicht würde ihm die Stippvisite gleich einen kleinen Vorschuss einbringen. Ein kurzer Blick auf seine Rolex zeigte ihm jedoch, dass es noch zu früh war, dem Höpflbauern seinen Besuch abzustatten. Um kurz vor halb acht am Abend werkelte er mindestens noch eine halbe Stunde im Stall bei seinem geliebten Vieh. Missmutig überlegte er, was er mit der verbleibenden Zeit anfangen sollte, da er keine Lust auf ein Gespräch zwischen Kuhhintern und Kälbergeblöke hatte, bei dem er sich vermutlich auch noch seine italienischen Wildlederschuhe ruinieren würde. Melanie schob sich erneut in seine Gedanken. Ja, er würde sie überraschen und gleichzeitig seine ernsthaften Absichten demonstrieren. Eine kleine Aufmerksamkeit würde ihr zeigen, dass sie kein zeitlicher Lückenfüller war.

Kurzerhand steuerte er das nächstgelegene Blumengeschäft an. Eine rote Rose war zwar recht abgedroschen, zeigte aber dennoch meist die gewünschte Wirkung bei den Frauen. Bis sie dieses Kalkül durchschaut hatten, waren sie längst bis über beide Ohren in ihn verliebt oder zumindest mit ihm im Bett gewesen und dann zu stolz, sich ihren Irrtum einzugestehen.

Bei »Blatt & Blüte« stellte er fest, dass der Laden bereits seit fünfunddreißig Minuten geschlossen hatte. Verdammt. Musste denn heute alles so verquer laufen? Von Stegmann schätzte es gar nicht, wenn seine Pläne nicht funktionierten. Nach kurzer Überlegung befand er, dass ein mitgebrachtes Vanilleeis mit Schokosoße von McDonald's auch eine gute Alternative war, und fädelte sich wieder in den Verkehr auf dem Weg zu besagtem Schnellrestaurant ein. Zudem befand sich der Laden gleich um die Ecke, und die Besorgung würde keine weitere zeitliche Einbuße mit sich bringen. Wenn er sich nicht ranhalten würde, würde es sich doch nicht mehr lohnen, zu ihr zu fahren, sie sollte nicht merken, dass er heute noch Wichtigeres als sie im Sinn hatte. Er empfand Melanie mit einem Mal als äußerst komplizierte Frau. Wenn er nicht aufpasste, war er zum Schluss derjenige, der um den Finger gewickelt wurde.

20.00 Uhr, Stiefenhofen, Melanie Hippolds Wohnung

Der Türsummer wurde direkt nach dem ersten Läuten und ohne Nachfrage über die Sprechanlage betätigt. Ein wenig verwundert sprang von Stegmann schnell die Stufen in den zweiten Stock hinauf, was ihm dank seiner langen Beine und guten körperlichen Kondition mühelos gelang. Es war Eile geboten, er hatte nur eine knappe Stunde, bis er sich zu Anton Höpfl auf den Weg machen musste, und das Mitbringsel begann bereits zu schmelzen.

Was ihn an der Wohnungstür erwartete, erregte allerdings sein Missfallen. Nicht die strahlend schöne Melanie stand im Türrahmen, sondern eine völlig verheulte und verquollene Ausgabe von ihr.

»Johannes, was machst du denn hier? Ich hatte Silke erwartet …«, fragte sie überrascht.

»Ich konnte nicht aufhören, an dich zu denken und dass es bis zu unserer nächsten Verabredung noch ganze achtundvierzig Stunden sind, deshalb dachte ich, ich besuche dich spontan …«, leierte er den im Auto einstudierten Satz herunter. »Aber wenn es dir gerade nicht passt …«, beeilte er sich hinzuzufügen, denn er war an einem schnellen Rückzug interessiert.

Weinende Frauen und wie man mit ihnen umzugehen hatte, waren ihm zutiefst suspekt. Er hatte nichts übrig für schwache Menschen. Wieso konnten sie ihre Probleme nicht mit sich selbst ausmachen, anstatt sich schluchzend und um Mitleid heischend an die nächstbeste Person zu klammern, die ihnen über den Weg lief, in der Erwartung, dass diese ihre Probleme lösen würde?

»Nein, nein, komm doch rein, ich bin nur ein bisschen durch den Wind heute ... meine Mutter –« Ihre Stimme brach an dem Schluchzen, das sich ihrer Kehle entrang und von Stegmanns Nerven reizte.

Entweder würde er das gehasste Prozedere des Die-arme-Frau-Tröstens über sich ergehen lassen, oder er konnte seine Chancen bei Melanie vergessen. Von Stegmanns Blick streifte ihre straffen Brüste unter ihrer eng anliegenden Bluse. »Melanie. Liebes. Was ist denn nur passiert? Lass uns erst mal reingehen, dann erzählst du mir in aller Ruhe, was los ist.« Er war vollends in seine Rolle geschlüpft und registrierte zufrieden, wie sie dankbar unter ihren dunklen Wimpern wie ein weidwundes Reh zu ihm aufblickte.

Er folgte ihr ins Wohnzimmer, das Eis hatte er unter seinem Mantel, den er auf ihrem Schuhschrank im Flur abgelegt hatte, verschwinden lassen. Ihr ein Eis zu schenken, erschien ihm angesichts ihrer Verfassung zu banal.

»Ich koch uns erst mal einen Tee, dann komm ich ein wenig runter, damit wir reden können. Ich sag Silke, dass sie nicht zu kommen braucht, du bist ja jetzt da.«

So ein Mist, beinahe wäre er dieser Situation entkommen. Silke wäre schon da gewesen, und er hätte sich mit der Ausrede, er wolle die beiden nicht stören, aus dem Staub machen können. Aus dem Flur, wo das Telefon stand, vernahm er Melanies Schluchzen. Genervt verdrehte er die Augen. Wahrscheinlich müsste sein Besuch bei Anton Höpfl heute ausfallen. Aber vielleicht konnte er mit seiner Softie-Tröst-Aktion wenigstens Silke davon überzeugen, dass er eben doch kein oberflächlicher Kerl war, der nur mit Melanie ins Bett wollte. Diese gezischte Bemerkung an seine Herzdame hatte er sehr wohl gehört, als er Silke, der besten Freundin von Melanie, vorgestellt wurde.

Er schaute sich in Melanies Wohnzimmer um, während sie in der Küche hantierte und Tee kochte. Es war aufgeräumt, sauber und stark von einem weiblichen Hauch durchzogen. Hier etwas

Nippes, da ein Figürchen und überall Deckchen und Zierrat in vielen bunten Farben verteilt. Obwohl von Stegmann selbst die elegante, klare Linie von Designermöbeln bevorzugte, sein eigenes Wohnzimmer war vornehmlich in Weiß und Chrom gehalten, fühlte er sich bei Melanie wohl. Er lehnte sich bequem im weichen Sofa zurück und versank fast in dem Berg Kissen, die in allen Regenbogenfarben bezogen waren und auf denen zu allem Übel noch ein Stoffbär mit nur einem Auge thronte. Von Stegmann war verunsichert und überlegte, ob sein Wohlbefinden vielleicht durch die tatsächliche Ernsthaftigkeit seiner Gefühle für Melanie hervorgerufen wurde. Frauen waren für ihn immer Eroberungen gewesen. Er plante nicht, sie fallen zu lassen, wenn sie es ihm zu einfach machten, aber der Jäger in ihm verlor das Interesse an seiner Gespielin, sobald die Beziehung zu gemütlich wurde und die Frau sich nicht mehr genug anstrengte, ihm unbedingt zu gefallen. Wenn sie begann, die erotische Unterwäsche gegen wollweiße Baumwollschlüpfer zu tauschen, und es sich erlaubte, ihm ungeschminkt die Tür zu öffnen oder gar mit unrasierten Beinen zu ihm ins Bett zu steigen, war für ihn definitiv der Zeitpunkt gekommen, weiterzuziehen. Würde Melanie alles verändern? Natürlich war sein erster Instinkt Flucht gewesen, als er sie verheult an der Tür stehen sah, aber jetzt fühlte er sich wohl, und schließlich konnte man sich ja auch nicht von heute auf morgen ändern.

Seine Gedanken wurden von Melanie unterbrochen, die mit zwei Tassen dampfendem Tee das Wohnzimmer betrat und sich vorsichtig, um die heiße Flüssigkeit nicht zu verschütten, zu ihm aufs Sofa setzte. Sich sehr nah neben ihn setzte, wie von Stegmann in stillem Triumph bemerkte.

»Nun erzähl mal«, forderte er sie auf und ließ beschützend seinen Arm um ihre Schulter gleiten.

Angesichts dieser zärtlichen Geste traten Melanie sofort die Tränen in die Augen. »Es tut mir leid«, stieß sie heftig hervor und wischte sich ungeduldig die Tränen ab, »eigentlich bin ich nicht sehr nah am Wasser gebaut, aber heute …« Melanie versuchte ein schiefes Lächeln.

Von Stegmann unterbrach sie nicht, sondern nickte ihr nur

aufmunternd zu, weiterzuerzählen, dabei streichelte er ihre Schulter und griff mit seiner freien Hand nach dem Tee.

»Meine Mutter hatte heute Nachmittag einen Unfall.«

Überrascht stellte er fest, dass sie tatsächlich einen Grund für ihr Benehmen hatte. Er hatte seine Mutter bis zu ihrem Tod vergöttert und war bis heute nicht ganz über ihr Sterben hinweggekommen. Unbewusst hatte Melanie seinen wunden Punkt getroffen und eine Verbindung zu seinen Gefühlen geschaffen, die er mühevoll in sich vergraben hatte. »Erzähl.« Diesmal war er wirklich ganz Ohr und sein Mitleid aufrichtig.

»Sie ist beim Überqueren eines Zebrastreifens von einem Auto angefahren worden. Das Krankenhaus hat angerufen, dass sie die Notoperation zwar überstanden hat, sie nun aber auf der Intensivstation liegt. Sie hat schwere innere Verletzungen. Die nächsten vierundzwanzig Stunden sind entscheidend, meinte der Arzt.«

»Aber das musst du positiv sehen! Sie hat noch Chancen, und sie hat die Operation geschafft, das zeigt, dass sie eine zähe Natur ist. Ich weiß, es ist nicht das Gleiche, aber bei meinen Patienten ist es meistens so, dass sie entweder bei der Operation versterben oder sich danach erstaunlich gut erholen. Diejenigen, die nicht kämpfen wollen, geben gleich auf.« Er biss sich auf die Zunge. Verdammt, wie konnte er nur so blöd sein und im Eifer jeden dummen Gedanken sofort herausposaunen. Darauf war er einfach nicht vorbereitet. Er hatte Melanies Mutter mit einer Kuh verglichen.

Melanie jedoch gab ein kleines Lachen von sich. »Du bist lieb. Ich versuche ja auch, es so zu sehen, aber mir geht nicht aus dem Kopf, dass ich sie vielleicht nie wieder sehen werde.« Erneut traten Tränen in ihre Augen, und diesmal unternahm sie nichts dagegen, sie aufzuhalten, sondern ließ ihnen freien Lauf.

»Na, dann geh doch zu ihr. Sie lassen dich doch in dieser Situation bestimmt rein, auch wenn die übliche Besucherzeit vorbei ist.«

»Natürlich, das ist ja nicht das Problem«, sagte sie mühsam beherrscht. »Aber ich sitze hier in diesem verdammten Kaff fest! Es fährt kein Bus mehr nach Lindau, und die wenigen Leute, die ich hier kenne, haben entweder kein Auto, oder es steht zur Reparatur in der Werkstatt, und meines habe ich heute Marius ausgeliehen, der einen Kurztrip übers Wochenende an den Gardasee macht. Es ist wie verhext.« In ihrer Hilflosigkeit war sie aufgesprungen und tigerte nun unruhig im Wohnzimmer auf und ab. Von ihrem Tee, der ihre Nerven beruhigen sollte, hatte sie noch keinen einzigen Schluck getrunken.

Von Stegmann bereute seine Worte, sobald er sie ausgesprochen hatte, aber Melanies Anblick rührte ihn zutiefst. »Nimm mein Auto. Ich habe zwar heute noch einen Termin und kann dich also nicht begleiten. Aber ich denke, das wäre für deine Mutter ohnehin zu viel Besuch, kurz nach einer schweren Operation. Du müsstest mich allerdings unterwegs absetzen.«

»Johannes, das werde ich dir nie vergessen! Und ich bin dir sicher nicht böse, wenn ich allein fahre. Ich denke, du hast recht, aber kommst du dann auch nach Hause?«

Von Stegmann winkte großzügig ab. Er würde dafür eine Lösung finden. Immerhin würde ihm sein Angebot einen fetten Bonus bei Melanie einbringen. »Ist schon gut! Ein Bekannter von mir wird auch da sein, und der kann mich dann nach Hause fahren.«

Melanie setzte sich wieder zu ihm und ergriff seine Hände. »Danke, du bist wirklich der Beste, Johannes«, sagte sie und drückte ihm einen süßen Kuss auf den Mund.

Na also – geht doch. Es lief genauso, wie er es sich erhofft hatte.

21.15 Uhr, im Stall des Höpflhofs

Berta stand auf ihrem Stammplatz im Stall, einem der wenigen heiß begehrten Fensterplätze, und kaute gedankenverloren die letzten Büschel Gras, die sie auf der Weide gerupft hatte. Die anderen hatten sich bereits zur Nachtruhe auf den mit Gummimatten ausgelegten Boden gelegt und schliefen nach dem langen Tag an der frischen Luft tief und fest. Diejenigen, die noch standen, ließen bereits müde die Köpfe hängen und dösten unter halb geschlossenen Lidern.

Nur Berta war hellwach. In Gedanken ließ sie die ereignisreichen letzten Tage Revue passieren. Versonnen dachte sie daran, wie sie wie erwartet einstimmig zur Leitkuh gewählt worden war und sogleich einige Aufgaben zu lösen gehabt hatte. Sie fand auf der Weide kaum Zeit, die sonnigen Tage zu genießen und wie alle anderen vor sich hin zu grasen und zu schlummern. Dennoch genoss sie ihre neue Position in vollen Zügen, denn sie wurde gebraucht und tat etwas Sinnvolles. Manche Probleme hatte sie bereits klären können, über andere musste sie in Ruhe nachdenken. Jetzt, in der Stille des abendlichen Stalls.

Hanni und Nanni waren derzeit ihre größten Sorgenkinder. Die Zwillinge wollten sich auf keinen Fall mit den altmodischen Ketten, die auf dem Höpflhof noch Verwendung fanden und mit denen jede Kuh einzeln an ihrem Platz gehalten wurde, anbinden lassen. Eine von beiden schaffte es immer, der Kette zu entkommen. In der Nacht ging es dann in die Mehlkammer, wo die besten Körner lagerten. Die Kammer, die auf dem Durchgang zum Heustock lag, war leicht zugänglich, da die Tür üblicherweise nur angelehnt war. Die Zwillinge waren geschickt und fraßen gerade wenig genug aus den verschiedenen Säcken, dass es den Bauersleuten nicht auffiel. Am Morgen stand die flüchtige Kuh wieder an ihrem Platz, und der Bauer wunderte sich, dass er sie nicht angebunden hatte.

»Na, wenigstens hast heute Nacht keinen Radau veranstaltet«, pflegte er dann kopfschüttelnd zu sagen. Die offene Tür zur Mehlkammer schien ihm nicht weiter aufzufallen.

Die Vorgehensweise der beiden Übeltäterinnen war einfach und durchschaubar. Die eine veranstaltete einen solchen Lärm beim Anketten, dass der Bauer alle Hände voll zu tun hatte, sie zu bändigen, und die andere fraß derweil ganz in Ruhe ihr Mehl, das sie alle an ihre Plätze lockte, und verharrte in der üblichen Position. In der Aufregung vergaß der Bauer dann manches Mal, dass sie noch nicht angekettet worden war, und so nahm das nächtliche Festmahl seinen Lauf. Früher hatten die Zwillinge ihre Pläne vorher groß angekündigt und gewisse Bewunderung genossen, die aber schnell in Neid und Unmut umgeschlagen war, als den anderen Kühen klar wurde, dass die zwei dadurch eine Extraportion vom begehrten Mehl abstaubten und in ihrem Egoismus nicht einmal daran dachten, ihnen ein paar Mäuler davon abzutreten. Die kluge Trudi hatte ihre Pläne durchkreuzt, indem sie die Nachbarinnen rechts und links der beiden dazu instruiert hatte, die Täuscherin im rechten Moment mit ihren Hörnern zu piksen. Hanni beziehungsweise Nanni war dann erschrocken zurückgesprungen, der Bauer bemerkte seinen Irrtum und kettete sie nachträglich doch noch an. Irgendwie hatten sie ihre Vorgehensweise offenbar optimiert, und ihr Trick war letzte Nacht erneut geglückt. Wie sie sich dazu verabredet hatten, war unklar. Auf der Weide war nach Bertas Anweisung, die bereits ein strenges Regiment führte, immer eine andere Kuh in ihrer Nähe gewesen, um geheime Absprachen zu verhindern, denn sie wollte den Zwillingen von Anfang an Einhalt gebieten. Berta musste unbedingt dahinterkommen, wie es dazu kommen konnte, um den bereits aufflammenden Unmut und drohenden Unfrieden in der Gruppe zu unterbinden. Grübelnd ließ sie ihren Blick aus dem Fenster über den Hof schweifen, der in blasses Mondlicht getaucht war.

Irritiert blinzelte sie, als ein Schatten an der kleinen Werkstatt des Bauern, die auf der gegenüberliegenden Seite des Hofplatzes lag, vorüberglitt. Einbildung? Nein, nun trat tatsächlich eine Person aus dem Dunkel und lief in langen Schritten quer über den Hof auf das Wohnhaus zu. Berta strengte sich an und starrte in die Dunkelheit, konnte aber außer einer schwarzen Gestalt wenig erkennen, da die magere Mondsichel hinter einer Gruppe Wolken verschwunden war. Für die Nacht war Regen angesagt, wie sie aus dem Radio, das während der abendlichen Stallarbeit stets lief, erfahren hatte. Sie beschloss, sich nicht weiter um den Besucher zu kümmern; solange er nicht in ihre Behausung kam und ihre nächtliche Ruhe störte, brauchte er sie nicht weiter zu interessieren. Sie vertiefte sich erneut in das Problem Hanni und Nanni, kam aber nicht weit. Das Auftauchen zweier heller Lichtkegel, die sie beim Einfahren des dazugehörenden Wagens auf den Hof durch das Fenster blendeten, unterbrach jäh alle Gedanken. Der Fahrer stellte seinen Wagen auf der gekiesten Fläche vor der Terrasse des Wohnhauses ab und verschwand damit aus

Bertas Sichtfeld. Alles war wieder dunkel, und fast schien es Berta, als habe sie sich das nächtliche Treiben vor ihrem Fenster nur eingebildet. Die Fetzen eines Gesprächs, die durch das gekippte Fenster an Bertas Ohren drangen, bewiesen ihr jedoch, dass dem nicht so war. Sie spitzte konzentriert ihre großen Kuhohren und schob sie wie zwei Satellitenschüsseln in Richtung der Stimmen. Leider half es nichts, sie konnte keine genauen Worte verstehen. Zwei Männer unterhielten sich. Der Besucher und der Bauer? Aber der Bauer hatte den Hof verlassen, als es dämmerte. Berta hatte es genau gesehen, da er, um sein Auto in der Garage zu erreichen, an ihrem Fenster vorbeilaufen musste. Warum parkte er sein Auto heute nicht dort, sondern vor dem Wohnhaus? Das tat er doch sonst nie. Berta schüttelte den Kopf, um die Gedanken an die Männer dort draußen – dass es Männer waren, erkannte sie an der Tiefe der Stimmen – aus ihrem Schädel zu verbannen. Sie wollte keine Zeit verschwenden, schließlich musste sie sich um Wichtigeres kümmern.

Als auch ihr Haupt langsam tiefer sank und sie zu dösen begann, wirbelten immer noch Hanni und Nanni und ein Sack Mehl darin herum. Schon fast im Schlaf angekommen, nahm sie am Rande ihres Bewusstseins noch zwei Dinge wahr: einen weiteren Schatten, der recht instabil auf den Hof gewankt kam und sich in großen Ausfallschritten langsam näherte, kurz stehen blieb und dann brüllend das Haus stürmte, und einen Wagen, der gestartet wurde und ohne Licht vom Hof raste, dass der Kies nur so spritzte.

Dann war's also doch nicht der Bauer, der im Auto kam, kroch die Erkenntnis durch Bertas Gehirnwindungen, bevor sie kurz darauf über diesem letzten Gedanken eingeschlafen war.

6. Mai

6.45 Uhr, auf dem Höpflhof

Bella machte sich wie immer als Erste auf den Weg zur Weide. Dieses Privileg konnte ihr Berta nicht streitig machen, und das genoss sie. Nur mit Henriette musste sie sich den ersten Platz teilen, die immer mit ihr zusammen den Stall verließ. Der Bauer trieb die Kühe paarweise aus dem Stall, damit beim Gang zur Wiese nicht zu großes Gedränge herrschte. Zu zweit gingen sie deshalb, damit nicht eine Kuh zum Schluss allein im Stall stand und Ärger beim Melken machte, weil sie ihre Artgenossinnen vermisste. Deshalb war Bella aufgrund der Reihenfolge der Stallplätze die Erste, die den Stall verlassen durfte, und Henriette folgte ihr wie ein Schatten. Dass Henriette einen Schatten hinter der prachtvollen Bella darstellte, war keine Frage. Die Kühe konnten in Aussehen und Charakter kaum unterschiedlicher sein. Bella war eine äußerst schöne und grazile Kuh mit ausladenden, prachtvoll gebogenen Hörnern, und nicht umsonst hatte sie bereits mehrfach den ersten Platz auf diversen Schauen belegt. Bei solch großem Erfolg lag Bella Bescheidenheit fern, und hätte man sie gefragt, hätte sie geantwortet, dass sie die neue Leitkuh hätte werden müssen anstatt der altbackenen Berta mit ihren soliden Vorstellungen vom Kuhdasein.

Nein, Bella und Berta waren keine dicken Freundinnen, und auch Henriette war von der schönen Kuh, die vor ihr ging, eher eingeschüchtert als angetan. Denn bei ihr handelte es sich um ein sehr scheues, verhuschtes Exemplar, das eher klein gewachsen war und schon früh Probleme mit den Gelenken hatte und daher verhärmt dahergehinkt kam. Henriette hielt in der Regel gebührenden Abstand zu Bella, die gern Ferdinand, an dessen Stallfenster sie vorbeikamen, beeindruckte und hocherhobenen Hauptes in Richtung Weide tänzelte. Deshalb bemerkte Bella die Gestalt im Gras nicht. Sie war bereits auf der Weide angekommen, als sie den erstickten Aufschrei der armen Henriette hörte und sich genervt fragte, vor welchem Geräusch sie sich diesmal erschrocken hatte. Mittlerweile waren weitere Kühe auf dem Weg zu ihnen, auch Berta und Lotti.

Berta überlegte, weshalb Henriette die Weide nicht betrat, um sich am frischen Grün zu laben, sondern in einer starren Haltung mit gesenktem Kopf am Wegrand verharrte. War ihr schlimmer Fuß noch schlimmer geworden? Sie hatte stark aufgeschwollene Gelenke, und beim Aufstehen am Morgen knackten ihre Sehnen so laut, dass es schon beim Zuhören wehtat. Erstaunt registrierte sie, dass Henriette einen weißen Gegenstand fixierte, und nach einer Schrecksekunde, dass dieser weiße Gegenstand Teil eines Kopfes war, der merkwürdig ruhig wie der restliche Körper der Person im Grasstreifen zwischen Wegrand und Zaun lag. Dass der Körper nicht gleich zu sehen gewesen war, lag daran, dass der Streifen selten gemäht und auch von den Kühen in der Erwartung auf das frische Gras der Weide verschmäht wurde.

Berta zwang sich, genauer hinzusehen. Das Gesicht, das ihr mit weit aufgerissenen und gen Himmel gewandten Augen entgegenstarrte, war ihr vertraut. Instinktiv spürte sie, dass der Mensch, der da lag, nicht mehr am Leben war, und die Tatsache, dass ein Stück Weidezaun um seinen Hals gewickelt war, das einen hässlichen roten Streifen hinterlassen hatte, wies darauf hin, dass er nicht auf natürliche Art gestorben war. Entsetzen, gepaart mit einer Spur Neugierde, durchzuckte Berta, und sie trat näher, beschnüffelte das Gesicht, die Arme und die Hände, die sie und ihre Freundinnen so oft gepiesackt hatten. Die Person, die vor ihr im Gras lag, war ihr Tierarzt, und das weiße Etwas, das sie zuerst gesehen hatte, seine hellen Zähne, die er im Todeskampf in einer grotesken Grimasse entblößt hatte und die selbst jetzt noch seltsam bizarr in der Morgensonne strahlten. Vorsichtig blickte sie sich um, außer dem Weidezaun war nichts zu sehen.

Henriette, die sich mittlerweile aus ihrer Schockstarre gelöst hatte, fing hysterisch an zu schreien und konnte trotz ermutigendem Zureden und Ermahnungen nicht aufhören, immer wieder »Er ist tot, er ist tot, er ist tot« auszurufen.

Als Anton aus der Stalltür trat, um zu sehen, welche seiner Kühe gerade schrie, als ob sie abgestochen würde, erblickte er einen ganzen Haufen Tiere, die mitten auf dem Weg standen. Genau das wollte er mit seinem ausgeklügelten Auslassschema vermeiden. Na wartet, euch werd ich schon helfen, dachte er ärgerlich und schnappte sich einen Holzstock, mit dem er notfalls ein paar Knuffe austeilen konnte, sollten sich die Damen nicht zum Weitergehen überreden lassen.

»Seht zu, dass ihr weiterkommt … dämliche Rindviecher!« Im Laufschritt und brüllend kam er bei den Kühen an, die ihn allerdings kaum zur Kenntnis nahmen. Jeder Versuch, die Kühe zum Weiterlaufen zu bewegen, scheiterte, und auch leichte Hiebe mit dem mitgebrachten Knüppel blieben ergebnislos. Als es ihm zu bunt wurde, schob Anton kurzerhand die ihm zugewandten Hintern auseinander und drängte sich nach vorn, um zu sehen, was die Kühe derart in ihren Bann zog, dass sie die saftige Weide glatt vergaßen und auch die Schläge ignorierten. Er drängte sich zwischen Berta und Lotti durch und trat sogleich den Rückzug an. Zu sehr war er vom Bild des ermordeten Johannes von Stegmann erschrocken. Er wich zurück vor dessen blicklosen Augen, die sich in seine Seele zu bohren schienen. Von Stegmanns Gesicht war merkwürdig verzerrt und zeugte von einem qualvollen Tod. Dieser Anblick würde sich für immer auf seine Netzhäute einbrennen, und Anton wusste, er würde es sein Leben lang nicht mehr vergessen können. Panisch nach Sieglinde rufend, rannte er zurück zum Hof und ließ seine verwirrten Kühe einfach stehen.

Berta löste sich als Erste aus ihrer Erstarrung, und alle, abgesehen von Henriette, die mit dem Eintreffen des Bauern verstummt war und nun ihr Gewicht abwechselnd von der rechten auf die linke Körperhälfte verlagerte und seltsam apathisch hin- und herpendelte, begannen, wild durcheinanderzumurmeln und zu raunen.

»Was ist mit ihm passiert?«, fragte Iris perplex.

»Wie konnte er sich so schlimm in den Weidezaun verwickeln?« Nanni musterte den Tierarzt neugierig.

»Oder wer hat ihm den Draht um den Hals gewickelt?« Hanni war gedanklich schon einen Schritt weiter als ihre Zwillingsschwester.

»Ich bin froh, dass er tot ist. Er war immer so grob mit mir. Besonders als ich mir diesen verrosteten Nagel eingefangen hatte«, bemerkte die praktisch veranlagte Elli.

»Spinnst du? Wer kümmert sich dann um mich, wenn es Probleme bei der Geburt meines Kälbchens gibt?«, fuhr Lotti sie an.

»Also, mein früherer Tierarzt war viel schlimmer. Ich hab den da sogar ein bisschen gemocht«, sagte Elenor, die noch nicht lange ein Teil der Herde war, und deutete mit ihrer Schnauze auf von Stegmann.

»Regt euch nicht so auf. Es wird schon einen neuen Tierarzt geben«, mischte Bella sich genervt ein, die die Ängste der anderen nicht so ganz verstehen konnte.

Berta zischte ihnen zu, sie sollten ruhig sein, denn sie ahnte, dass der Bauer die Polizei rufen würde und ihr nicht mehr viel Zeit blieb, sich die leblosen Überreste des zwar von ihnen benötigten, aber doch verhassten Tierarztes anzusehen. Sie hatte die Krimiserie, die morgens im Radio lief, immer aufmerksam und hoch konzentriert verfolgt, daher wusste sie, dass die entscheidenden Hinweise und Fakten stets am frischen Tatort zu finden waren. Aus den Augenwinkeln bemerkte sie einen Wagen, der in die Zufahrt zum Höpflhof einbog und mit blau blitzendem Licht rasch näher kam. Die Polizei war auf dem Weg. Nun musste sie schnell handeln, bevor die Leute am Tatort eintrafen und sie verscheuchten. Berta untersuchte die Leiche des Tierarztes noch einmal gründlich, konnte aber nichts Besonderes feststellen. Sie prägte sich das Bild, das sich ihr bot, genau ein und marschierte in Richtung Weide davon.

Gespannt hatten Lotti, Hanni, Nanni, Elenor, Elli, Iris, Henriette und Bella aus sicherer Entfernung alles beobachtet, zu nahe wollten sie dem Toten nicht kommen. Obwohl auch sie allesamt große Fans der Serie waren und aus dem Radio einiges über Spurensicherung und Ermittlungstaktiken gelernt hatten.

Auf der Weide angekommen, versammelten sich die Kühe erneut in einer Gruppe. Berta blickte in eine Reihe bestürzter und verwirrter Gesichter, die noch nicht so recht zu begreifen schienen, was sie soeben gesehen hatten.

»Meine lieben Freundinnen, hört mir zu!«, ergriff Berta das Wort.

Das Gemurmel, das sich ausgebreitet hatte, erstarb augenblicklich, und alle lauschten aufmerksam den Worten ihrer neuen Leitkuh.

»Wir haben soeben ein echtes Mordopfer auf dem Weg zu unserer Wiese gefunden …«, leitete Berta ihre Ansprache ein, und erneut ging ein Raunen durch die Kühe, das Berta jedoch ignorierte. »Damit ist auch die Ermittlungsarbeit zu unserer Sache geworden. Immerhin ist es unser Tierarzt, der dort auf dem Weg zu *unserer* Weide liegt –«

»Ach, Berta, hör doch auf! Das ist Menschensache. Der Tierarzt war ein Mensch, und nun ist er tot. Was soll's? Das geht uns nichts an«, sagte Bella mit genervt verdrehten Augen.

Zweifelnd warf Berta einen Blick auf die dümmlich wirkenden Streifenbeamten, die sich inzwischen am Tatort eingefunden hatten und nicht so recht zu wissen schienen, was sie als Nächstes tun sollten. Das bestärkte sie eindeutig in ihrem Gefühl, dass sie sich einmischen mussten.

»Na ja …«, unruhig scharrte sie mit dem Vorderfuß, »… wir alle wissen doch, dass die Menschen sich manchmal etwas dämlich anstellen, schaut sie euch doch bloß an. Außerdem haben wir jeden einzelnen Fall im Radio nach der Hälfte der Zeit schon gelöst, und deshalb dachte ich, es könnte nicht schaden, wenn wir ein wenig nachhelfen und uns umhören.« Unter gesenkten Lidern schielte sie nach oben, um die Reaktion ihrer Artgenossinnen abzuwarten.

Lotti kaute nachdenklich auf einem imaginären Grasbüschel, um ihre Gedanken zu ordnen. Tatsächlich hatte keine von ihnen bisher auch nur einen Blick auf die üppige Weide geworfen, die Ereignisse des Morgens hatten ihnen allen gründlich den Appetit verdorben.

»Nun, Berta, du hast eine Entscheidung für uns alle gefällt, das finde ich nicht richtig, auch wenn du unsere Leitkuh bist. Ich muss allerdings zugeben, dass ich auch denke, dass uns die Sache etwas angeht, da er immerhin unser Tierarzt war und auf unserem Weg liegt«, sagte Lotti mit einem Seitenblick auf die beiden Beamten, die sich nun immerhin dazu entschlossen hatten, ein rot-weiß gestreiftes Absperrband um den Tatort zu ziehen.

Da auch Lotti, die großes Ansehen unter den Kühen genoss, der Meinung war, dass der Tod des Tierarztes Sache der Höpfl-Herde war, wagte keine zu widersprechen.

Nur Henriette, die ihr stoisches Pendeln eingestellt hatte, murmelte abstrus vor sich hin. »Das dürfen wir nicht tun, Kühe dürfen so was nicht. Wir werden fürchterlich bestraft werden. Ja, das werden wir büßen müssen.«

Ohne sie weiter zu beachten, erteilte Berta die nötigen Anweisungen für die nächsten Stunden und warf Lotti einen dankbaren Blick für ihre Treue zu. »Lotti, du informierst die anderen, die noch nichts mitbekommen haben, gleich wenn sie vom Stall auf die Wiese kommen. Alle sollen die Augen aufhalten und überlegen, ob sie in den letzten Tagen etwas Auffälliges bemerkt haben. Ich stelle mich an den Zaun und versuche zu erfahren, was die Menschen bereits wissen.«

Und ich muss darüber nachdenken, ob das, was ich gestern Nacht beobachtet habe, etwas mit dem Mord zu tun hat, setzte sie in Gedanken hinzu, sprach es aber nicht laut aus. Jetzt war nicht der richtige Zeitpunkt für ausschweifende Erklärungen.

8.00 Uhr, auf dem Höpflhof

»Konrad Brunner, Kriminalpolizei Kempten, Abteilung Morddezernat«, stellte sich der untersetzte Beamte mit ausgestreckter Hand vor. Er war im Eiltempo mit seinem Kollegen aus Kempten gekommen, denn es galt, einen Leichenfundort zu besichtigen, für den die gleiche Regel galt wie für Süßspeisen mit rohen Eiern: je frischer, desto besser.

»Richard Lemming.« Brunner deutete auf seinen Kollegen, als könnte der nicht für sich selbst sprechen, und erntete von ihm auch prompt einen missmutigen Blick dafür.

Nachdem Anton und Sieglinde ihn nur fassungslos anstarrten, anstatt seine Hand zu ergreifen, zog er diese ungeschüttelt zurück und erklärte: »Wir würden jetzt gern den Fundort der Leiche begutachten und Ihnen im Anschluss einige Fragen stellen. Wenn Sie uns bitte hinführen würden.«

Wortlos wurden er und der schweigsame Lemming, der immer noch beleidigt wirkte, hinter das Bauernhaus auf den Weg zur Weide geführt.

Konrad Brunner war schlecht gelaunt. Nicht nur, dass er es mit einem äußerst wortkargen Paar Bauersleuten zu tun hatte, das von den Ereignissen auf seinem Hof förmlich überrumpelt schien, auch der Kollege, der ihm zur Tatortbesichtigung zugewiesen worden war, stellte sich als Sensibelchen heraus. Außerdem war es Freitag, und er hatte Besseres zu tun, als durch Kuhfladen einem Leichenfundort entgegenzuwaten. Nein, schlechter konnte der Tag kaum werden, dachte er, musste seine Einschätzung aber sogleich revidieren, als er feststellte, dass das Gras und der feuchte Boden rund um die Leiche mit Hufspuren übersät waren. Fraglich, ob hier überhaupt noch was zu finden war, aber das sollte das Problem der Kollegen von der Spurensicherung sein, die er im Laufe der nächsten Stunde erwartete.

Nach eingehender Betrachtung des Toten gingen sie zum Hof zurück, um Sieglinde und Anton Höpfl zu befragen.

Berta, die ihre Ohren gespitzt hatte, konnte nichts erfahren, da der Kommissar in der Hocke verweilend den Toten lediglich schweigend angesehen hatte, bevor alle miteinander, außer den Streifenbeamten, die immer noch die Fundstelle bewachten, den Rückweg antraten. Berta verfluchte ihre Situation. Die Lücke der Weide war vom Bauern verschlossen worden und sie darin gefangen. Der dünne Draht, der dem, mit dem der Tierarzt erdrosselt worden war, aufs Genaueste glich, pulsierte von den regelmäßigen Stromschlägen. Berta konnte das monotone Ticken hören, das jedem, der eine Berührung wagte, zuckende Schmerzen verhieß. Aber sie musste hören, was auf dem Hof besprochen wurde. Schnell eilte sie zu Iris, die eine Meisterin im Ausbrechen war. Sie wusste, wie der elektrische Zaun zu überwinden war. Iris hatte ihre Technik perfektioniert, um auch dann an die frischesten Kräuter und fettesten Halme zu kommen, wenn die Wiese längst abgegrast war. Regelmäßig zog sie damit die neidischen Blicke der anderen auf sich, wenn sie sich den Magen vollschlug. Trotzdem wagte niemand, sie nachzuahmen und dem tickenden Ungeheuer, das der dünne Draht für die meisten Kühe darstellte, zu nahe zu kommen. Auch die Erhöhung der Voltzahl, die der Bauer eingestellt hatte, um Iris in den auferlegten Grenzen zu halten, hatte sie nicht daran gehindert, weiterhin in schöner Regelmäßigkeit auszubrechen.

Iris, die die Brisanz der Situation schnell erfasste, unterzog Berta einer schnellen Einweisung in ihre Kunst. »Es ist überhaupt nichts dabei, du musst nur deine Angst überwinden und dir vorstellen, was für eine große Belohnung auf dich wartet, wenn du nur kurz die Stromschläge erträgst. Du musst deinen Kopf ganz auf den Boden senken und unter dem Stromdraht durchstrecken, dann hebst du den Kopf und machst einen Tritt nach vorn, damit der Draht auf deinem Rücken aufliegt, dann nur noch ein paar rasche Schritte, und du bist unten durch. Nur eines ist ganz wichtig, und das machen die meisten falsch: Wenn du die Stromschläge spürst, darfst du in deinem Schrecken nicht zurückspringen, sonst stehst du wieder hinter dem Zaun und ganz am Anfang.«

Es klang tatsächlich ganz einfach. Berta ging sofort ans Werk, um ebenso schnell den Fehler, auf den Iris sie aufmerksam gemacht hatte, zu begehen. Durch die neugierigen Blicke der restlichen Herdenmitglieder, die wissen wollten, ob sie es schaffen würde, angespornt, ging Berta kurz in sich. Auf der anderen Seite des Zauns wartete Wissen auf sie; sie musste einfach erfahren, was der Kommissar und die Bauersleute besprachen, ansonsten müsste sie die von ihr getroffene Entscheidung als Leiterin der Herde zurückziehen, was ihrem Ansehen bestimmt schaden würde. Das konnte sich Berta als frisch angetretene Leitkuh nicht leisten. Sie schüttelte sich bei der Vorstellung, wie sie von den anderen Kühen angesichts ihres Versagens vorzeitig abgewählt werden würde und womöglich ihren Lebensabend am Rande der Herde ohne Bedeutung verbringen müsste. Entschlossen senkte sie ihr Haupt, machte ein paar Schritte, ertrug den zuckenden Schmerz auf ihrem Rücken, und statt ihrem inneren Drang zu folgen und zurückzuweichen, preschte sie nach vorn und glitt unter dem Stromzaun hindurch.

Bewundernd nickte Iris ihr zu. »Du lernst schnell, die meisten brauchen sehr lange, um das zu schaffen«, sagte sie anerkennend.

»Tempo«, rief Lotti und deutete mit ihrem Kopf auf die kleine Gruppe, die den Hof bereits erreicht hatte und kurz davor war das Bauernhaus zu betreten.

Berta rannte los, an den Streifenbeamten vorbei, deren verdutzte Blicke ihr folgten. »Wenn die Kühe ausbrechen, ist das nicht unser Bier, solange die nicht den Tatort verwüsten«, hörte sie noch mit halbem Ohr auf ihrem Weg zu neuen Erkenntnissen.

Kurz vor dem Stall verlangsamte sie ihre Schritte, um nicht aufzufallen. Sie wollte schließlich in Ruhe zuhören können und nicht gleich verscheucht werden. Dank dieser Entscheidung fiel ihr ein weißes Stück Papier auf, das halb versunken im schlammigen Boden vor ihren Füßen lag und das der Kommissar und die Bauersleute anscheinend übersehen hatten. Das Papier entpuppte sich als weißer, rechteckiger Gegenstand, der sich hart anfühlte, wie Berta feststellte, als sie mit der Zungenspitze darüberfuhr. Sie leckte über das Plastikding und ließ es wie eine Briefmarke auf ihrer rauen Zunge kleben, um es anschließend an ihren vorderen Schneidezähnen abzuschaben. Das Ding fiel herunter und landete auf der anderen Seite, genau wie Berta es beabsichtigt hatte. Sie blickte in das in Plastik laminierte Gesicht eines unbekannten Mannes. Wer war er? Wenn sein Bild so nah am Leichenfundort des Tierarztes lag, kannte er den Tierarzt vielleicht und wusste etwas über seinen Tod. Oder er hatte, was ihr viel wahrscheinlicher erschien, etwas mit seinem Tod zu tun. Nun musste sie schnell handeln, und ohne weiter darüber nachzudenken, klebte sie sich das Bild des Unbekannten wieder auf die Zunge und marschierte weiter in Richtung Wohnhaus.

Ferdinand, der sein Quartier zwischen dem Stall der Kühe und dem Wohnhaus hatte, hielt seinen mächtigen Kopf aus dem Fenster gestreckt. Da er noch nicht auf die Weide gelassen worden war, blieb er stiller Beobachter der Szenerie, ohne jedoch zu verstehen, was sich da abspielte. Als Berta am Kuhstall vorbeischlich, packte er seine Chance beim Schopf.

»Psst, Berta«, raunte er ihr zu. »Was'n da los heute? Überall Leute und zuckendes blaues Licht, und der Bauer hat vergessen, mich und die Hälfte der Damen auf die Weide zu lassen«, sagte er voller Empörung.

Berta hörte das Maulen ihrer Freundinnen aus dem Kuhstall und das Murren über die spannenden Euter, die der Bauer noch nicht gemolken hatte. Aber sie hatte keine Zeit, sich mit Erklärungen aufzuhalten, sonst würde ihr vielleicht Wichtiges entgehen.

»Jetzt nicht, Ferdinand, ich muss weiter, ich muss hören, was die besprechen. Vielleicht hilft es mir dabei, herauszufinden, wer den Tierarzt ermordet hat«, erklärte sie dem Stier nuschelnd, um das Ding auf ihrer Zunge nicht zu verschlucken. In ihrem Eifer vergaß sie, dass er von den jüngsten Ereignissen noch gar nichts wusste.

»Waaassss? Der ist tot? Wann ist denn das passiert? Gestern Abend war er doch noch quicklebendig.« Der launische und sonst so häufig einsilbige Stier war heute direkt in Plauderlaune.

Obwohl sie schnellstmöglich weiterkommen wollte, registrierte Berta das interessante Detail. »Du hast mitbekommen, dass er gestern noch hier war?«

»Ja, er und noch ein anderer, der mit dem Auto kam. Den hab ich aber nicht gekannt. Die haben vor meinem Fenster rumgestritten und mich vom Schlafen abgehalten mit ihrem Gezänk.«

Aufgeregt wandte Berta sich ihm nun doch zu und vergaß für einen Moment die drängende Eile. »Du hast verstanden, was die beiden geredet haben?«

»Na ja, geredet haben sie ja nicht, eher geschrien, weshalb ich auch jedes einzelne Wort glasklar verstanden habe. Hab mich noch geärgert und mir gedacht, dass ich die plattmachen könnte, wenn ich nicht im Stall festsitzen würde. Schließlich veranstaltet man keinen solchen Radau zu so später Stunde –«, setzte Ferdinand zu seiner Erklärung an, wurde aber von Berta unterbrochen, die Gesprächsfetzen aus der Bauernstube hörte, wo jetzt ein Fenster geöffnet wurde.

»Ferdinand, merk dir alles, es ist wirklich wichtig. Ich muss jetzt weiter, aber wir unterhalten uns später«, sagte sie rasch und ließ den verdutzten Ferdinand allein zurück.

Ferdinands bewundernde Blicke folgten Berta, die diese nicht wahrnahm, weil sie bereits um die Ecke des Wohnhauses geschlüpft war und sich unter dem geöffneten Fenster der Stube positioniert hatte.

»Danke, Frau Höpfl, so ist es schon besser, hier drin ist es aber auch heiß«, sagte Brunner. »Fahren wir fort. Sie sind also ganz sicher, dass der Tote Ihr Tierarzt Johannes von Stegmann ist?«

»Ja, ganz sicher.« Antons Stimme war leise, ganz anders als sonst, als ob er aufgrund der turbulenten Ereignisse der letzten Stunde seine Courage völlig eingebüßt hätte.

»Gut. Anhand der Totenstarre würde ich schätzen, dass der Mord schon einige Zeit zurückliegt. Eventuell in den späteren Stunden des gestrigen Abends. Um einen genaueren Zeitpunkt zu benennen, müssen wir aber noch den Bericht der Rechtsmedizin abwarten. Sie könnten mir aber trotzdem schon mal sagen, was Sie beide gestern Abend gemacht haben.«

Ein Stuhl scharrte über den Boden, und Antons Füße klopften unruhig im Takt. »Ich war gestern beim Schafkopfen in der Dorfwirtschaft wie jeden Samstagabend«, sagte Anton verlegen.

»Na, das lässt sich doch sicher gut überprüfen, wenn Sie mir bitte nachher noch die Namen der anderen Mitspieler aufschreiben würden und, wenn's geht, auch deren Adressen und Telefonnummern. Wann haben Sie denn den Hof verlassen, und wann sind Sie zurückgekommen?«

»Gegangen bin ich um kurz nach acht. Nach dem Stall habe ich noch geduscht, es wird deswegen immer recht spät, wenn ich abends noch wegmuss.«

»Wann sind Sie wieder nach Hause gekommen? Und Sie sind trotzdem ausgegangen, obwohl doch Besuch erwartet wurde?«

»Also, das weiß ich nicht mehr so genau, und außerdem haben wir nicht gewusst, dass der Stegmann kommen wollte, der hat nix davon gesagt«, druckste Anton herum.

»Und warum nicht? Wann sind Sie denn jetzt heimgekommen?«

»Woher soll ich das wissen? Keine Ahnung, was der hier gestern noch wollte.« Anton machte eine kurze Pause, bevor er mit gesenkter Stimme weitersprach. »Na ja, ich hatte wohl ein paar Bier zu viel, deswegen bin ich auch gelaufen, ist ja nicht so weit. Das Auto steht immer noch vorm Eberwirt.«

»Auch das werden wir überprüfen. Trinken Sie oft viel Alkohol?«, fragte Brunner stakkatoartig.

»Also, so viel war's ja nicht, eigentlich waren es auch nur ein paar Bier, aber gestern war ich halt gut drauf, und dann sind's ein paar mehr geworden.«

Angesichts dieser Erklärung hob Brunner zweifelnd die Augenbrauen. »Und Sie, Frau Höpfl? Was haben Sie gestern gemacht, und können Sie sich vielleicht erinnern, wann Ihr Mann nach Hause gekommen ist?«

»Ich hab gar nix Besonderes gemacht. Ich bleib meistens daheim, wenn der Anton zum Schafkopfen geht.«

»Aber mit irgendwas müssen Sie doch Ihre Zeit verbracht haben?«, hakte Brunner ungeduldig nach.

»Ja, schon«, erwiderte sie verlegen. »Na ja, ich hab halt a bisl Schönheitspflege gemacht, Sie wissen schon, Beine rasieren und so … und bin dann früh ins Bett gegangen.«

»Aha, Sie waren also den ganzen Abend allein zu Hause, und ich nehme an, dass es dafür keine Zeugen gibt. Haben Sie schon geschlafen, als Ihr Mann nach Hause kam?«

»Ja, aber der hat so einen Höllenlärm gemacht, dass ich sofort aufgewacht bin.«

»War er denn so stark betrunken?«

»Nein, rumgeschrien hat er. Er soll sich sofort zeigen, dann würde er ihm mal die Meinung sagen, zu wem die Frau des Höpflhauses gehören würd.«

Verwirrt fragte Brunner nach: »Jetzt müssen Sie mir aber schon mehr erzählen. Denkt Ihr Mann denn, Sie hätten eine Affäre?«

Sieglinde hätte sich am liebsten auf die Zunge gebissen, als ihr die Erkenntnis dämmerte, dass Anton ihr genau das unterstellt hatte, und zwar mit dem Ermordeten. »Anscheinend. Warum, weiß ich auch nicht, er hat halt zu viel gesoffen. Der hat sich in seinem Suff sogar eingebildet, dass ein Auto vor dem Haus stehen würd. Aber als mer rausgeschaut haben, war da nix zu sehen«, versuchte sie, sich herauszuwinden.

Nun schnappte Brunner hörbar nach Luft. »Jetzt lassen Sie sich doch nicht jedes Wort aus der Nase ziehen. Wenn ein Auto auf dem Hof stand, müssen Sie mir das schon sagen. Also, Herr Höpfl, Ihre Frau sagte bereits, dass sie kein Auto gesehen hatte, Sie aber angeblich schon. Was stimmt denn jetzt? Um was für ein Fahrzeug handelte es sich denn? Und haben Sie beide ein Auto wegfahren hören? Oder Sie, Frau Höpfl, eins herfahren?«

»Also, wie schon gesagt, ich hab keins gesehen; als mer dann rausgeschaut haben, stand auch keins da. Und wegfahren hab ich auch keins gehört, aber das wundert mich auch nicht, da Anton getobt hat wie ein Wilder und versucht hat, meinen angeblichen Liebhaber zu finden. Vorher hab ich auch nix gehört, ich hab den Abend im Bad verbracht, das geht nach hinten raus, und da hört man nicht, wenn jemand kommt, erst wenn's an der Tür klingelt. Danach bin ich gleich ins Bett gegangen«, antwortete Sieglinde und ergänzte verlegen: »Da trag ich eine kühlende Schlafmaske gegen Augenringe und Ohrstöpsel an den Schafkopfabenden von Anton, weil der furchtbar zu schnarchen anfangt, wenn er auch nur ein Bier getrunken hat. Ich hab also nix hören oder sehen können. Als das ganze Theater losgegangen ist, war's kurz vor zehn. Ich hab auf den Wecker geschaut, als der Anton ins Zimmer gestürmt kam.«

Glücklich über so viel Informationen auf einmal bat Brunner Sieglinde, seinem Kollegen doch bitte die benannten Schlafutensilien zu zeigen, um die Richtigkeit ihrer Angaben zu überprüfen, während er sich weiter mit Anton Höpfl unterhalten wollte.

Sieglinde und der etwas gelangweilt wirkende Lemming verließen die Stube, und Sieglinde fragte sich im Stillen, wieso der Kommissar von diesem faden Mann begleitet wurde, der bisher kaum ein Wort von sich gegeben hatte und eher wie ein zufällig ins Geschehen Geratener dabeisaß. Es konnte ihr auch egal sein. Sie war nur froh, dass es ihr gelungen war, von Antons Verdacht, sie hätte einen Geliebten, abzulenken. Dass Anton ausnahmsweise sternhagelvoll nach Hause gekommen war, erwies sich nun als reiner Segen.

Derweil beantwortete Anton die Fragen, die Brunner an sie beide gerichtet hatte. »Also, es ist mer schon ein bisl peinlich.

Normalerweise besauf ich mich nicht, das können Sie auch meine Schafkopfbrüder fragen. Aber ich war halt gut drauf.«

»Das hatten Sie schon gesagt«, sagte Brunner ungeduldig. »Bitte beschränken Sie sich auf die Beantwortung meiner Frage.«

Eingeschüchtert fuhr Anton fort. »Als ich heimgelaufen kam, parkte ein großes Auto direkt vorm Wohnhaus vor der Terrasse, da, wo der Streifenwagen jetzt steht. Ich glaub, es hat a dunkle Farbe gehabt. Blau oder Grau, vielleicht auch Schwarz. Mehr weiß ich echt nicht mehr, außer, dass mir in meinem Suff der Gedanke, dass an Liebhaber bei meiner Sieglinde sein könnt, durchs Hirn geschossen ist.«

Brunner hatte zwar das unbestimmte Gefühl, dass die beiden etwas zurückhielten, war aber fürs Erste zufrieden. Mit einem Blick auf den Hof registrierte er, dass die Kollegen von der Spurensicherung eingetroffen und auf dem Weg zur Haustür waren. Sie wurden von Sieglinde empfangen, die mit Lemming im Schlepptau gerade die Treppe herunterkam, der angesichts ihrer verklebten Ohrstöpsel angewidert festgestellt hatte, dass zumindest diese Aussage der Wahrheit entsprach.

Nun gut, viel Arbeit lag vor ihm, und er musste noch die nächsten Nachbarn befragen, ob ihnen etwas aufgefallen war. Angestrengt dachte Brunner nach; etwas störte ihn, nur konnte er noch nicht benennen, was es war. Sein Blick fiel auf den Streifenwagen, den die Lindenberger Kollegen, die als Erste eingetroffen waren und noch den Leichenfundort bewachten, vor der Terrasse im Kies abgestellt hatten. Missmutig überlegte er, dass dort das ominöse Auto gestanden haben musste und die Spuren vermutlich von den Lindenbergern zwar unwissend, aber doch gründlich zerstört worden waren. Wem hatte das Auto gehört? Dem Täter? Einem Liebhaber der Bäuerin, der sich am Bauern vorbeigeschlichen und eilends den Hof verlassen hatte, als Anton Höpfl im Schlafzimmer tobte? Von Stegmanns Wagen war es wohl nicht, der war ja tot und konnte kaum vom Hof gefahren sein. Jetzt wurde Brunner klar, was ihn störte. Wie war das Mordopfer auf den Hof gekommen? Wohl kaum zu Fuß wie der Bauer. Ein Wagen musste hier gewesen sein, nur welcher? Der vom Opfer oder vom Täter? Einer von beiden musste anderweitig auf den

Hof gekommen sein. Oder waren beide zusammen mit dem Auto gekommen, aber nur einer hatte den Hof wieder lebendig verlassen? Er beschloss, sich zunächst den weiteren Befragungen zu widmen und überprüfen zu lassen, ob das Auto von von Stegmann in seiner Garage parkte. Wenn nicht, würde er danach fahnden lassen. Zufrieden über diese erste Spur entließ er Anton aus seinen Fängen.

Die Kollegen der Spurensicherung betraten die Stube. »Grüß dich, Konrad! Was hast du denn heute für uns? Wir wollen am besten gleich anfangen, solang die Leiche noch frisch ist«, begrüßte ihn der Kollege Lauinger. »Ach ja«, wandte er sich mit einem verschmitzten Grinsen an Anton, »und warum steht ein Rindviech am Fenster? Es sieht fast so aus, als würde es lauschen.« Lauinger lachte herzlich über seinen Scherz.

Anton lief zum Fenster und fand eine zerknirschte Berta vor, die angesichts ihrer plötzlichen Enttarnung nicht mehr rechtzeitig den Rückzug hatte antreten können.

»Nun müssen Sie mich aber schon entschuldigen, ich muss jetzt die Berta einfangen und hab noch andere Kühe im Stall, die noch nicht gemolken worden sind, Sie hören sie ja selbst brüllen. Außerdem muss ich den Barnabas, unseren Mollen, noch zum Müller rüberbringen, der hat einen Decksprung gut, den Einsatz hab ich gestern beim Schafkopfen verloren«, ergriff Anton seine Chance, sich schnellstmöglich Brunner und dessen bohrenden Fragen zu entziehen.

Brunner verließ kurz darauf den Hof, war sich jedoch sicher, nicht zum letzten Mal bei den Höpfls gewesen zu sein.

11.45 Uhr, in Lindenberg

Brunner drängte darauf, schnellstmöglich die anstehenden Zeugenbefragungen durchzuführen. Je frischer eine Spur, desto heißer ist sie, war stets sein Motto bei der Aufklärung von Mordfällen. Die Nachbarin der Höpfls hatte auf ihr Klingeln nicht reagiert, schien also nicht zu Hause zu sein. Dort würden sie später noch mal vorbeischauen. Zuerst war ein gewisser Herbert Locher dran; dieser Name war mehrfach im Terminkalender von von Stegmann aufgetaucht, den die Spurensicherung beim Toten gefunden hatte. Lässig hatte das kleine, in schwarzes Leder gebundene Büchlein in der Gesäßtasche der engen Jeans von von Stegmann gesteckt. Die Locher-Termine waren zum Teil mit mehreren Ausrufezeichen versehen und mit einem roten Stift eingetragen, was Brunner höchst auffällig fand. Außerdem standen bei diesen Terminen keine weiteren Details wie bei allen anderen Einträgen. Von Stegmann hatte penibel Buch geführt: *3. April/12.45 Uhr, Hannes Rothinger, Kuh lahmt seit zwei Tagen* oder *8. April/14.30 Uhr, Sybille Lau, Pferd frisst nicht/in der Vergangenheit bereits Koliken*. Nur die Locher-Termine hatte der Tote so schlicht gehalten, obwohl die sich wie eine rote Linie seit Anfang des Jahres durch von Stegmanns Leben gezogen hatten. Das Buch gab Auskunft über sämtliche Telefonnummern von Herbert Locher. Es war ein Leichtes gewesen, den Mann an die Strippe zu bekommen und auf einen Termin am selbigen Mittag festzunageln. Dass er Veterinär war, verriet die Ansage des Anrufbeantworters in Lochers Büro.

Als Brunner ihn dann persönlich auf seinem Mobiltelefon erreicht hatte, schien er nicht eben glücklich, dass Brunner ihn am liebsten sofort sprechen wollte, und hatte versucht, sich mit dringenden Terminen, die er so kurzfristig nicht absagen oder verschieben konnte, herauszureden. Brunner hatte nicht lockergelassen, und so hatte Locher letztendlich eingewilligt, sich in seiner Mittagspause in einem Bistro zu treffen.

Die halbe Stunde bis zu ihrem Termin verbrachten Brunner und Lemming in der Polizeiinspektion Lindenberg. Die Kollegen waren so freundlich gewesen, ihnen das Büro eines krankgemeldeten Kollegen zu überlassen, und so konnten sie sich in Ruhe die bekannten Fakten und die Aussage der Höpfls noch einmal durch den Kopf gehen lassen. Eine heiße Spur oder überhaupt eine Spur kristallisierte sich noch nicht heraus. Vielleicht waren ja die rot markierten Termine im Kalender des Opfers ein erster Ansatz zur Lösung.

Locher saß derweil schon in der Bistro-Bar »Kura-Kura« in Lindenberg und wartete auf die bestellte Pizza. Tatsächlich hatte er heute einen eher lockeren Tag und hatte mit den vorgeschobenen Terminen lediglich versucht, sich die Polizisten vom Hals zu halten. Aber der Kommissar war hartnäckig gewesen, und Locher verfügte nicht über die notwendige Widerstandskraft, sich gegen solch einen dominanten Menschen zu behaupten. Was die Polizei von ihm wollte, hatte Brunner am Telefon nicht gesagt. Vielleicht war er ihm auf die Schliche gekommen? Locher dachte an seine Geheimnisse, die sich in den letzten Jahren immer mehr angehäuft hatten. Ihm wurde schlecht bei dem Gedanken, dass sie ihn erwischt hatten, und er konnte sich nicht dazu durchringen, die Pizza, die fettig dampfend vor ihm auf dem Teller lag, auch nur anzurühren. So stocherte er lediglich auf dem Belag herum und schob ein paar Oliven hin und her. Wenn er die Befragung doch nur schon hinter sich hätte.

Rumpelnd kam Brunner wenige Minuten später mit Lemming durch die Tür des Bistros gestürzt. Draußen entlud sich gerade ein Wolkenbruch. Sie waren den kurzen Weg vom Wagen bis zum Eingang gespurtet, um nicht bis auf die Knochen nass zu werden. Lemming war Brunner staunend gefolgt, er hatte dem recht beleibten Kollegen ein solches Tempo gar nicht zugetraut.

Kaum dass er den Raum betrat, warf Brunner einen scharfen Blick in die Runde, der auch einem Preisboxer weiche Knie beschert hätte. Die plötzliche Präsenz von Autorität und Dominanz ließen Locher noch ein wenig tiefer in seinem Stuhl hinunterrutschen, und man hätte meinen können, er wäre ein Kind, das sich vor dem Nikolaus und dem bösen Knecht Ruprecht unter dem Tisch verstecken wollte. Locher suchte Schutz hinter einer Topfpflanze.

Brunners Augen durchbohrten jedoch das Grünzeug. Er murmelte etwas in Richtung Lemming und kam mit schnellen Schritten auf Locher zu.

Jessas, ist das ein hageres Männchen, war das Erste, was Brunner bei dessen Anblick einfiel. Der kann doch nie und nimmer ein Mensch mit Karriere sein.

»Herbert Locher?«

Das Nicken gab Brunner die Gewissheit, dass er tatsächlich Herbert Locher vor sich hatte. Er wirkte durcheinander, so als würde er gleich anfangen zu heulen.

»Darf ich mich vorstellen? Ich bin Konrad Brunner vom Morddezernat Kempten, und das ist mein Kollege Lemming.« Brunner nickte kurz in Lemmings Richtung, bevor er weitersprach. »Wir ermitteln in einem Mordfall, der sich gestern, vermutlich in den späten Abendstunden, ereignet hat. Johannes von Stegmann wurde getötet. Sie kannten ihn?«

»Tot? Stegmann?«, krächzte Locher und verstummte.

Brunner befürchtete, dass diese Äußerung ihm die letzte Kraft geraubt hatte. Er hatte ihn bereits eingehend gemustert, Locher wirkte ausgezehrt und ungesund. Seine fahle Haut, die sich über die spitzen Wangenknochen spannte, war von einem Schweißfilm überzogen. Die dünnen Haare klebten strähnig an seinem Kopf, und ein nervöses Zucken ging von ihm aus, verursacht durch seinen unsteten Blick und den nicht zu bändigenden Bewegungsdrang seiner Hände und Füße. Brunner runzelte die Stirn. Was war los mit dem Mann? Hatte er solche Angst vor ihm? Was hatte er zu verbergen?

»Herr Locher.« Keine Reaktion. »Herr Locher! Geht es Ihnen nicht gut? Bitte reißen Sie sich ein bisschen zusammen und beantworten Sie unsere Fragen.«

Locher schien sich innerlich ein wenig aufzurichten, es war ihm anzusehen, dass es eine enorme Kraftanstrengung für ihn bedeutete. »Es tut mir leid, Herr Kommissar, ich bin nur sehr geschockt. Ich kannte Johannes gut. Wir hatten beruflich sehr viel miteinander zu tun, müssen Sie wissen. Und danke Ihrer Nachfrage. Leider kann ich nur sagen, dass es mir derzeit gesundheitlich, ich meine, psychisch, sehr schlecht geht.«

Brunner staunte über die ehrliche Antwort. Dieser Schatten von einem Mann hatte es geschafft, ihm den Wind aus den Segeln zu nehmen. Damit hatte sich seine nächste Frage eigentlich erübrigt. Er würde trotzdem nachfragen, er wollte wissen, was Locher so aus der Bahn geworfen hatte.

»Sie hatten viel miteinander zu tun, sagen Sie. Waren Sie oft verabredet?«, legte Brunner mit scheinheiliger Miene seine Falle aus.

»Ja, wir haben uns tatsächlich immer mal wieder getroffen. Nicht nur in beruflichen Angelegenheiten, sondern auch privater Natur.«

»Sie waren also Freunde?«

»Nein, das kann man so nicht sagen …« Locher atmete tief ein. »Eher Bekannte, die sonst nicht viele Menschen in ihrem Leben haben. Wir haben uns ab und an mal auf ein Bier getroffen.«

»Aha«, sagte Brunner. Dass Johannes von Stegmann kein Familienmitglied hier vor Ort hatte, hatten sie bereits recherchiert. Gebürtig kam er aus München, und seine Schwestern, die beiden einzigen noch lebenden Verwandten, waren nach ihrer Heirat fortgezogen. Die eine nach Berlin, die andere war in die Schweiz übergesiedelt. Lochers Erklärung konnte also durchaus stimmen. »Was ist mit Ihnen, Herr Locher? Haben Sie denn keine Kontakte oder Familie?«

»Schon, wobei ich sagen muss, dass meine familiären Verhältnisse seit mehreren Jahren eher schwierig sind. Meine Ehe ist zerrüttet. Meine Mutter ist letzten Monat verstorben. Ich habe sie regelmäßig im Pflegeheim besucht. Neben meiner Arbeit blieb da nicht viel Zeit für andere Kontakte, und viele meiner alten Freunde haben sich verabschiedet. Meine Frau hat sich getrennt, nachdem sie erfahren hat, dass meine Mutter mir nur Schulden hinterlassen hat, und sich zu einer Affäre bekannt, von der ich bisher nichts geahnt habe.« Mechanisch leierte Locher die Offenbarung seiner völlig gescheiterten Existenz herunter, und sogar der strenge Brunner hatte Mitleid mit diesem traurigen Mann, dem nichts geblieben war als das Grab einer Mutter, die ihm Schulden hinterlassen hatte.

Dennoch konnte er ihn noch nicht in Ruhe lassen. »Das tut mir sehr leid für Sie, Herr Locher«, sagte er in weit sanfterem Tonfall als bisher, »aber ich habe noch weitere Fragen an Sie. Ihr Name taucht im Kalender des Verstorbenen häufig auf, er hat ihn immer rot markiert. Da war ein Termin, der uns besonders ins Auge sprang, da er in Großbuchstaben geschrieben und mehrfach umrandet war.«

Ein Funken Interesse glomm in den trüben Augen von Locher auf. »Vielleicht waren die Verabredungen mit mir sehr wichtig für ihn? Oder er wollte seine privaten Termine von den beruflichen unterscheiden? Das sind nur meine Ideen dazu. Wissen tu ich es nicht. Welcher Termin erschien Ihnen so brisant, vielleicht kann ich mich erinnern?«

»Der 28. April, das ist ja noch nicht sehr lange her. Der Termin war durchgestrichen. Können Sie uns sagen, warum dieses Treffen nicht zustande kam?«

»Natürlich erinnere ich mich sehr genau, da war die Testamentseröffnung meiner Mutter. Ich war nicht imstande, an diesem Tag noch unter Menschen zu gehen.«

Dieses arme Schwein, dachte Brunner, der echtes, tief empfundenes Mitleid für diesen verlorenen und alleingelassenen Menschen vor sich empfand und darüber ganz vergaß, die Frage zu stellen, was Johannes von Stegmann an diesem Tag von Locher wollte.

Das war Lochers großes Glück gewesen. Er hätte lügen müssen, schließlich konnte er Brunner ja nicht erklären, dass von Stegmann einen Betrugsversuch mit ihm besprechen wollte. Eine überzeugende Lüge wäre ihm heute nicht über die Lippen gekommen. Seine Maske war gefallen, und er hatte nicht mehr den leisesten Hauch einer Chance, seine Gefühle zu verbergen. Die Wahrheit hätte wie in roten Lettern eintätowiert mitten in seinem Gesicht gestanden. Aber Locher hatte nicht lügen müssen. Sie hatten ihm geglaubt, er merkte es an der Art ihrer Verabschiedung. Seine Leichen blieben also vorerst im Keller.

16.40 Uhr, Vorderreute, bei Hiltrud Gersberger

In den späten Nachmittagsstunden desselben Tages saß Brunner im Wohnzimmer von Hiltrud Gersberger, der direkten Nachbarin der Höpfls, und nahm naserümpfend zur Kenntnis, dass ihm der Geruch auf dem Bauernhof deutlich sympathischer war als der, der im Wohnzimmer von Hiltrud Gersberger hing. Unauffällig wedelte er mit den Händen und versuchte, die rauchigen Schwaden der Duftstäbchen, die durch die Luft waberten, von seiner Nase wegzutreiben. Hiltrud Gersberger hatte darauf bestanden, dass kein Gespräch ohne Tee zu führen wäre, und hatte sich sogleich in die Küche aufgemacht. Brunner sah sich, soweit dies überhaupt möglich war, durch den Nebel hindurch im Wohnzimmer um, während Hiltrud Gersberger scheppernd in der Küche werkelte. Er hatte nichts übrig für Leute, die versuchten, jedem, der ihr Haus betrat, mit Mahagonischnitzereien von Männern mit überdimensionalem Geschlecht, Klangschalen und Räucherstäbchen ihre esoterische Gesinnung aufzudrängen. Ihm missfiel Hiltrud Gersberger, die ihn in wehende Batiktücher gekleidet mit ihrem langen hennagefärbten Haar, das sie in einem locker geflochtenen Zopf trug, an der Haustür empfangen hatte. Ohne zu fragen, wer er war und was er überhaupt wollte, hatte sie ihn sofort ins Wohnzimmer verschleppt. Der verdutzte Lemming, der hinter ihm gestanden hatte, wurde auch gleich mitverhaftet.

»Noch ein Suchender, wie schön«, stellte Hiltrud Gersberger fest und verkündete, sie würde erst einmal einen Ingwertee aufbrühen.

Lemming, den im nach Sandelholz duftenden Wohnzimmer die Übelkeit ergriffen und der bereits nach kurzer Zeit eine ungesund käsige Farbe im Gesicht angenommen hatte, wartete nun vor der Haustür. Brunner selbst musste sich den aufdringlichen Gerüchen und der Person Hiltrud Gersberger nun allein stellen und befürchtete, dass beides nicht einfach sein würde.

Prompt erschien Hiltrud Gersberger, als wäre sie von geistigen Kräften oder sphärischen Klängen gerufen worden. Mit träumerischem Lächeln und rosigen Wangen balancierte sie ein silberfarbenes Tablett mit getöpferten, unlasierten Tassen, aus denen heraus es dampfte, und ließ diese in einer fließenden Bewegung auf ein kleines Beistelltischchen gleiten. Der Geruch von Sandelholz vermischte sich mit Ingwer, und Brunner wurde es bald zu bunt. Wenn er die Befragung nicht bald in die Wege leiten konnte, würde er die Fenster aufreißen und sich nach Frischluft schnappend wie ein Ertrinkender, der gerade noch die rettende Wasseroberfläche erreichte, hinaushängen müssen.

»Frau Gersberger, bitte, nun setzen Sie sich doch und hören Sie mir zu«, ergriff er daher die Initiative, um baldmöglichst dieses schreckliche Haus verlassen zu können.

»Ich weiß, ich weiß, Sie sind auf der Suche und haben es mit Ihrer Reise in Ihr Innerstes sehr eilig. Ich kann Ihnen anbieten, Ihnen dabei behilflich zu sein. Die meisten meiner Klienten profitieren sehr vom meditativen Klangkreis, den wir hier regelmäßig in einer Gruppe veranstalten. Vielleicht ist das was für Sie. Aber auch Einzelseminare sind möglich – die haben natürlich ihren Preis«, sagte Hiltrud Gersberger mit einem entrückten Lächeln.

»Ich bin nicht interessiert an Ihrem Schnickschnack«, brauste Brunner kurz auf, fuhr aber gleich eine Spur sanfter fort: »Ich bin Hauptkommissar Konrad Brunner vom Morddezernat Kempten. Wir sind dabei, einen Mord aufzuklären, der sich vermutlich gestern in den späten Abendstunden ereignet hat. Die Leiche von Johannes von Stegmann wurde heute Morgen auf dem Grundstück Ihres Nachbarn Anton Höpfl gefunden.« Dies sagte er in einem Atemzug, damit ihn Hiltrud Gersberger nicht wieder unterbrechen konnte. Allein der Gedanke an eine Gruppe aus mehreren Personen von ihrem Schlag löste in Brunner Schwindelgefühle aus. Zufrieden stellte er fest, dass seine Offenbarung ihr die Sprache verschlagen hatte und sie ihn nur staunend ansah, sodass er in normalem Sprachrhythmus fortfuhr. »Kannten Sie den Verstorbenen? Er war Tierarzt hier in der Region und hauptsächlich für Großtiere zuständig, hat aber meines Wissens auch Kleintiere in seiner Praxis behandelt.«

»Ja, ich kannte ihn, ich hatte einmal ein Alpaka, das häufiger an Darmverschlingungen litt, an denen es letztendlich auch vor fast eineinhalb Jahren starb. Ich wollte mit der Wolle selbst Pullover, Mützen und dergleichen stricken. Leider kam es nie dazu, da das arme Tier aufgrund seiner schweren Erkrankung kaum Wolle hatte.« Sie machte eine bedeutungsvolle Pause und sah Brunner an. Dass ihr Alpaka Brunner vermutlich von Herzen egal war, schien sie nicht weiter zu stören. »Herr von Stegmann hat mehrmals sein Leben retten können, aber Fluffy war einfach zu krank und musste schließlich eingeschläfert werden, als er auf die Behandlung nicht mehr ansprach.«

Erstaunt registrierte Brunner, dass sie ihren einlullenden Singsang vollständig abgelegt hatte und nahezu nüchtern von den Ereignissen berichtete. Höchstens eine Spur Trauer mischte sich in ihre Stimme. Um ihren verstorbenen Fluffy, wie Brunner vermutete. Aber vielleicht auch um Johannes von Stegmann?

»Kannten Sie Herrn von Stegmann näher? Also, ich meine, auch privat? Können Sie sich vorstellen, wer ihn ermordet haben könnte?«, lenkte er das Gespräch wieder direkt zu seinen Ermittlungen, da er fürchtete, sie würde ansonsten gleich aufspringen, um Fotos und Wollproben des verstorbenen Alpakahengstes Fluffy heranzuschaffen, die er sich ansehen musste.

»Nein … Leider, muss ich dazusagen«, ging sie auf seine richtungsweisende Frage ein.

Bingo, dachte Brunner. Hatte sie amouröse Absichten bei dem Schönling von Stegmann gehabt? Obwohl er nur seine Leiche gesehen und ihn nicht zu Lebzeiten gekannt hatte, war ihm nicht entgangen, dass der Tote ein überdurchschnittlich attraktiver Mann gewesen war: ebenmäßige Züge, gebräunte Haut, sehnige Arme und lange, muskulöse Beine. Zudem sehr gut gekleidet – er war sich seiner Wirkung auf Frauen sicherlich bewusst gewesen. Leichte Schadenfreude mischte sich in seine Gedanken; an so einer Öko-Sumpfkuh, die ihm vermutlich mit selbst gestrickten Alpakapullis den Hof machen wollte, hatte er bestimmt kein Interesse gehabt. Da war sich Brunner fast sicher, denn er kannte diese Sorte Mann, zu der er von Stegmann zählte. Ein Mordmotiv? Hiltrud Gersberger war nicht gerade das, was man elfengleich nannte, sondern von robuster, eher grobschlächtiger Natur. Einen Angriff von hinten mit dem Mordinstrument hätte Brunner ihr von ihrer Statur her durchaus zugetraut.

»Ich hatte immer die Hoffnung, ihn aus seiner oberflächlichen Lebensart und konsumorientierten Denkweise befreien zu können, damit er seinem innersten Ich begegnen kann. Dieser Mann hatte so überhaupt keine Verbindung zu sich selbst, müssen Sie wissen«, zerstreute Hiltrud Gersberger seine sich überschlagenden Gedanken.

Dass von Stegmann in seiner ganzen Erscheinung ebenso auf die Gersberger gewirkt haben musste, konnte Brunner nachvollziehen. Auch, dass sie sich wahrscheinlich wie ein Geier auf seine rettungsbedürftige Seele stürzen wollte, die sie zu heilen gedachte. Vielleicht wäre er ihr ja auch in die Falle gegangen, bestimmt hatte sie sich ins Zeug gelegt. Nun gut, das war nicht unbedingt ein Mordmotiv.

»Sie können mir also nichts Näheres zu seiner Person berichten? Potenzielle Feinde? Wer sich seinen Tod gewünscht haben könnte?«, setzte Brunner seine Befragung fort.

Hiltrud Gersberger schien sich plötzlich förmlich auf ihrem Platz, einem dreibeinigen Hocker, der aussah, als hätte sie oder einer ihrer New-Age-Anhänger ihn selbst geschnitzt, zu winden.

In der Gewissheit, einen wunden Punkt getroffen zu haben, bohrte er nach und fuhr gleich die schweren Geschütze auf. »Frau Gersberger, ich möchte Sie an dieser Stelle daran erinnern, dass Sie mir alles, was Sie wissen, auch wenn Sie selbst es für unwichtig halten, sagen sollten. Wenn Sie mir absichtlich Informationen vorenthalten, die für die Ermittlungen entscheidend sein könnten, vereiteln Sie damit eine Straftat – einen Mord!«

Das saß. Eingeschüchtert von seinen Worten, die wie eine Drohung zwischen ihnen hängengeblieben waren, berichtete sie ihm von dem Streit, den sie vor wenigen Tagen in der Milchkammer der Höpfls mit angehört hatte. Sie hatte wirklich nicht lauschen wollen, nur ein bisschen vielleicht, denn sie war von Natur aus eine offenherzige Person, die gern bei den Problemen und Seelenqualen anderer helfend unterstützte und ihre Arbeit als spirituelle Führerin auch sehr genoss. Jedenfalls war es ihr, selbst wenn sie es gewollt hätte, nicht möglich gewesen, wegzuhören, da die Bauersleute so laut gebrüllt hatten, erzählte Hiltrud Gersberger frei von der Leber weg.

Als sie ihren Bericht abgeschlossen hatte, beeilte sich Brunner, die Unterhaltung zu beenden. »Ich danke Ihnen für Ihre Mitarbeit, Frau Gersberger, das wäre für heute alles. Aber ich würde Sie bitten, sich in den nächsten Tagen zu unserer Verfügung zu halten, falls wir noch weitere Fragen an Sie haben. Danke, bleiben Sie sitzen, ich finde selbst hinaus.«

Selbst durch diesen Nebel, setzte er in Gedanken hinzu. Tatsächlich war er in wenigen großen Sätzen zur Tür hinaus, schnappte sich Lemming, der nicht wusste, wie ihm geschah, verfrachtete ihn ins Auto und brauste davon. Er musste sich um einen Haftbefehl wegen dringenden Tatverdachts kümmern und hatte keine Zeit zu verlieren.

Hiltrud Gersberger, die ihnen aus dem Fenster hinaus nachsah, hatte beinahe eine solche Reaktion erwartet. Sie hatte die Drohung von Brunner ernst genommen und musste notgedrungen von dem Streit berichten. Aber Anton Höpfl, ein Mörder? War er tatsächlich zu solch einer Tat fähig? Hiltrud Gersberger hegte da ihre Zweifel.

16.45 Uhr, auf der Weide des Höpflhofs

Berta nutzte die letzten Minuten des Weidegangs dazu, ihre Herde zusammenzutreiben, um sich über die sich überschlagenden Ereignisse des vergangenen Tages zu beraten. Ein Mord, der auf dem Weg zu ihrer Weide geschehen war. Ein Kribbeln zog kühl über ihren Rücken, das dem der Stromschläge, die sie heute erlitten hatte, nicht unähnlich war. Nachdem sie bei ihrer Lauschattacke erwischt worden war, hatte der wütende Bauer sie mit den restlichen, endlich gemolkenen Kühen zurück auf die Weide getrieben.

»Dass ausgerechnet du mir heut auch noch Scherereien machst, kann ich grad gar nicht brauchen! Du machst doch sonst auch keinen solchen Schmarren, du dämliches Rindviech«, hatte er getobt.

Leider war keiner der Menschen auf die Idee gekommen, dass sie tatsächlich an den Vorgängen interessiert war, denn sonst hätte sie das Plastikding vielleicht loswerden können, das sie gefunden hatte. Berta hatte das sichere Gefühl, dass sich in dem Plastikding der Dreh- und Angelpunkt und letztendlich die Lösung des Rätsels verbarg. Unglücklicherweise war sie in ihrer Überlegung, was das Ding und wer der darauf abgebildete Mann war, noch kein Stück weitergekommen. Vorsichtshalber hatte Berta es erst mal am Waldrand unter heruntergefallenen Ästen und Tannenzapfen verscharrt. Vielleicht würden die anderen gute Ideen einbringen können. Henriette kam gerade als Letzte zu der Versammlung gehinkt. Sie hatte sich mit frischem Gras gestärkt und sich etwas von dem Schock, den sie am Morgen erlitten hatte – schließlich hatte sie den toten Tierarzt gefunden –, erholt. Nun waren sie vollzählig. Nur Ferdinand war heute nicht auf die Weide gebracht worden. Er, der vielleicht weitere Informationen für sie gehabt hätte. Wahrscheinlich hatte der Bauer ihn vergessen, schließlich hatte der Kommissar ihm ganz schön zugesetzt, und Ferdinand kam nicht die wichtige Aufgabe des Milchproduzierens zu, weshalb er gut und gern auch mal einen Tag im Stall verbringen konnte.

»Meine Damen, meine Damen«, rief Berta die aufgeregt durcheinanderplappernden Kühe zur Ordnung und eröffnete die Versammlung. »Lasst uns schnell zusammentragen, was wir heute erfahren haben, vielleicht können wir das Rätsel alle zusammen lösen.«

Ein Murren drang aus der hinteren Reihe. Bella hatte keine Lust, sich ihren hübschen Kopf über den toten Tierarzt zu zerbrechen. Schließlich war es für sie alle doch eher ein Gewinn, dass sie diesen groben Kerl nun los waren. Außerdem war er ein Mensch, und da sollten sich seinesgleichen darum kümmern, wer ihm auf solch hinterhältige Weise das Leben geraubt hatte.

»Ich weiß, dass nicht alle damit einverstanden sind, dass wir uns um den Tod des Tierarztes kümmern und dass ich einfach entschieden habe, dass wir herausfinden sollten, wer ihn ermordet hat …«, fing Berta an.

»Genauso ist es«, stimmte Bella diesmal aufrührerisch zu.

Berta warf ihr einen scharfen Blick zu, ging aber nicht auf ihren Kommentar ein. »Dennoch sollten wir uns nun dringend damit beschäftigen, denn ich habe ein Ding an mich genommen, das uns zum Mörder führen könnte und das von den Menschen übersehen wurde. Ich habe es hier und werde es euch später noch zeigen, und ich für meinen Teil habe mich dazu entschlossen, mit den Ermittlungen fortzufahren. Ich bin für jede Hilfe dankbar, und ich glaube, wir alle zusammen können es schaffen. Wer sich nicht beteiligen will …«, und diesmal schaute sie Bella direkt in die Augen, »… den bitte ich zumindest, die Ermittlungen nicht zu behindern und sich einfach rauszuhalten.«

Die Kühe blickten sich verwirrt an; für sie galt die Entscheidung der Leitkuh, und sie würden sich ihr anschließen und ihr helfen, insofern sie das konnten. Und so blieben alle in der Runde stehen, bis auf Bella, die sich schnippisch erneut dem Grasen zugewandt hatte und nun in einer aufreizenden Lautstärke die Kleeblätter zwischen ihren Zähnen zermalmte. Ihre Ohren peilten aber in die Richtung der Runde, was Berta zufrieden feststellte.

»Nun gut, das wäre geklärt. Lasst uns schnell zusammentragen, was wir wissen. Ich fange an, da ich einiges in Erfahrung gebracht habe. Punkt eins: Wir haben vor ein paar Tagen einen Streit zwischen den Bauersleuten im Stall gehört. Ob das eine Rolle spielt, weiß ich nicht. Punkt zwei: Ich habe von meinem Fenster aus beobachtet, dass gestern Nacht zwei Personen auf den Hof kamen, eine zu Fuß, die andere im Auto. Es müssen Fremde gewesen sein, der Bauer kreuzte viel später auf und hat dann herumgeschrien. Beim Belauschen habe ich erfahren, dass er betrunken war und wieder mit der Bäuerin gestritten hat. Er muss also die dritte Person in der Nacht auf dem Hof gewesen sein. Ich vermute also, dass die ersten beiden der Tierarzt und der Mörder waren, das Auto fuhr später wieder davon –«

»Dann muss der Mörder das Auto gefahren haben«, unterbrach Hanni sie eifrig.

»Danke, Hanni, du bist sehr aufmerksam. Aber wir dürfen keinen Denkfehler begehen. Vielleicht war es auch der Tierarzt, der mit dem Auto ankam, und der Mörder war zu Fuß. Vielleicht hat er dann den Wagen genommen. Wir alle wissen, wie faul die Menschen sind und dass sie am liebsten jeden Meter fahren.«

Die anderen stimmten ihr zu. Ständig saßen die Menschen in diesen Blechkisten und rollten darin herum. Manchmal wurden sogar sie selbst in einen Anbau der Autos verfrachtet, der Viehanhänger genannt wurde, und durch die Gegend kutschiert. In kürzester Zeit fanden sie sich dann an einem ganz anderen Ort wieder, berichteten zumindest die Kühe, die die seltene Erfahrung eines Viehtransports gemacht hatten.

»Entschuldige«, murmelte Hanni und verzog sich in ihrer Scham, etwas Dummes gesagt zu haben, weiter nach hinten.

»Nein! Bitte, sagt alle, was ihr denkt, vielleicht bin ja auch ich die mit dem Denkfehler. Das war sehr gut, Hanni.« Puh, war das schwierig, ja keiner auf die Hufe zu treten und sie beim Nachdenken bei der Stange zu halten. »Also, machen wir weiter. Punkt drei: Ferdinand hat gehört, was die beiden Menschen geredet haben, und ich denke, das ist sehr wichtig für uns. Wir müssen also dringend mit Ferdinand reden«

»Ferdinand, dieser alte Wichtigtuer? Meinst du wirklich, dass er sich nicht nur aufspielen will und sich irgendetwas ausgedacht hat?«, fragte Lotti, die Ferdinands versonnene Blicke auf Bertas ausladendes Hinterteil schon des Öfteren bemerkt hatte.

»Ja, Ferdinand ist ein Wichtigtuer. Aber solange wir nicht wissen, was er uns zu sagen hat, sollten wir keine übereilten Schlüsse ziehen.«

Lotti nickte zustimmend.

»Also, Ferdinands Information war drittens. Zu Punkt vier: Wir haben ein Plastikding, auf dem ein Mann abgebildet ist. Vielleicht weiß der, wer der Mörder ist, oder er selbst hat den Tierarzt umgebracht. Weiß jemand, wer das ist?«

Berta deutete mit der Schnauze auf das Plastikding, das sie vor der Versammlung vom Waldrand geholt hatte und das nun zu ihren Füßen auf dem Boden lag. Der Mann hatte einen neutralen Gesichtsausdruck, aus dem wenig abzulesen war. Die Kühe sahen sich das Bild der Reihe nach genau an. Keine wusste so recht, was sie sagen sollte. Sie hatten keine Erfahrung mit der Identifizierung von Menschen. Trotzdem waren sich alle sicher, den Mann nicht zu kennen, außer Elenor. Sie war eine junge, zierliche und recht hübsche Kuh, die letzten Sommer neu zur Herde dazugekommen war. Der Bauer hatte sie auf einer Auktion gekauft. Ihre Erzählungen, wie der Verkauf dort ablief, hatten tagelang für Unterhaltung und ungläubiges Staunen unter den Kühen des Höpflhofes gesorgt.

»Ich weiß nicht recht, ich weiß nicht recht«, sagte Elenor, als sie an der Reihe war. »Ich glaube, irgendwo habe ich den schon mal gesehen. Nur wo?«

Bellas Zischen unterbrach Elenors Überlegungen und beendete die Versammlung abrupt. »Der Bauer kommt gleich!«

Hab ich dich doch auf meiner Seite, dachte Berta zufrieden, als sie sah, dass der Bauer tatsächlich gerade den Stall verließ und sich in Richtung Weide aufmachte. Schnell schnappte sie sich das Plastikding in gewohnter Weise und trabte damit zum Waldrand, um es wieder zu verscharren. Für heute war sie zufrieden, sie hatten doch schon einiges erfahren, und vielleicht fiel Elenor noch ein, woher sie den Mann kannte. Außerdem lag ihre Hoffnung auf Ferdinands Bericht. Wenn der sich bloß nicht als Wichtigtuerei des Stiers erweisen würde.

17.00 Uhr, auf dem Höpflhof

Anton Höpfl war wie jeden Abend auf dem Weg zu seinen Kühen, es war Zeit, sie in den Stall zu holen. Fast erschien es ihm, als wäre es ein ganz normaler Tag wie jeder andere auch. Außer dass er heute eine Leiche auf seinem Grund und Boden gefunden und damit zum ersten Mal in seinem Leben einen toten Menschen gesehen hatte. Schlimmer noch: einen Ermordeten.

Seine Nerven fühlten sich an, als hätte sie jemand mit Schmirgelpapier bearbeitet, aufgerieben und wund. Zudem tobten immer noch heftige Schmerzen durch seinen Schädel, und sein Magen war überempfindlich. Die Nachwehen des gestrigen Abends waren durch die Ereignisse des Tages nicht unbedingt besser geworden. Nach dem Stallen musste er auch noch den Barnabas zum Müller Alfons rüberfahren. Der verdammte Tag wollte einfach kein Ende nehmen. Anton war verärgert über seinen unbesonnenen Spieleinsatz, immerhin hätte er sonst Geld für den Decksprung auf Müllers Kuh verlangen können oder zumindest früh ins Bett gehen können, um im Schlaf diesen schrecklichen Tag für ein paar Stunden zu vergessen. Spielschulden sind Ehrenschulden, rief er sich ins Gedächtnis. Er würde Alfons nicht merken lassen, wie sehr es ihn wurmte, dass dieser seine Kuh kostenlos bespringen lassen konnte, und das von einem angehenden Spitzenstier. Wobei Anton sich gar nicht sicher war, ob der Plan bezüglich Barnabas' Karriere nach dem Tod des Drahtziehers noch Bestand hatte. Er wusste nicht einmal, wen er fragen konnte. Derjenige, der das Ganze in Gang bringen sollte, war ihm nie vorgestellt oder auch nur namentlich genannt worden. Von Stegmann hatte immer nur von seinem Kontaktmann gesprochen, und für diesen hatte Anton sich nicht weiter interessiert. Nun konnte er nur abwarten, ob der Mann sich ihm zu erkennen gab oder der Plan mit dem Ableben von von Stegmann auch gestorben war. Auch diese Aussichten verhalfen ihm nicht zu besserer Laune.

In seinem noch anhaltenden Schock und aufgrund der verunsichernden Situation tat es ihm gut, sich an die gewohnten Abläufe seines Alltags zu halten, und so schritt er wie immer zur Weide. Bereits auf dem Marsch dorthin begann er mit seinen Lockrufen, damit er nicht allzu lange auf die Damen warten musste. Sie sammelten sich dann bei der Lücke zum Weg in freudiger Erwartung auf das Mehl, das im Stall bereitlag, und er musste nur noch auf ein paar Nachzüglerinnen, die sich nicht von der saftigen Wiese lösen konnten, warten. Gegebenenfalls würde er ein wenig nachhelfen, damit auch sie sich auf den Weg machten.

Er ließ seinen Blick über die Weide schweifen. Er hatte sie fast erreicht, aber es hatte sich noch keine einzige Kuh an der üblichen Stelle eingefunden. Seltsamerweise standen fast alle, die Köpfe zusammengesteckt, in einem Kreis wie American-Football-Spieler, die sich über den nächsten Spielzug berieten. Berta kam gerade vom Waldrand angetrabt, und Bella war die Einzige, die sich wie eine normale Kuh verhielt und am Grasen war. Anton runzelte die Stirn. Berta hatte sich heute Mittag schon seltsam verhalten, als sie das erste Mal in ihrem Leben durch den Stromzaun gebrochen war. Das hatte sie noch nie getan. Das wusste er so genau, da Berta auf dem Höpflhof zur Welt gekommen und aufgewachsen war. Aufgrund ihrer vielversprechenden Gene hatte Anton sie zur Zucht und Milchproduktion behalten und nicht wie viele andere Kälber verkauft. Es hatte sich im Laufe der Jahre als gute Entscheidung erwiesen. Berta war nicht nur eine Spitzenmilchkuh, sondern auch eine sehr zufriedene und brave Kuh. Bis heute Mittag …

Und nun standen diese vermaledeiten Rindviecher im Kreis, als würden sie eine Versammlung abhalten. Was war nur in sie gefahren? Nun ja, genau genommen waren es die Kühe gewesen, die den Toten heute gefunden hatten, und wer wusste schon, ob auch Kühe zu traumatischen Reaktionen neigten? Anton selbst verstand jedenfalls nichts von Tierpsychologie.

Die Kuhgruppe löste sich auf, und sie kamen nach und nach angetrottet, manche von ihnen nutzten die Strecke, die sie noch zurückzulegen hatten, um hier und da noch ein Maul voll Gras zu rupfen.

Na bitte, dachte Anton, ein völlig normales Verhalten für Kühe. Vielleicht wurde Berta halt im Alter noch ein wenig eigen, das kam schon mal vor. Anton zweifelte bereits daran, dass er die Zusammenkunft des Rates der Kühe tatsächlich mit eigenen Augen gesehen hatte.

Im Stall angekommen, begann das übliche Prozedere des Melkens. Berta, die noch nicht an die Reihe gekommen war, verbrachte ihre Zeit mit Wiederkäuen und schaute aus dem Fenster bei ihrem Stammplatz. Ein Auto mit Viehanhänger steuerte auf den Hof zu. Wer konnte das sein? Sollte eine Neue in ihre Mitte gebracht oder gar eine ihrer Freundinnen mitgenommen werden? Beides würde Berta nicht gerade passen. Sie hatte jetzt keine Zeit, sich um Neuankömmlinge zu kümmern, und ein eingeweihtes Gehirn, das am Fall mitarbeitete, konnte sie kaum entbehren. Aber sie würde wohl nichts dagegen unternehmen können und musste den Dingen ohnehin ihren Lauf lassen. Der Wagen kam vor dem Stall zum Stehen, und ein unbekannter Mann stieg aus. Der Bauer war sofort aus der vorderen Stalltür hinausgeeilt, um den Besucher zu empfangen. Kein sehr gutes Zeichen, dachte Berta, er scheint jedenfalls zu wissen, was der bei uns will. Das war also kein zufälliger Besucher. Gespannt beobachtete sie das Geschehen.

»Servus, Alfons«, begrüßte der Bauer den Fremden. »Du hast es aber eilig, ich hätt dir den Barnabas nach dem Melken schon noch rübergebracht.«

»Meine Kuh kann nicht warten«, antwortete besagter Alfons. »Am liebsten wär's mir drum, wir könnten's heut Abend noch versuchen. Ich brauch den Mollen dringend und würd ihn gleich mitnehmen. In ein paar Tagen kriegst ihn ja wieder. Mein Glück, dass dein Blatt gestern so schlecht war.«

Die Miene des Bauers war undurchdringlich und verriet nicht, was er über die Sache dachte.

Berta erinnerte sich, dass der Bauer im Gespräch mit dem Kommissar erwähnt hatte, dass er beim Spielen Ferdinand, der eigentlich Barnabas hieß, für einen Decksprung verwettet hatte. Oh nein. Nun würde sie nicht so bald erfahren, was Ferdinand ihr erzählen wollte. Ihre schlimmste Befürchtung bestätigte sich, als sie sah, wie Ferdinand aus seinem Stall gebracht und in Richtung des geöffneten Anhängers geführt wurde.

Ferdinand riss sich los und stürzte auf Berta zu. »Berta, Liebste, ich muss dir doch noch sagen, was ich gestern Nacht gehört habe …«, keuchte er durchs gekippte Fenster. Aber ihm blieb keine Zeit mehr weiterzusprechen.

Wütend war ihm der Bauer gefolgt und schimpfte laut vor sich hin. »Es wird mir langsam zu bunt mit euch. Was ist denn heut nur los? Jetzt geh her, oder muss ich die Stange für deinen Nasenring holen?«

Angesichts der Erkenntnis, dass die Zeit für das, was er zu sagen hatte, so oder so nicht reichen würde, kapitulierte Ferdinand. Nach einem gehauchten »Später also« ließ er sich widerstandslos in den Anhänger führen und wurde kurz darauf eilig vom Hof kutschiert.

Ein paar Tage? Berta war entsetzt. Wie sollte sie des Rätsels Lösung auf die Spur kommen? Sie hatte so sehr auf die Aussage von Ferdinand gehofft. Oder hatte Lotti etwa recht, und ihm war nicht zu trauen? Er würde sie doch nicht auf eine falsche Fährte locken? »Liebste« hatte er sie genannt. War Lottis Argwohn gerechtfertigt, und er sah nur eine gute Gelegenheit, sie zu beeindrucken? Eigentlich wusste sie nicht viel von Ferdinand alias Barnabas. Er lebte nebenan in einem separaten Stall, einsam und getrennt von seinen Artgenossinnen. Gespräche mit ihnen waren ihm nur über den Elektrozaun möglich, wenn er auf einer Weide direkt neben ihnen graste. Ansonsten gab es in seinem Stall, in dem er nicht wie sie selbst angebunden war, sondern sich frei bewegen konnte, noch die Fenster, die einen Ausblick auf die Hinter- und Vorderseite des Hofes boten. Berta hatte sich heute an dem rückwärtig gelegenen Fenster mit ihm unterhalten.

Durch das vordere hatte er angeblich gestern Nacht dem Gespräch zweier fremder Personen lauschen können. Konnte man seine Worte für bare Münze nehmen? Irgendwie war er ein Spinner. Ferdinand hatte sich selbst kurzerhand umbenannt. Jede, die es wagte, ihn bei seinem alten Namen zu rufen, wurde von ihm aufs Übelste beschimpft und angeraunzt. Immerhin kannten die Höpfl-Kühe seine Gründe für die Umbenennung.

Ein Urlauberpaar mit seinen beiden Kindern war an der Weide an ihm vorbeispaziert. Aufgeregt und voller Bewunderung hatte eines der Kinder gerufen: »Guck mal, Mama, ein Stier! Genau wie der Ferdinand in meinem Buch.«

Die Eltern hatten gelacht, und zusammen hatten sie sich den prächtigen Stier Barnabas genauer angesehen.

»Bitte erzähl uns die Geschichte. Bitte, bitte …«, hatte das andere, jüngere Kind gebettelt.

»Na gut.« Die Mutter ließ sich bereitwillig überreden, und nachdem sie ihre Picknickdecke ausgebreitet und es sich gemütlich gemacht hatten, begann sie zu erzählen. »Es war einmal ein Stier namens Ferdinand. Zusammen mit anderen Stieren lebte er auf einer großen Wiese. Doch Ferdinand war anders als die anderen Stiere, die sich oft über ihn lustig machten …«

Wie Barnabas hatten auch die Kühe der Geschichte gelauscht und waren verzaubert gewesen. Sie handelte von einem Stier, der lieber an den Blumen roch, anstatt sich mit den anderen Stieren auf der Wiese zu balgen und sich im Kampf zu üben, denn er war sehr friedfertig. So roch er tagein, tagaus an seinen Blumen und wurde dafür von den anderen Stieren veräppelt. Bis zu dem Tag, an dem ihn eine Biene in die Nase gestochen hatte und er wie ein Irrer über die Wiese getobt war. Beeindruckt von so viel Energie und Wildheit, brachten ihm die anderen Stiere endlich Respekt entgegen, und er konnte sich wieder in Frieden seinen Blumen widmen.

Die Geschichte an sich war eigentlich nichts Besonderes, dachte Berta nun. Aber die Tatsache, dass es einen so freundlichen und lieben Stier geben sollte, der Blumen liebte, hatte sie alle in den Bann geschlagen. Versonnen und verträumt hatten sie gelauscht, und anscheinend war das Barnabas, wie er damals noch hieß, nicht entgangen. Er schien Gefallen daran zu finden, in eine Rolle zu schlüpfen, die von den Höpfl-Kühen bewundert wurde. Und so hatte Berta ihn später dabei beobachtet, dass er verstohlen versuchte, an den Blumen auf seiner Wiese zu schnüffeln, nur um sie in einem, wie er glaubte, unbeobachteten Moment doch lieber aufzufressen. Kurz darauf hatte er verkündet, dass er nun Ferdinand hieße und sie ihn bitte auch so nennen sollten. Auf Nachfragen hatte er geantwortet, dass ihm der Name einfach besser gefiele. Aber Berta hatte ihn aufgrund seiner zur Schau getragenen Verhaltensweisen durchschaut. Bei manchen Damen der Herde fanden sie allerdings großen Anklang. Sie waren nicht irritiert, dass ausgerechnet der launische, aufbrausende und miesepetrige Barnabas den Namen eines friedfertigen Stiers wählte. Seinen wahren Charakter stellte er zur Genüge unter Beweis, wenn eine von ihnen es wagte, ihn mit seinem richtigen Namen anzusprechen.

Nein, Lotti würde wohl richtigliegen. So einem ist wahrscheinlich nicht zu trauen. Wahrscheinlich wollte er sich nur wichtigmachen und ihr womöglich einen Bären aufbinden mit seinem verlogenen Gehabe. Vielleicht war es also gar nicht so schlimm, dass er nicht mehr da war, sondern sogar gut, damit er ihre hochkomplizierten Gedankengänge und Ermittlungsversuche mit seinen Lügengeschichten nicht durcheinanderbringen konnte.

Wie schon so oft an diesem Tag war wieder ein Auto auf dem Weg zum Bauernhof des Ehepaars Höpfl. Der Wagen beherbergte den euphorischen Kommissar Brunner und den zusehends nervösen Lemming. Er sollte schon längst zu Hause sein, um auf seine kleine Tochter aufzupassen, damit seine Frau zu ihrem wöchentlichen Damenabend aufbrechen konnte. Am Telefon hatte er sich schon eine dicke Rüge von ihr eingefangen, weil er nicht mal an einem gewöhnlichen Freitagabend pünktlich zu Hause sein konnte. Wieder einmal hatte sie bereits am Telefon angefangen, über seinen Job zu lamentieren. Es würde ein ungemütliches Wochenende mit viel Streit folgen, dessen war sich Lemming sicher. Aber Brunner hatte sich nicht dazu überreden lassen, nach Kempten zurückzufahren, ehe die Alibis der Höpfls und der Verbleib des Wagens von Johannes von Stegmann nicht überprüft worden waren. So hatte er die Chance verpasst, sich abzuseilen und pünktlich Feierabend machen zu können. Lemming seufzte. Leider hatte sich alles anders ergeben.

Er hatte mit Brunner wartend in einem Café gesessen – er wie auf heißen Kohlen, Brunner ganz entspannt wie ein zufriedenes fettes Kind, das sich auf eine heiße Schokolade mit Sahne freute. Als endlich das Telefon klingelte und die Lindenberger Kollegen ihre Ergebnisse kundtaten, machte sich nach und nach ein dickes Grinsen auf Brunners Gesicht breit. In diesem Moment hatte Lemming geahnt, dass er nicht so bald zu seiner Frau heimkehren würde. Die Kollegen bestätigten das Alibi von Anton Höpfl. Dieser hatte die Wirtschaft »Zum Eberwirt« gegen einundzwanzig Uhr vierzig zu Fuß verlassen. Auch die Aussage von Sieglinde Höpfl, dass er gegen zweiundzwanzig Uhr zu Hause eingetroffen sei, passte zeitlich. Der Weg war zwar nicht weit, aber in seinem betrunkenen Zustand hatte Anton Höpfl sicher länger gebraucht. Der Wagen von Johannes von Stegmann blieb verschwunden und war zur Fahndung ausgeschrieben worden.

Reine Routine, hatte Brunner ihm erklärt. Für ihn stand der Mörder bereits fest. Seine Vermutung wurde durch den Bericht des Rechtsmediziners untermauert, der genauso begeistert an dem Fall arbeitete wie Brunner und der anscheinend auch keinen Grund hatte, pünktlich Feierabend zu machen. Der Rechtsmediziner erzählte ihnen, was sie bereits vermutet hatten: Von Stegmann war durch Erdrosseln mit einem Stück Draht ums Leben gekommen. Nichts Neues also. Den Todeszeitpunkt schätzte er auf die Zeit zwischen einundzwanzig und dreiundzwanzig Uhr. Diese Tatsache veranlasste Brunner dazu, ins Mobiltelefon bellend einen Haftbefehl zu organisieren.

Nun waren sie auf dem Weg zu Anton Höpfl, um ihn vorläufig festzunehmen wegen des dringenden Tatverdachts, Johannes von Stegmann getötet zu haben. Brunner vermutete Eifersucht als Motiv. Anton Höpfl hatte von Stegmann vermutlich vor seinem Haus angetroffen, als dieser den Hof verlassen wollte. Weil er zu viel getrunken hatte, war er früher als gewohnt – so hatte es der

Wirt berichtet – nach Hause gekommen. Höpfl war überrascht, von Stegmann zu so später Stunde noch bei seinem Hof zu sehen, und hatte eins und eins zusammengezählt. Von Stegmann schien also tatsächlich eine Affäre mit der Bäuerin gehabt zu haben, welchen Grund hätte er sonst gehabt, so spät am Abend noch vor Ort zu sein, und ausgerechnet dann, wenn Anton Höpfl wie jeden Freitag nicht zu Hause war? Brunner mutmaßte, dass von Stegmann über Anton Höpfls regelmäßige Besuche im »Eberwirt« Bescheid wusste. Es lag also nahe, dass Anton Höpfl von Stegmann in rasender Eifersucht und durch den Alkoholkonsum enthemmt erdrosselt hatte. Im Anschluss ließ er das Auto des Opfers verschwinden. Die Ehefrau von Höpfl hatte dank ihrer beglückten Gefühle und der Ohrstöpsel vermutlich einen zu tiefen Schlaf, um etwas davon mitzubekommen. Ja, es passte alles zusammen.

Brunner hatte es nun sehr eilig. Es war Hiltrud Gersberger zuzutrauen, dass sie Anton Höpfl wegen ihres schlechten Gewissens, da sie der Polizei mit ihrer Aussage ein perfektes Mordmotiv geliefert hatte, warnte. Es war nicht allein die befriedigende Aussicht, einen Mörder zu überführen, die Brunner antrieb, sondern auch die Tatsache, dass er schon nach einem Tag einen dringend Verdächtigen präsentieren und in Handschellen abführen konnte. Das würde sein übellauniger Chef, dieser Korinthenkacker, wohl kaum ignorieren können. Brunner geriet regelmäßig wegen dienstlicher Abläufe und notwendiger gerichtlicher Anordnungen in Streitereien mit ihm. Der hatte ja auch keine Ahnung von echter Ermittlungsarbeit, sondern schaute nur darauf, dass bloß die Rechte der potenziellen Mörder und Verbrecher geachtet wurden, so sein Standpunkt. Aber heute würde es nichts auszusetzen geben. Er hatte einen Haftbefehl und war auf der sicheren Seite. Und vielleicht, dachte Brunner gut gelaunt, steht mir dafür zu gegebenem Zeitpunkt eine dicke Beförderung ins Haus. Fröhlich pfiff er das Lied im Radio mit, wobei er Lemmings angegriffene Nerven weiter malträtierte, da er weder besonders gut pfeifen konnte noch das Lied kannte, das er zum Besten gab.

Auf dem Hof angekommen, kam ihnen Anton Höpfl bereits aus dem Stall entgegen. Ohne Zeit für Höflichkeiten zu verschwenden, was Lemming sehr schätzte, trat Brunner ihm entgegen und sagte sein Sprüchlein auf.

»Anton Höpfl, ich verhafte Sie wegen dringenden Tatverdachts, Johannes von Stegmann gestern Nacht mit einem Stück Elektroweidezaun erdrosselt zu haben.« Brunner zückte ein Paar Handschellen und legte sie dem völlig überrumpelten Anton Höpfl an. »Lemming, lesen Sie ihm seine Rechte vor«, sagte er mit getragener Stimme, denn diesmal wollte er, dass auch wirklich alles seine Richtigkeit hatte.

»Sie sollten sich der Festnahme nicht widersetzen, Herr Höpfl. Machen Sie es uns nicht noch schwerer«, leierte Lemming brav und mit großer Erleichterung, dass er bald auf dem Weg nach Kempten und damit zu Hause war, herunter. Verstohlen blickte er auf seine Uhr: neunzehn Uhr zehn. Vielleicht könnte seine Frau doch noch zu ihren Freundinnen dazustoßen, und sein Wochenende wäre gerettet.

Noch ehe sie Anton Höpfl in den Wagen verfrachtet hatten, kam nun auch Sieglinde Höpfl im Laufschritt aus dem Stall gerannt. »Was soll das Ganze? Was tun Sie denn da?«, rief sie entsetzt.

»Wir verhaften Ihren Mann wegen des Verdachts, den von Stegmann getötet zu haben, und werden ihn erst mal aufs Präsidium zur weiteren Vernehmung mitnehmen«, antwortete Brunner knapp und schob Anton Höpfl in den hinteren, abgetrennten Bereich des Wagens. »Bitte stellen Sie sich darauf ein, dass er gegebenenfalls nicht so bald zurückkehren wird. Wir bitten auch Sie, sich weiterhin zu unserer Verfügung zu halten,« ergänzte er förmlich und machte sich daran, selbst in den Wagen zu steigen.

Ohne dass ein Wort zwischen den Eheleuten gefallen wäre, brausten sie vom Hof, dem ersehnten Feierabend von Lemming entgegen, denn die weitere Befragung wollte Brunner höchstpersönlich übernehmen.

Es waren bereits ein paar Minuten vergangen, seit das Auto mit ihrem Mann weggefahren war. Sieglinde stand auf dem stillen Hof und hörte nur ab und zu das leise Muhen einer der Kühe.

Im Schock versuchte sie, ihre Gedanken zu ordnen. Was war hier eben passiert? Wie kamen sie dazu, Anton zu verdächtigen? Fieberhaft überlegte sie. Das Einzige, was den Verdacht auf ihn gelenkt haben könnte, war doch seine Eifersucht auf den Tierarzt, mit dem er ihr eine Affäre unterstellt hatte. Aber sie hatte der Polizei nichts davon erzählt. In ihre Sorgen vertieft, streifte ihr Blick das anheimelnde Nachbarshäuschen, das inmitten eines verwilderten Gartens stand. Der Groschen fiel: Hiltrud Gersberger. Was sollte sie nun tun? Konnte Anton tatsächlich ein Mörder sein? Sie wusste darauf keine Antwort. Sie hatte seine Anwesenheit ja erst bemerkt, als er tobend im Schlafzimmer gestanden hatte. Ein heißes Brennen stieg in ihrer Kehle auf, und ihre Verzweiflung entlud sich in haltlosem Schluchzen.

Sie wusste nicht, wie lange sie im Kies kniend geweint hatte, bevor sie sich etwas beruhigen konnte. Kraftlos schleppte sie sich an die Mauer des Stalles und lehnte sich dagegen. Alles war verloren. Sie hatte auf den Neuanfang mit Anton gehofft, und auch die finanziellen Mittel dafür waren in Sicht. Hatte sie die Affäre mit Georg zu voreilig beendet? War es ein Fehler gewesen? Der von ihr geplante saubere Schnitt zwischen ihrem alten, öden und neuen, besseren Leben hatte nichts genutzt. Noch am Dienstag hatte sie geglaubt, sie sei auf dem richtigen Weg. Nun war Freitag, und ihr Leben lag in Scherben vor ihr. Der Kommissar und sein dämlicher Gehilfe hatten es soeben zerschlagen. Heiße Wut auf Hiltrud stieg in ihr auf. Diese dumme Gans, wie konnte sie es sich anmaßen, Anton derart an den Pranger zu stellen, wo sie doch nichts wusste – gar nichts? Das würde sie ihr heimzahlen.

Aber dafür war jetzt nicht der richtige Zeitpunkt; sie musste zusehen, wie sie die Scherben kitten konnte, die eben noch ihre Zukunft gewesen waren. Angestrengt überlegte sie. Unser Barnabas wird wohl kein großer Zuchtstier mehr. Erst wird der Tierarzt ermordet, der alles anleiern wollte, und jetzt wird Anton verhaftet. Vielleicht kriegen sie ihn wegen dem Mord dran, auch wenn er es gar nicht war. Nach Brunners Theorie war er der Mörder, obwohl sie trotz aller Eheprobleme für den gutmütigen Anton die Hand ins Feuer legen würde. Das Geschäft mit dem Stier würde wohl kaum zustande kommen, da Anton jetzt die höchste Aufmerksamkeit der Polizei genoss. Diese Tatsache würde den Kontaktmann von von Stegmann, auf den Sieglinde bis heute Abend noch gebaut hatte, abschrecken. Es war alles ruiniert.

Ein Hoffnungsschimmer glomm im Dunkel ihrer Verzweiflung auf, der sie ein wenig Mut schöpfen ließ. Und gleichzeitig hasste sie sich für diesen Gedanken: Was, wenn Georg sie vielleicht zurücknehmen würde? Der Skandal, an der Seite eines mutmaßlichen Mörders weiterzuleben, falls Anton entlassen würde, oder eine Trennung von ihm zugunsten einer neuen Liebe – beide Wege würden sie ins Gerede bringen. Wobei Ersteres auf deutlich unangenehmere Weise. Wäre es nicht für jeden nachvollziehbar, dass sie nicht mit einem Mann zusammen sein konnte, der wegen Mordes im Gefängnis saß oder zumindest wegen des Verdachts verhaftet worden war? Antons Ruf und damit auch ihrer, wenn sie bei ihm bliebe, wäre dauerhaft geschädigt. Ohne es zu wollen, hatte Anton ihr einen Weg aufgetan, sich Georg zuzuwenden und Sieglindes derzeit recht schwanke Entscheidungsfähigkeit in eine deutliche Richtung zu lenken.

8. Mai

20.20 Uhr, auf dem Weg zum Höpflhof

Ein Wagen fuhr in viel zu schnellem Tempo in die Zufahrt vom Höpflhof. Hiltrud Gersberger, die dies aus ihrem Fenster im Wohnzimmer beobachtete, ärgerte sich darüber, dass das vermeintlich ländliche Idyll, das ihre neue Heimat geworden war, nachdem sie ihren Beruf als Anwaltsgehilfin nicht mehr ertragen und sie von heute auf morgen ihren langjährigen Chef und Ehemann verlassen hatte, schon wieder durch das Brummen eines Motors gestört wurde. Über die tägliche Anfahrt des Milchwagens, der die harmonische Stille ihres Frühstücks üblicherweise unterbrach, und das altersschwache Auto der Höpfls, das ab und zu vom Hof knatterte, hatte sie milde hinweggesehen. Auch diese einfachen Leute hatten schließlich ein Leben außerhalb des Hofs und mussten ihre von ihr selbst hoch geschätzte Milch abtransportieren lassen. Aber den Tumult, der hier seit dem Tod von von Stegmann losgebrochen war, nahm sie zunehmend verärgert zur Kenntnis. Es war beinahe so, als lebte sie wieder in Berlin, so viele Autos brausten nun dieser Tage an ihrem beschaulichen Häuschen vorbei, in dem sich vor fast vier Jahren die Geburt ihres wahren Ichs ereignet und in dem sie ihr spirituelles Leben begonnen hatte. Hiltrud Gersberger hoffte inständig, dass bald wieder Ruhe einkehren würde. Schließlich hatte Brunner nun einen Sündenbock gefunden. Hiltrud Gersberger konnte nicht ahnen, dass der abendliche Besucher zur Abwechslung in rein guter Absicht kam.

Georg Bernbach hatte von Antons Festnahme schnell erfahren. Der Milchwagenfahrer, der ihn tags zuvor über die Ermordung von von Stegmann informiert hatte, wusste heute Morgen schon von Antons Verhaftung zu berichten.

»Die arme Höpflbäuerin war noch nicht einmal ganz mit dem Melken fertig, als ich zum Abholen der Milch gekommen bin«, lamentierte er, nicht ohne Mitgefühl für Sieglinde, aber er hatte schließlich auch einen Zeitplan einzuhalten.

Anton, ein Mörder? Das konnte sich Georg nicht vorstellen. Er war zwar ein Eigenbrötler, aber seiner Einschätzung nach ein gutmütiger Mann, der nur in Frieden auf seinem Hof leben wollte. Eher aus Solidarität zu Anton als zu Sieglinde, die vor wenigen Tagen seine Träume von einer lebenswerten Zukunft zunichtegemacht hatte, machte er sich auf den Weg zu deren Hof, um anzufragen, ob sie eine Kuh für die Auktion hatten und ob er sie gegebenenfalls mitnehmen sollte, falls Anton bis dahin nicht wieder zu Hause wäre. In seinem Stolz konnte er es sich zwar nicht eingestehen, aber er machte sich auch Sorgen um Sieglinde und wollte unter diesem Vorwand nach ihr sehen. Er ahnte schon eine Weile, dass sie sich nur aufgrund ihrer Unzufriedenheit mit ihrem Leben auf ihn eingelassen hatte. Die brachiale Veränderung, die sich mit dem Beginn der Affäre in und an ihr vollzogen hatte, hatte ihm bestätigt, dass ein Teil von ihr nur darauf gewartet hatte, entfesselt zu werden. Auch Petra sprach vor ihrem Tod häufiger von Sieglinde, die auf sie einen äußerst unglücklichen Eindruck gemacht hatte. Sie hatte ihr dabei helfen wollen, ihre Träume zu verwirklichen, aber trotz der Bemühungen der liebenswerten Petra hatte sich keine echte Freundschaft angebahnt.

»Ich glaube, es schlummert sehr viel mehr als eine Bäuerin in Sieglinde Höpfl«, hatte Petra ihm eines Nachmittags beim gemeinsamen Kaffee eröffnet. »Diese Frau will ein anderes Leben, das spüre ich einfach. Sie hat nur noch keine Möglichkeit gefunden, auszubrechen.«

Dass sie dann mit ihm ausgebrochen war, hatte Georg erst mal nicht weiter gestört. Es war nicht die große und verzehrende Liebe gewesen, die ihn mit Petra erfasst hatte. Aber immerhin war Sieglinde in seiner Not und Trauer für ihn da gewesen. Und die Dankbarkeit, die er dafür empfunden hatte, zeigte sich in einem Kuss, der ihn nicht minder überrascht hatte als Sieglinde. Lange hatte er sich überlegt, ob es fair war, Anton seine Frau zu stehlen, nur damit er noch ein bisschen Zufriedenheit im Leben abstauben konnte. Die helle Zukunft, die Petra ihm offenbart hatte, sah er mit Sieglinde nicht direkt vor sich, aber ein Leben, das zumindest erträglich und gut war, mit einer Frau an seiner

Seite, die atmete und fühlte, mit der er sich unterhalten konnte und die ihn verstand und tröstete.

Über seinen moralischen Anspruch war er aber nicht hinweggekommen. Eine andauernde Affäre war in seinen Augen nicht richtig, und er hatte Sieglinde mit sanftem Druck zur Entscheidung zwischen ihm und Anton gedrängt. Seit sie ihn verlassen hatte, war er wieder allein. Ganz allein. In seiner erneuten Not und der Sehnsucht nach einem Menschen, der irgendwie zu ihm gehörte, hatte er die ominöse Spur eines angeblichen Halbbruders verfolgen wollen, die ihm vor einem guten halben Jahr gelegt worden war. Aber auch das war im Sande verlaufen; die Informantin war längst tot, und der Pfleger, der ihn damals besucht hatte, war nicht mehr auffindbar, da er die Arbeitsstelle gewechselt hatte. Alle Versuche, dessen Identität zu lüften, waren ins Leere gelaufen. Schon wieder war ein Mensch gestorben, der ihm Glück verheißen sollte. Wie schon nach dem Tod von Petra stürzte es ihn in eine schwarze Dunkelheit, und diesmal fand er keinen Halt mehr und drohte immer weiter in die dunkle Leere abzurutschen.

Sieglinde kam ihm aus der Milchkammer entgegen, als er das Auto geparkt hatte und ausgestiegen war. Müde und abgekämpft sah sie aus, mit dunklen Ringen unter den Augen, die heute nicht aufwendig geschminkt waren, die Haare wie früher unter einem Kopftuch verborgen, um sie vor dem aufdringlichen Stallgeruch zu bewahren. Anton hätte diese plötzliche Rückwärts-Metamorphose glücklich begrüßt, wäre er hier gewesen. Georg aber fühlte sich in seiner Sorge um sie bestätigt. Allein die Tatsache, dass sie um Viertel nach acht noch in der Milchkammer mit dem Waschen des Melkgeschirrs zugange war, sprach Bände. Allein war Sieglinde mit der Arbeit auf dem Hof überfordert und kam anscheinend kaum über die Runden. Es blieb keine Zeit mehr für eine ausgiebige Schönheitspflege. Außerdem schien sie schlecht zu schlafen, das stand ihr deutlich ins Gesicht geschrieben. Georg vergaß beinahe augenblicklich seinen Groll auf sie. Nein, dieses Leben hatte sie wirklich nicht verdient; nicht nur dass sie damit unzufrieden war, nun blieb die ungeliebte Arbeit auch noch ganz allein an ihr hängen.

Aber wusste er überhaupt, dass Sieglinde ihre Arbeit nicht mochte? Vielleicht mochte sie nur das Leben an der Seite von Anton nicht. Nicht einmal Petra hatte sich zu einer Vermutung hinreißen lassen, was der Grund für Sieglindes Unmut sein könnte. Vielleicht fehlte ihr schlicht Aufmerksamkeit. Welche Blüten die Wertschätzung eines Mannes bei ihr trieben, hatte er ja deutlich sehen können, nachdem ihre Liebschaft inniger geworden war. Der erbarmungswürdige Anblick der hilflosen und erschöpften Sieglinde weckte die Beschützerinstinkte in ihm.

»Sieglinde«, flüsterte er, »wie geht es dir?« Die Frage erschien ihm, kaum war sie heraus, unpassend angesichts ihres Äußeren, das ganz deutlich aussagte, dass es ihr nicht gut ging.

Und anstatt einer Antwort sank sie weinend in seine Arme, die er ihr instinktiv entgegengestreckt hatte. Schluchzend verharrte sie dort einige Minuten, ehe sie sich so weit beruhigt hatte, dass sie sich sanft seiner Umarmung entwinden konnte.

»Es tut mir leid, Georg«, schniefte sie und wischte sich die Tränen aus den Augen. »Ich bin ziemlich am Ende. Aber das ist ja nicht grad dein Problem. Grad dich sollt ich nicht mit meiner Lage belasten.«

Georg schüttelte energisch den Kopf, hier konnte er sich vielleicht für ihre Unterstützung nach Petras Tod revanchieren. »Nun lass mal gut sein. Du warst auch immer da, als es mir schlecht ging. Jetzt erzähl mal ganz in Ruhe. Ich kann mir zwar schon denken, was los ist, es ist ja kein Geheimnis. Aber es wird dir guttun, dir die Last von der Seele zu reden. Könn mer uns vielleicht irgendwo gemütlich hinsetzen?«

Sie führte ihn in den Heustock, in dem ein paar Strohballen lagen, auf denen sie es sich gemütlich machten, nachdem sich die umgekehrten Eimer in der Milchkammer als zu unbequem erwiesen hatten. In ihr Gespräch vertieft, bemerkte keiner von beiden die Kuh, die heimlich in die benachbarte Mehlkammer eingebrochen war, um sich den Magen vollzuschlagen.

Nanni hatte es nicht erwarten können, die Mehlsäcke zu plündern, nachdem es ihr zum ersten Mal in diesem Jahr geglückt war, nicht angebunden zu werden. In ihrer übermütigen Freude hatte sie sich bereits losgeschlichen, als die Bäuerin noch in der Milchkammer herumwerkelte. Anders als der Bauer, der nun weg war, kehrte sie nicht noch mal in den Stall zurück, um nach dem Rechten zu sehen, sondern verließ die Räume nach getaner Arbeit direkt durch die Milchkammer und ging über den Hofplatz zum Wohnhaus. Nanni bereute nun ihre Leichtfertigkeit, hatte sie doch Sorge, dass ihr Mahl vorzeitig beendet werden würde und die Bauersleute in Zukunft aufmerksamer beim Anbinden wären, sollten sie sie auf frischer Tat ertappen. So verharrte sie regungslos in ihrer dunklen Ecke, auch nachdem die Bäuerin und der Besucher den Heustock betreten hatten, und lauschte aufmerksam, um nicht zu verpassen, wann sie wieder allein gelassen würde, sodass sie ihr Fressfest fortsetzen könnte.

So kam es, dass Nanni jedes Wort, das fiel, mit anhörte. Das, was sie hörte, versetzte sie in große Unruhe, sodass sie ihr leibliches Wohl vergaß und grübelnd, nachdem die Menschen die Stallräume endgültig verlassen hatten, an ihren Platz zurückkehrte. Dort stand sie in wachem Zustand und rätselte bis tief in die Nacht. Sollte sie wirklich alles erzählen? Morgen würde Berta bestimmt den Rat einberufen, denn sie hatte ihren scharfen Blick im Rücken gespürt, als sie aus der Mehlkammer zurückkam, und Berta würde sicher sofort die richtigen Schlüsse aus ihrem ungewöhnlichen Verhalten ziehen. Nanni hatte nicht vor, den anderen Informationen vorzuenthalten, vor allem keine, die für ihre Ermittlungen wahrscheinlich sehr wichtig sein könnten. Aber die andere, grausige Neuigkeit, die sie ungewollt mit angehört hatte, sollte sie auch davon erzählen? Davon, dass eine von ihnen verkauft werden und aus der Mitte der Herde und ihrem gewohnten Leben gerissen werden sollte? Das war so ziemlich das Schlimmste, was einer Kuh passieren konnte, zumindest, was Nanni sich vorstellen konnte, und sie argwöhnte, dass dieses Schicksal kaum besser war, wenn man zuvor davon erfuhr.

9. Mai

8.20 Uhr, auf dem Höpflhof

Die Bäuerin machte eine Kuh nach der anderen los und schickte sie gemeinsam auf die Weide. Anders als der Bauer, der sie paarweise direkt nach dem Melken entließ. Vielleicht war es ihr zu umständlich, schließlich musste sie die Arbeit ja nun allein machen, weshalb sie sie so erledigte, wie sie es für das Beste hielt, dachte Berta.

Auf dem Weg kämpfte sich Berta zu Nanni durch. Sie hatte fast den Eindruck, dass Nanni sich beeilte und vor ihr davonlief. »Nanni! Warte«, kam sie angekeucht, denn das Schieben und Drängeln durch die Reihe der Gefährtinnen war anstrengend. »Nanni«, begann sie, als sie die aufrührerische Zwillingskuh endlich erreicht hatte. »Hast du gestern Abend hören können, was die Bäuerin und der Besucher geredet haben? Du warst ja immerhin in der Mehlkammer direkt neben dem Heustock«, fragte sie ohne Umschweife mit einem kleinen Seitenhieb auf Nannis Verfehlung.

»Ja, hab ich«, murrte Nanni, die immer noch nicht wusste, ob sie vom geplanten Verkauf der Gefährtin erzählen sollte oder nicht.

»Gut, dann werde ich nachher alle zusammenrufen, und du musst uns haargenau berichten, was du gehört hast. Bleib also am besten gleich in meiner Nähe«, sagte Berta.

Kurze Zeit später, noch bevor sie ihren morgendlichen Hunger gestillt hatten, standen alle im Kreis beieinander und lauschten Nannis Bericht. Die meisten ahnten bereits, worum es ging, da Nanni bei ihrem Ausflug von einigen beobachtet worden war, ebenso wie die Bäuerin und der Fremde.

»Ich werde erst einmal unseren aktuellen Ermittlungsstand zusammenfassen. Also, wie ihr bereits wisst, gibt es Neuigkeiten. Wir alle haben mitbekommen, dass der Bauer verhaftet wurde und die Bäuerin jetzt allein im Stall ist. Wir wissen auch, dass der Bauer den Tierarzt nicht ermordet haben kann, da er ja viel später heimgekommen ist, und dass noch jemand anderes da gewesen sein muss. Nämlich der, der mit dem Auto wieder weggefahren ist. Der muss der Mörder sein. Gestern Abend war ein Fremder bei der Bäuerin, vielleicht war er es. Nanni konnte die beiden dank ihrer Schandtat – sie ist wieder mal in die Mehlkammer eingebrochen – belauschen«, tadelte und lobte Berta zugleich und übergab Nanni das Wort. »Erzähl doch am besten selbst, was du erfahren hast.«

Ehe Nanni damit loslegen konnte, ihre Erkenntnisse an die anderen weiterzugeben, drängte sich Henriette in den Vordergrund.

»Nanni! Wir sollten das nicht tun. Wir sind Kühe. Kühe ermitteln nicht in einem Mordfall«, versuchte sie, Nanni mit Grabesstimme vom Schweigen zu überzeugen.

Die ignorierte sie jedoch, da sie Henriettes paranoides Getue schon länger satthatte. »Der Bauer hatte leider recht. Die Bäuerin hat – oder besser gesagt hatte – eine Liebschaft mit einem anderen Mann.«

Betretenheit machte sich unter den Kühen breit, was sich in verschämt gesenkten Blicken und leisem Gemurmel äußerte. Die Kühe wussten nämlich ganz genau, was sie unter einer Liebschaft zu verstehen hatten, hatten sie doch schon so manches heimliche Pärchen beim Liebemachen am Waldrand aufgestöbert. Nun entlockte ihnen die Vorstellung, dass die Bäuerin und der Fremde zusammengelegen hatten, ein schamhaftes Mitleid mit dem Bauern. Sie hatten den großen Streit mitbekommen und wussten, wie sehr es den Ärmsten getroffen hatte, dass seine Frau so was vermutlich mit einem anderen tat. Er hatte nur auf die falsche Person gesetzt, als sein Verdacht auf den Tierarzt fiel.

»Ja, das ist schlimm«, fuhr Nanni nun fort. »Aber das ist noch längst nicht alles. Die Bäuerin hat viel geweint und erzählt, was passiert ist. Mit dem Tierarzt, mit dem Bauern und mit ihr. Dass es ihr ganz schlecht geht, weil sie jetzt allein so viel Arbeit hat.«

Die Herdenmitglieder nickten zustimmend. Das war ihnen nicht entgangen, brauchte die Frau doch für alles viel länger als der Bauer, und sie mussten viel Geduld aufbringen, bis sie alle gefüttert und gemolken waren. Ihnen konnte das abverlangt werden, aber die armen Kälber hatten vor Hunger gebrüllt, weil sie auch zu späterer Vormittagsstunde noch nichts zu fressen bekommen hatten.

Gut, dass Ferdinand nicht da ist, dachte Berta, denn den hätte sie in seinem separaten Stall vermutlich ganz vergessen. Ferdinand war zu Bertas Unmut immer noch nicht wieder aufgetaucht, und sie hatte das unbestimmte Gefühl, dass er ihr vielleicht doch etwas Wichtiges erzählen konnte.

»Der Fremde, Georg heißt er, hat gesagt, dass es ihm leidtue, dass er sie unter Druck gesetzt habe und darum jetzt alles so anders gekommen sei. Ich weiß zwar nicht, was er damit meinte, aber die Bäuerin war auf einmal ganz froh. Sie hat gefragt, ob es noch eine Chance gäbe, dass sie zusammen neu anfangen könnten.«

Entsetztes Raunen durchzog den Kreis. Die Bäuerin wollte mit diesem Georg einen neuen Anfang ihrer Liebschaft? Würde der Bauer etwa nie mehr zurückkommen? Was wäre dann mit ihnen? Würde die Bäuerin dann auch den Hof verlassen, oder würde Georg der neue Bauer? Wilde Phantasien über ihrer aller Zukunft begannen sich sofort zu entspinnen.

»Aber ich kann euch beruhigen. Der Georg hat geantwortet, dass er es nicht weiß und sie erst mal abwarten soll, ob der Anton, also der Bauer, wiederkommt und sie sich dann überlegen muss, was sie macht. Aber er könne es sich schon vorstellen, dass sie ein Paar würden. Das war alles, was ich gehört habe«, schloss Nanni ihren Bericht ab.

Erleichterung machte sich unter den Kühen breit, wie erst vor wenigen Augenblicken Entsetzen über sie hereingebrochen war. Sie erlebten heute wirklich ein Wechselbad der Gefühle, was für die Damen des Höpflhofes, die an ein eher gleichmäßiges Dahinplätschern der Tage gewöhnt waren, puren Stress bedeutete.

Berta taxierte Nanni, die ihrem Blick ausgewichen war und sich nun betont gleichgültig mit ein paar Kleeblättern beschäftigte, die sie an den Stielenden gepackt hatte und aus ihrem Maul herausbaumeln ließ. Mit der Zunge versuchte sie, das ganze Büschel in den Mund zu angeln.

»Nanni, das war nicht alles, oder?«, bohrte Berta deshalb nach.

Nanni schaute wie eine ertappte Kuh in der Mehlkammer, die

sie ja auch irgendwie war, und ließ alle guten Vorsätze fahren. Es hatte keinen Zweck, Berta etwas vorenthalten zu wollen. Die würde keine Ruhe geben.

»Nein, war es nicht. Aber der Rest hat nix mit dem Mord zu tun.«

»Nanni – *alles*!«, drängte Berta und brauchte nicht mehr zu sagen.

»Gut, gut.« Berta hatte es so gewollt, sollte sie sich doch mit den Folgen auseinandersetzen. Also erzählte Nanni von der Auktion, die in drei Tagen stattfinden und bei der eine von ihnen verkauft werden sollte. Sieglinde und dieser Georg hatten gestern vereinbart, dass er diejenige abholen würde für den Fall, dass der Bauer immer noch nicht wieder zu Hause war.

Berta sog scharf den Atem ein. Eine sollte verkauft werden? Das gab es nicht oft. Es kam hin und wieder mal eine zu ihnen dazu, so wie Elenor im letzten Jahr, oder es verschwand eine sehr alte oder kranke Kuh wie Trudi, aber dass eine erwachsene Kuh auf einer Auktion verkauft wurde, daran konnte Berta sich nicht erinnern. Es kam höchstens mal vor, dass ein Kalb gehen musste, wenn es im Stall keinen Platz mehr gab. Und obwohl es ein Junges von einer von ihnen war, hielten sich die Schmerzen über den Verlust in Grenzen, da die Kälber, die im Stall separat standen, noch nicht in die Gemeinschaft integriert waren. Aber der nun geplante Verkauf? Ein Mitglied ihrer Herde – ihrer Familie – sollte ihnen genommen werden! Sie ließ ihren Blick über die versammelten Kühe schweifen. Sie mochte die eine etwas mehr, die andere etwas weniger, aber sie wollte keine von ihnen missen. Alle der angespannten Mienen drückten das Gleiche aus: Hoffentlich nicht ich.

»Wer?«, hauchte Berta, um die quälende Ungewissheit von vierzehn der fünfzehn Kühe zu nehmen.

»Bella«, antwortete Nanni niedergeschlagen.

Bella warf den Kopf in den Nacken und stieß ein arrogantes Schnauben aus. »Mir soll's recht sein, dann kann ich mich vielleicht wieder wie eine normale Kuh benehmen, wenn ich hier wegkomme!«

»Bella, vielleicht finden wir eine Möglichkeit –«, begann Berta, wurde aber von Bella in einem scharfen Tonfall unterbrochen.

»Spar dir die Mühe. Du hast einen Mordfall aufzuklären. Außerdem bin ich froh, wenn ich euch und vor allem dich, Berta, los bin!« Bella drehte sich auf der Stelle um und trabte davon.

Berta glaubte, hinter ihrer aggressiven und hochmütigen Fassade Kränkung und Trauer gesehen zu haben, weshalb sie die Kühe dazu aufrief, darüber nachzudenken, welche Möglichkeit es gab, dass Bella doch bleiben konnte – insofern sie selbst das wollte. Schweren Herzens fuhr sie mit ihren Gedanken bezüglich des Mordfalles fort.

»Ich fasse zusammen, was wir wissen: ein Streit zwischen Bauer und Bäuerin; zwei Unbekannte nachts auf dem Hof, einer davon ist wahrscheinlich der Mörder des Toten, der unser Tierarzt war. Der Bauer ist verhaftet, weil die glauben, er ist der Mörder. Nun taucht dieser Georg auf, der tatsächlich der Liebhaber von der Bäuerin ist und der vielleicht der neue Bauer wird, wenn der echte Bauer wegbleibt.«

Zwei Möglichkeiten drängten sich der versammelten Runde auf: Entweder hatte ihr Bauer wirklich den Tierarzt umgebracht, weil er ihn für den vermuteten Liebhaber hielt – daran konnte keine von ihnen so recht glauben, außerdem sprach dagegen, dass Berta felsenfest davon überzeugt war, dass der Bauer viel später kam –, oder der Liebhaber der Bäuerin war der Mörder, weil er wusste, dass die Polizei denken würde, dass der Bauer der Mörder war. Und er profitierte davon, dass der Bauer weg war, weil er dann der Neue werden würde. Um den Bauern loszuwerden, hatte er ein Opfer gebraucht, und der Tierarzt war zufällig da gewesen.

Aber auch die zweite Möglichkeit schien ihnen noch nicht ganz stimmig zu sein. Das Motiv passte zwar, aber wie hatte er vorhersehen können, dass der Bauer von der Polizei für den Mörder gehalten wurde? Außerdem waren zu viele Zufälle im Spiel. Mörder und Ermordeter, beide zufällig zur gleichen Zeit auf dem Hof? Dann war da noch das Rätsel um das Auto.

Das Plastikding half ihnen auch nicht weiter, da dieser Georg für Nanni nicht so gut zu erkennen gewesen war, weil im Stall schon dämmrige Lichtverhältnisse geherrscht hatten. Obwohl sie sich darüber ärgerten, hatte genau dieser Umstand Nanni dazu verholfen, unentdeckt zu bleiben und so alles mit anhören zu können. Und noch ein Problem hatte sich den Kühen aufgetan, über das sie sich bisher noch keine Gedanken gemacht hatten: Was, wenn sie den Mörder tatsächlich fanden und es nicht der Mann auf dem Plastikding war? Wie sollten sie ihre Ergebnisse den Menschen mitteilen? Sie beschlossen, dieses Thema zu vertagen, denn schließlich mussten sie dem Mörder erst einmal auf die Schliche kommen. Wie sie die Geschichte auch drehten und wendeten, bisher kamen sie zu keinem schlüssigen Ergebnis und konnten nichts anderes tun, als ihre Augen und Ohren weiterhin offen zu halten und sich erst einmal um den geplanten Verkauf von Bella zu kümmern.

Es war Elenor, die schließlich mit einer Lösung auf Berta zukam. »Ich wurde ja bereits selbst schon mal auf einer Auktion verkauft«, begann sie stockend.

Berta überkam Mitleid mit der netten jungen Kuh, die fürchterliche Angst gehabt haben musste vor dem unbekannten Schicksal, das sie erwartet hatte. Was das für Elenor bedeutet haben musste, konnte sie erst heute richtig nachvollziehen.

»Ich hatte großes Glück, dass ich einen so guten Platz bekommen habe«, sagte sie schnell lächelnd an Berta gewandt, als wüsste sie, welche Gedanken der eben durch den Kopf gegangen waren. »Aber mir geht es jetzt nicht um Vergangenheitsbewältigung. Ich habe nämlich eine andere Kuh beobachtet, die nicht verkauft werden wollte. Sie war im Verkaufsstall meine Nachbarin, und sie hat mir erzählt, was sie versuchen wollte, um wieder nach Hause gebracht zu werden. Sie hat es tatsächlich geschafft, und dabei war es eigentlich ganz einfach. Sie hat im Ring, in dem wir herumgeführt wurden, damit man uns gut anschauen konnte und für den Kauf geboten werden konnte, so wild herumgetobt und ihren Bauern am Strick hinter sich hergeschleift, dass niemand sie haben wollte. Ihrem Bauern blieb nichts anderes übrig, als sie wieder mit nach Hause zu nehmen.«

»Darauf wäre ich nie gekommen. Du bist ein Genie, Elenor!«, rief Berta erfreut über eine so einfache Lösung aus.

»Na ja, es war ja nicht meine Idee«, erwiderte diese beschämt über so viel Lob von ihrer Leitkuh.

Berta machte sich sogleich auf den Weg zu Bella, um ihr von dieser Möglichkeit zu berichten. Es war riskant, Bella würde den Stall erst einmal verlassen müssen, und es war auch nicht ganz sicher, dass es funktionieren würde. Denn wenn ein Bieter sie unbedingt haben wollte, egal, wie sie sich benahm, hätte sie keine Chance. Aber immerhin war es ein Plan – der einzige, den sie hatten.

»… so könntest du es vielleicht schaffen, wieder nach Hause zu kommen, wenn du das willst. Wir alle würden uns darüber freuen.« Berta schaute Bella liebevoll an. Sie konnte Bella nicht einschätzen, da diese, während sie erzählte, was sie von Elenor gehört hatte, demonstrativ weiter Gras rupfte. Aber sie bildete sich zumindest ein, eine Träne in Bellas Augenwinkel gesehen zu haben, die aber auch durch die lästigen Fliegen ausgelöst worden sein konnte. Nun hatte sie zumindest eine Option. Was Bella daraus machte, war allein ihre Sache.

10. Mai

19.55 Uhr, im Stall des Höpflhofs

Sieglinde hatte ihre Arbeit heute etwas pünktlicher beenden können und wartete nur noch auf den Nachfolger von Johannes von Stegmann, der Bella untersuchen sollte, bevor sie auf die Auktion ging. Schließlich würde Bella bei der Auktion auch den Höpflhof repräsentieren und sollte als gesunde und fitte Kuh bei den potenziellen Käufern einen guten Eindruck hinterlassen. Wer wusste schon, ob Sieglinde nicht bald weitere Kühe verkaufen musste.

Anton saß immer noch in Haft. Gestern hatte sie kurz mit ihm telefonieren dürfen, und aus dem, was er berichtet hatte, schloss sie, dass sich an seiner Lage so schnell auch nichts ändern würde. Sieglinde hatte keine Ahnung, wie lange jemand unter Mordverdacht festgehalten werden durfte und wann man ihn wieder freilassen musste, wenn keine eindeutigen Beweise zu finden waren. Sie konnte das Ergebnis der stundenlangen Verhöre, von denen Anton mit matter Stimme erzählt hatte, überhaupt nicht einschätzen. Er wurde immer wieder dazu befragt, wohin er das Auto von von Stegmann gebracht hatte. Dieser Brunner glaubte wohl, Anton habe sich verraten, weil er ihr im Suff das geparkte Auto vorgeworfen habe. Da er bei der Befragung durch die Polizei aber gar nichts davon erzählt hatte, könnte der Eindruck entstanden sein, dass er dieses Detail bewusst verschwiegen hatte. Brunner war zu der Überzeugung gelangt, dass Anton den Tierarzt, nachdem der von Sieglinde gekommen sei, vor dem Haus erwischt und erdrosselt habe. Von Stegmanns Auto habe Anton nach der Tat verschwinden lassen und sei erst dann pöbelnd bei Sieglinde aufgetaucht. Er habe ja alle Zeit der Welt gehabt, da Sieglinde nichts hören konnte und in ihrer Verschlafenheit schließlich auch die Uhrzeit falsch abgelesen hätte. Bei einem digitalen Wecker könne das schon mal passieren. Dass Anton volltrunken war, schien für Brunner kein entlastendes Argument zu sein, im Gegenteil. Er meinte, dass der Alkohol ihn enthemmt habe und er deshalb seiner Eifersucht freien Lauf gelassen habe. Auch sein von Grund auf gutmütiges Wesen nahm ihm Brunner nicht ab.

Nein, es sah wahrlich nicht gut aus für Anton, und Sieglinde bedauerte das zutiefst. Sie hatte so sehr daran geglaubt, dass ihre Ehe tatsächlich zu retten war. Sie hatte bei Georg die Konsequenzen gezogen, und ein Geldsegen hatte vor der Tür gestanden wie ein Vorbote des kommenden Glücks und hellerer Tage. Nun war gewiss, dass auch daraus nichts werden würde, denn sie hatte noch nichts von dem dubiosen Kontaktmann gehört. Dass es sich um eine zwielichtige Gestalt handeln musste, da war Sieglinde sich sicher. Denn ein anonymer Kontaktmann für illegale Geschäfte konnte einfach nichts anderes sein als ein durch und durch unangenehmer und gefährlicher Mensch. Vielleicht sollte sie auch froh sein, dass der nun nichts von ihr wollte, jetzt, da von Stegmann nicht mehr schützend dazwischenstand. Und vielleicht hatte ja sogar dieser unbekannte Typ mit dem Mord zu tun, schließlich begab man sich in Gefahr, wenn man sich auf solche Menschen einließ. Hatte Johannes von Stegmann den Preis dafür bezahlen müssen? Kopfschüttelnd versuchte sie, diese Gedanken abzustreifen. Sie brachten nichts. Selbst wenn sie der Polizei einen Hinweis in diese Richtung geben würde, wäre Anton immer noch ein Betrüger. Und was er der Polizei erzählen wollte, sollte er lieber selbst entscheiden. Schließlich wusste er auch, was sie wusste, und konnte, falls von ihm gewünscht, seinen Trumpf bezüglich einer zwielichtigen Bekanntschaft des Mordopfers ausspielen.

Sieglinde versuchte, sich positiveren Überlegungen zuzuwenden. Georg war gestern da gewesen. Er hatte sich ihr durchaus zugewandt verhalten, und vielleicht könnten sie es noch einmal miteinander versuchen. Womöglich könnte sie dadurch ihre Haut retten. Denn dass sie einen Mann an ihrer Seite brauchte, stand für Sieglinde außer Frage. Schutzlos, wie sie nun im luftleeren Raum schwebte, seit Anton weg war, hatte sie gemerkt, dass sie allein kaum überlebensfähig war. Die Heizung machte Mucken, und sie hatte keine Ahnung, was zu tun war, weshalb sie in den letzten Tagen nur lauwarm duschen konnte. Aber auch die schwere Arbeit auf dem Hof war für sie allein zu viel, und etwas anderes hatte sie nie gelernt. Es gab keine Alternative, wie sie ihren Broterwerb gestalten sollte, wenn Anton nicht mehr nach Hause kam. Nein, ihr blieben derzeit nicht viele Möglichkeiten, und wenn sie hätte zaubern können, sie hätte sich gewünscht, dass alles wieder so wäre wie früher, bevor Petra Bernbach in ihr Leben gekommen war und sie durcheinandergebracht hatte. Sie war nicht glücklich gewesen, aber auch nicht direkt unglücklich, und hätte ihr Leben durchaus in lauwarmer Temperatur weiterleben können. Aber dann hatte das fatale Schicksal mit Georg Bernbach seinen Lauf genommen. Sie würde nichts lieber tun, als mit Anton den ersehnten Neuanfang zu starten, und wünschte, dass sie sich nie auf Georg, den mitleiderregenden Witwer, eingelassen hätte. Paradoxerweise hatte sie ebendiesen gestern nach einem Neuanfang gefragt.

Ihre verwirrten Gedanken, die Sieglinde selbst kaum erfassen konnte, da sie so widersprüchlich waren, wurden von einer energischen Frauenstimme unterbrochen. »Haaalloooo? Jemand da?«, hallte es durch den Stall.

Sieglinde sammelte sich und musterte die dralle Blondine, die eben durch die Stalltür kam. »Hallo! Was machen Sie in meinem Stall? Und wer sind Sie überhaupt?«

Sie war jung. Sieglinde schätzte sie auf Ende zwanzig, höchstens Anfang dreißig. Eine dynamische Ausstrahlung ging von ihr aus, die sich schon in ihrer Stimme widergespiegelt hatte. Ihre blonde Mähne war zu einem unordentlichen Knoten am Hinterkopf aufgetürmt und sah extrem lässig aus. Sie glich beinahe einer Hochsteckfrisur, wie man sie zu besonderen Anlässen in einer stundenlangen Prozedur beim Friseur legen ließ. Die großen blauen Augen waren von langen, nach oben gebogenen Wimpern umrandet, die kein Tuschen benötigten, denn sie waren voll und dunkel. Hier stand eine natürliche Schönheit vor ihr, deren strahlende Haut und rosige Wangen keinerlei Unreinheiten und Mitesser zeigten, denen des Morgens mit Make-up und Abdeckstift zu Leibe gerückt werden musste. Höchstens an ihrer Figur konnte man sich vielleicht stören. Sie war zwar langbeinig und hochgewachsen, aber von einer etwas kräftigeren Natur, mit einen Tick zu breiten Schultern und einem griffigen Gesäß. Es unterstrich eher den kernigen Eindruck, den sie machte, und so erweckte sie augenblicklich den Neid der weit älteren Sieglinde, die sich ohnehin über das forsche Eindringen in ihren Stall ärgerte.

»Entschuldigen Sie.« Ein Lächeln kam über die vollen Lippen der Schönheit, und die rechte Hand wurde zur Begrüßung vorgestreckt. »Ich bin Sara Rummler, die neue Tierärztin.«

Sieglinde blieb vor Erstaunen der Mund offen stehen. Eine Frau hatte sie nicht erwartet und noch viel weniger *so eine* Frau. Kaum vorstellbar, dass diese hübsche Person sich dafür interessierte, ihren Arm bis zur Achsel in Kuhhintern zu stecken. Würde Sieglinde so aussehen wie sie, hätte sie alles daran gesetzt, Schauspielerin oder vielleicht – nach einer kleinen Diät – Fotomodell zu werden.

Sara sah lächelnd über die Reaktion der Bäuerin hinweg. Sie war es gewohnt, von den Bauern zuerst missachtet zu werden. Später schlug die Reaktion dann oft in Bewunderung um, sie hoffte, dass es diesmal ebenso sein würde. Die Frauen reagierten ausnahmslos mit Eifersucht und Missgunst, und plötzlich gluckten sie wie die Hennen um ihre Küken um ihre Ehemänner herum, sobald sie zur Behandlung eines Tieres auf den Hof kam. So war es zumindest immer am Anfang, bis sich alle an sie gewöhnt hatten. Als ob sie Interesse an einem der Ehemänner gehabt hätte. Es lag nicht daran, dass sie sich dafür zu schade war, sich mit einem Landwirt einzulassen, aber im Bezug auf verheiratete Männer war Sara Rummler ein gebranntes Kind.

Mehrfach hatte Simon ihr versprochen, seine Frau zu verlassen, und beteuert, seine Ehe sei am Ende. Er warte nur noch auf die richtige Gelegenheit. Doch die war nie gekommen. Erst kam der komplizierte Beinbruch seiner Frau, den sie sich bei einem üblen Sturz beim Skifahren zugezogen hatte, mit dem Ergebnis, dass er sie hatte umsorgen müssen. Dann hatte sein Schwiegervater eine schwere Operation und langwierige Rehabilitation vor sich, was seine Angetraute sehr mitgenommen hatte. Es gab immer wieder einen anderen Grund, warum er sich gerade nicht trennen konnte. Schließlich war das eingetroffen, wovor Sara sich heimlich immer gefürchtet hatte. Die Ehefrau war ganz plötzlich und unerwartet schwanger geworden, und Simon hatte sie natürlich nicht mehr verlassen können. Sara hegte jedoch den stillen Verdacht, dass es sich dabei nicht um eine ungeplante Schwangerschaft handelte, sondern er ihrer eher überdrüssig geworden war. Deshalb hatte sie sich geschworen, sich nie wieder auf einen verheirateten Mann einzulassen, ehe nicht die Scheidungspapiere unterschrieben waren und ihr zum Beweis vorgelegt wurden. Aber davon wussten die Bäuerinnen, die ihr argwöhnten, nichts. Und auch Sieglinde, wie sie ihr jetzt mit zusammengekniffenen Lippen gegenüberstand und sie musterte, schien da keine Ausnahme zu bilden.

Sieglindes steife Haltung lockerte sich jedoch schnell, als sie bemerkte, wie professionell die junge Frau ans Werk ging und die Kuh, zu der sie mittlerweile geführt worden war, mit geschickten Händen untersuchte. Dabei erklärte sie in sachlichen, aber für den Laien verständlichen Worten, was sie da tat. Das gefiel Sieglinde, die das überhebliche Schweigen während der Untersuchung und die anschließenden komplizierten medizinischen Erklärungen von von Stegmann gehasst hatte. Bei Nachfragen hatte er stets seufzend versucht, sein medizinisches Wissen zu erklären, und hatte sich dabei ausgedrückt, als spräche er mit einem dummen Schulkind. Er hob dabei die Stimme, als wäre das Gegenüber nicht nur dumm, sondern auch schwerhörig.

Sara Rummler hinterließ einen freundlichen und gar nicht so arroganten Eindruck, wie Sieglinde zunächst befürchtet hatte.

»Da haben Sie aber eine hübsche und absolut gesunde Kuh«, erklärte sie zum Abschluss ihrer Untersuchung mit einem wohlwollenden Lächeln. »Die dürfte Ihnen auf der Auktion einen guten Preis einbringen, da sehe ich aus tierärztlicher Sicht keine Probleme.«

Sieglinde dankte ihr und bat sie, sich auch noch die alte Henriette anzusehen, deren Gelenke in den letzten Wochen weiter angeschwollen waren. Auch bei ihr ging Sara Rummler zielgerichtet mit zarten Händen ans Werk. Mit besorgter

Miene tastete sie die unnatürlich dicken Gelenke an Henriettes Hinterbeinen ab. Erstaunlicherweise keilte die nicht mal aus, so wenig schien ihr die Prozedur zu missfallen oder Schmerzen zu bereiten.

Sara empfahl Sieglinde, verschiedene Kräuterwickel ans Bein zu binden, und fügte vorsichtig hinzu: »Ich weiß ja nicht, was Sie davon halten, aber ich habe auch schon positive Erfahrungen mit homöopathischer Medizin gemacht. Ich könnte Ihnen da gute Tropfen empfehlen, die in dem Fall ganz gut anschlagen könnten. Es wäre zumindest einen Versuch wert, bevor Sie, na ja, Sie wissen schon …«

Sieglinde überlegte. Von Stegmann hatte Anton empfohlen, Henriette dem Schlachter zu geben, weil sie dann wenigstens noch als Suppenfleisch zu gebrauchen sei. Der blöde von Stegmann hatte das witzig gefunden und dröhnend über seinen eigenen Scherz gelacht. Er hatte wenig Verständnis dafür gehabt, dass Anton und sie eine gewisse Bindung an ihre Tiere hatten und sie zwar nicht unnötig leiden lassen wollten, sie aber auch nicht leichtfertig über das Ende ihres Lebens entscheiden konnten. Und so hatten sie es hinausgezögert, Henriette dem Schlachthof zu verkaufen, in der Hoffnung, es würde besser. Außerdem war sie trotz ihres Alters vom wirtschaftlichen Standpunkt aus gesehen immer noch eine gute Milchkuh. Einen Versuch war es daher allemal wert.

Nachdem Sara ihr die Anwendung erklärt hatte – die Tropfen waren am besten über das Mehl zu verteilen, das würde die alte Kuh bestimmt nicht verschmähen –, verabschiedete sie sich. Mit dem beherzten Versuch, das Leben der alten Henriette noch etwas länger lebenswert zu machen, hatte Sara Rummler das Eis endgültig gebrochen.

»Ich wünsch Ihnen noch einen schönen Feierabend«, rief Sieglinde der neuen Tierärztin, die ganz anders war, als sie zuerst gedacht hatte, zum Abschied nach.

»Ich muss noch schnell zum Bernbachhof, der Herr Bernbach hat auch eine Kuh für die Auktion, die kann nicht warten. Manche Tage scheinen einfach nie enden zu wollen.« Trotz ihres offensichtlich ziemlich strengen Arbeitstages sprang sie energiegeladen in ihren Landrover und brauste eben so forsch, wie ihre ganze Erscheinung war, vom Hof.

Lächelnd sah Sieglinde ihr nach. Wirklich gar nicht so übel, diese Sara Rummler. Und sehr fleißig obendrein, dachte sie.

11. Mai

10.00 Uhr, auf der Weide des Höpflhofs

»Die war so sanft«, schwärmte Henriette mit verträumtem Blick, denn sie hatte gerade ausführlich von der Untersuchung durch eine Tierärztin erzählt. Das hatte noch keine von ihnen erlebt, und sie beglückwünschten sich nun allesamt, dass es das Schicksal nach dem Ableben des alten Tierarztes so gut mit ihnen gemeint und ihnen diese fähige Tierärztin geschickt hatte. Henriette war bereits heute Morgen, nachdem sie am Abend noch die ersten Tropfen und Wickel von der Bäuerin erhalten hatte, leichter auf die Beine gekommen als sonst. Sogar ihre Sehnen hatten weniger geknackt.

Die Kühe freuten sich ausnahmslos über diese überraschend positive Entwicklung, die ihre düsteren Gedanken und die turbulenten Ereignisse der letzten Tage ein wenig in den Hintergrund treten ließ. Und so herrschte eine ausgesprochen gute Laune auf der Weide.

Nur Bella gab Anlass zur Sorge. Sie hatte sich seit der schlechten Nachricht von Nanni völlig von der Herde abgesondert und stand, ihnen das Hinterteil zugekehrt, in der Ecke der Weide. Ihr Kopf war in die Tiefe gesunken, als wollte sie grasen, nahm aber kein Büschel zu sich. Die Einschätzung der Tierärztin hatte ihr die letzte Hoffnung geraubt, in ihrem Zuhause bleiben zu können. Denn trotz ihrer Beteuerungen, froh zu sein, die anderen alle nie wiedersehen zu müssen, wünschte sie sich nichts sehnlicher, als bei ihrer Herde bleiben zu dürfen. Aber das sollte niemand erfahren, denn Bella war ein stolzes Tier, das sich durch die Verkaufsentscheidung gebrandmarkt und ausgestoßen fühlte. Es blieb ihr also nur, sich ihren hübschen Kopf darüber zu zerbrechen, warum die Bauersleute sie nicht mehr haben wollten. Dass sie das schönste Tier der Herde war und deshalb den besten Preis erzielen würde, darauf kam sie jedoch nicht.

Elenor gab sich Mühe, ihr mit ihrer Auktionserfahrung beizustehen und ihr Mut zu machen. Sie redete ohne Unterlass auf Bella ein, wurde aber in regelmäßigen Abständen von ihren drohend gesenkten Hörnern vertrieben.

Berta, die auch schon einige Versuche gestartet hatte, zu Bella durchzudringen, pfiff Elenor zurück, lobte sie für ihren beherzten Einsatz, der bei Bella leider auf taube Ohren und drohend spitze Hörner zu stoßen schien, und überließ diese schweren Herzens sich selbst.

10.50 Uhr, Kempten, im Büro von Kommissar Brunner

Brunner war höchst zufrieden mit seiner Arbeit. Sein Chef hatte ihn ausdrücklich dafür gelobt, dass er bereits am Tag des Leichenfundes einen Tatverdächtigen verhaften konnte. Mehr noch, er war einer Meinung mit ihm und von Anton Höpfls Schuld überzeugt.

»Eifersucht ist ein starkes Motiv. Das kann man nicht bestreiten. Der Alkoholkonsum des Verdächtigen dürfte dabei sein Übriges bewirkt haben«, hatte der alte Griesgram ihm zugestimmt.

Und so träumte Brunner weiter von einer steilen Karriere auf den letzten Metern seiner Dienstjahre, die zum Greifen nah vor ihm lag, würde er Anton Höpfl endlich weichklopfen und ihm ein Geständnis entlocken können. Die Zeit drängte, er brauchte das Geständnis oder eindeutige Beweise. Ansonsten würde er Anton Höpfl nicht länger festhalten können. Aber Brunner hatte nicht vor, einen Verdächtigen, den er höchstpersönlich festgesetzt hatte, wieder laufen zu lassen. Deshalb hatte er für die späten Vormittagsstunden ein weiteres Verhör anberaumt, in das er viel Hoffnung setzte. Bei der letzten Vernehmung, die gestern spätnachmittags stattgefunden hatte, hatte er bereits das Gefühl gehabt, dass der Höpfl mürbe wurde und kurz vor dem Einknicken stand. Brunner verfügte über eine empfindliche Spürnase und einiges an Erfahrung in der Aufklärung von Mordfällen, er wähnte sich auch diesmal auf dem richtigen Weg.

Ja, heute würde er den Mörder dingfest machen können, da war er sich sicher. Ein Blick auf seine Uhr verriet ihm, dass es in einer Dreiviertelstunde so weit war, dass er zu Anton Höpfl gelassen wurde. Er hätte ihn vermutlich schon überführt, wenn nicht sein Anwalt sich heute Morgen vorgedrängt hätte. Das war nicht gut und ärgerte ihn. Zum einen blieb dem Höpfl zu viel Zeit, Luft zu holen und wieder zu Kräften zu kommen, um seinen Widerstand gegen ihn erneut zu formieren, und zum anderen wusste man nie, wozu der Anwalt ihm raten würde. Aber er war schließlich Konrad Brunner, und der Verdächtige hatte bisher nur seine angenehme Seite kennengelernt.

Brunner beschloss gerade, sich bis zu dem Zeitpunkt, der der Wendepunkt in seiner Karriere werden sollte, noch mit dem wachsenden Stapel Papierkram auf seinem Schreibtisch zu beschäftigen, als es an der Tür klopfte. Ärgerlich runzelte er die Stirn. Eigentlich erwartete er niemanden, besann sich dann aber eines Besseren, sich an diesem bedeutsamen Tag von keinem die Laune verderben zu lassen, und rief ein fröhliches »Herein« in den noch leeren Raum vor ihm.

Eine hübsche Blondine betrat das Büro. Unsicher, fast scheu, blieb sie einige Schritte von seinem Schreibtisch entfernt stehen, als hätte sie seinen Unmut gewittert.

Brunners Gesicht hellte sich angesichts der angenehmen Erscheinung, die da vor ihm stand, augenblicklich auf. Ja, das war ihm auch recht, sich die Zeit mit einer netten Dame zu vertreiben. Brunner ahnte nicht, wie sehr er sich doch irren sollte, denn das Auftauchen von Melanie Hippold würde er in kurzer Zeit verfluchen.

»Herr Kommissar Brunner?«, fragte sie mit leiser Stimme, während sie ihn mit großen, erschrockenen Rehaugen ansah.

»Der bin ich«, bestätigte er und warf sich in eine Pose, die die Würde seines Rangs unterstreichen sollte. Denn obwohl er seit fast fünfundzwanzig Jahren verheiratet war – seine Frau nervte ihn derzeit kolossal mit dem Tumult, den sie um die Silberhochzeit veranstalten wollte –, war es ihm stets ein Bedürfnis, einen positiven Eindruck auf attraktive Frauen zu machen. Bei besonders schönen wie Melanie Hippold erst recht.

»Da bin ich aber froh, endlich beim Richtigen gelandet zu sein«, seufzte sie erleichtert auf und trat einige Schritte näher. »Darf ich mich setzen?«

Die Scheu war von ihr abgefallen, und auf Brunners einladende

Geste hin setzte sie sich ihm gegenüber in einen der beiden Stühle, die für Besucher bereitstanden. Sie atmete tief ein und erzählte, was sie heute am frühen Morgen schon der Polizei in Lindau berichtet hatte. »Ich bin Melanie Hippold. Ich melde mich bei Ihnen, da ich etwas zu Johannes von Stegmann zu sagen habe.«

Brunner blickte sie verständnislos an. Wollte ihm dieses zarte Persönchen etwa erzählen, sie habe etwas mit dem Mord zu tun? Unvorstellbar.

»Ich habe von der Polizei in Lindau, bei der ich heute Morgen war, gehört, dass Sie in seinem … seinem Mordfall …«, bei dem Wort traten Tränen in ihre Augen, und ihre brechende Stimme presste es aus ihrem Mund heraus, »… ermitteln. Von den Lindauern habe ich erfahren, dass Sie nach seinem Wagen fahnden, und na ja, ich habe sein Auto schon seit gut fünf Tagen. Er hat es mir ausgeliehen.«

Brunners Augen quollen über, und seine Haut nahm eine ungesunde dunkelrote Färbung an. »Und da kommen Sie erst jetzt daher?«, setzte er brüllend dazu an, dieser unverschämten Person, die es wagte, ihn in seiner Arbeit zu behindern, die Meinung zu sagen.

Doch anstatt wieder das scheue Mäuschen zu geben, trat ein trotziger Ausdruck auf Melanies Gesicht. »Ja, ich komme erst jetzt daher. Leider habe ich erst gestern Abend, als ich die Zeitungen der letzten Tage las, von Johannes' Tod erfahren. Ich kam bisher nicht dazu, weil ich quasi rund um die Uhr am Krankenhausbett meiner Mutter saß, die einen schweren Unfall hatte und erst gestern Mittag aus dem künstlichen Koma geholt wurde«, gab sie kampflustig zurück.

Dieser aufgeblasene Fatzke von Kommissar sollte bloß nicht glauben, er könne ihr ein schlechtes Gewissen machen. Gerade ihr, die Johannes auf eine so grausame Art verloren hatte. Seit er ihr vor sechs Tagen so geduldig und hilfsbereit beigestanden hatte, war sie sich sicher, dass sie auf dem besten Weg war, sich ernsthaft in ihn zu verlieben. Am selben Tag noch hatte er sein Leben verloren, und ausgerechnet sie hatte ihn zu dem Ort, an dem der Mörder und der Tod auf ihn gewartet hatten, gefahren.

Weil sie in Eile war, hatte sie ihn noch auf der Hauptstraße an der Abzweigung zum Hof aussteigen lassen. Er hatte ihr versichert, dass so alles in Ordnung sei, und sich mit einem letzten, sanften Kuss verabschiedet. Vielleicht war er seinem Mörder schon auf dem Weg begegnet. Nein, sie hatte auch ohne diesen Brunner bereits ausreichend große Schuldgefühle.

»Das wusste ich nicht, und es tut mir leid, dass ich Sie so angeschrien habe, und ich hoffe natürlich, dass es Ihrer Mutter gut geht«, sagte Brunner etwas milder, verdutzt über die plötzlich so selbstbewusste Haltung von Melanie Hippold. »Dass Sie erst jetzt vom Tod von Johannes von Stegmann erfahren haben und sein Auto den Lindauer Kollegen noch nicht ins Netz geraten ist, ist ja schon fast ein Wunder, schließlich ist sein Gesicht schon überall in den Medien, und nach dem Wagen wurde in den letzten Tagen mit Hochdruck gefahndet«, erklärte er, und in Gedanken setzte er hinzu: Von dem ich geschworen hätte, dass der verdammte Höpfl ihn schon längst in irgendeinem Weiher, von denen es hier ja nur so wimmelt, versenkt hat.

»Wie ich bereits sagte, ich war die letzten Tage im Krankenhaus bei meiner Mutter. Das Auto stand die ganze Zeit auf dem Parkplatz und fiel daher vermutlich auch nicht weiter auf. Ich habe mehrfach versucht, Johannes telefonisch zu erreichen, um mich zu vergewissern, dass er den Wagen auch sicher nicht selbst braucht. Er hat zwar gesagt, dass ich ihn so lange behalten kann, wie ich will, er habe ja noch sein Arbeitsauto, aber ich wollte ihn ja auch nicht ausnutzen. Und danke der Nachfrage, meiner Mutter geht es gut, und sie wird zum Glück wieder ganz gesund werden, sagen die Ärzte.«

»Darf ich Sie bitten, mir ganz genau zu erzählen, wann, wie und wo Sie das Auto von Johannes von Stegmann bekommen haben und ob er Ihnen irgendetwas erzählt hat, was für uns wichtig sein könnte? Immerhin haben Sie ihn am Tag seines Todes noch gesehen und mit ihm gesprochen«, bat Brunner, in dessen Kopf seine Gedanken Purzelbäume schlugen, da er den Vorwurf, Anton Höpfl habe den Wagen verschwinden lassen, jetzt fallen lassen musste. Wenn er das Geständnis nicht bald aus ihm herauspressen könnte, würde er ihn vermutlich noch heute laufen lassen müssen, so wenig hatte er nun in der Hand. Im Gegenteil, die Aussage von Anton Höpfl, dass ein Auto auf dem Hof gestanden hatte, lenkte den Verdacht von ihm weg.

Sackrazement, der ausgebuffte Hund hat dafür gesorgt, dass wir den Hinweis für eine Spur, die von ihm wegführt, in der Aussage protokolliert haben. Dieser verfluchte Hurenbock! Seine Gedanken explodierten, und kalt kroch die Erkenntnis in ihm hoch, dass er Anton Höpfl ohne Geständnis gar nichts beweisen konnte. Und alles nur wegen dem vermaledeiten Auto, das diese Hippold die ganze Zeit gehabt hatte.

Unglücklicherweise hatte er in der satten Gewissheit, den Mörder gefunden zu haben, gar nicht mehr weitergeforscht, nicht einen Blick hatte er auf das Handy des Toten, auf dem er sicherlich mehrere vergebliche Anrufe von Melanie Hippold gefunden hätte, geworfen. Warum hatte er sich bloß so auf Anton Höpfl fixiert? Viel früher hätte er schon vom Verbleib des Autos erfahren und anderen Spuren, die nun seit Tagen erkaltet und verwischt sein konnten, nachgehen können.

Das drastische Ausmaß seiner Fehler mit all den drohenden Folgen, gepaart mit seinem Stolz als erfahrener Mordermittler, trieben Brunner in eine verbissene Entschlossenheit, seinem Instinkt, den Richtigen in der Zelle sitzen zu haben, weiterhin zu vertrauen. Auto hin oder her.

Nun brauchte er sein Geständnis dringender denn je. Seine sich überschlagenden, düsteren Gedanken wurden von Melanie Hippold, die Brunner schon fast vergessen hatte, unterbrochen.

»Johannes kam am Abend des Unfalls meiner Mutter zu mir, das war der 5. Mai. Ich war verzweifelt, da ich nicht wusste, ob sie überleben würde, und ich hatte keine Möglichkeit, zu ihr zu gelangen. Johannes hat mich getröstet und mir kurzerhand sein Auto geliehen. Wie schon gesagt, er meinte, er habe ja auch noch sein Arbeitsauto. Er wollte noch einen Bekannten besuchen, dessen Tiere er betreut, und hatte deshalb keine Zeit mehr, zur Praxis zu fahren, um dort sein anderes Auto zu holen.«

Die Praxis von Johannes von Stegmann, ein weiteres Auto. Brunner wurde schwindlig beim Zuhören. Ein zusätzlicher grober Schnitzer, der ihm unterlaufen war. Er war noch nicht einmal auf die Idee gekommen, dass von Stegmann privat ein anderes Auto als seinen Jeep fahren könnte. Tatsächlich hatte er nach einem Wagen fahnden lassen, der vermutlich in der warmen Garage der Tierarztpraxis parkte. Das wurde ja immer schlimmer, und Brunner verfluchte innerlich seine Flüchtigkeitsfehler, die er so bereitwillig begangen hatte, als ermittle er in seinem ersten Mordfall. Dieser verdammte Lemming war ihm auch keine Hilfe gewesen. Vermutlich hatte der die ganze Zeit nur darüber nachgedacht, wie er möglichst bald zu seinem geheiligten Feierabend kommen könnte. Seine Überlegungen, wie er seinen Kopf aus der Schlinge ziehen könnte – ihm hallten bereits Worte seines Chefs wie »grob fahrlässiges Ermittlungsverhalten« in den Ohren –, wurden erneut von Melanie gestört, die ihrem Bedürfnis folgte, alles aus sich herauszureden.

»... ich hab ihn also, bevor ich ins Krankenhaus fuhr, abgesetzt.« Schuldbewusst schlug sie ihre Augen nieder. »Ich hab ihn allerdings nicht bis vor die Tür gefahren, sondern an der Hauptstraße, an der Abzweigung zur Zufahrt des Hofes, aussteigen lassen.«

»Dem Hof von Anton Höpfl?«

»Ja, ich glaube, das war der Name des Bekannten, den er mir genannt hat. Zu dem wollte er nämlich.«

So also war von Stegmann an den Ort seiner Ermordung gelangt. Bis zur Zufahrt im Auto und dann zu Fuß. Es konnte definitiv nicht sein Wagen gewesen sein, der im Hof der Höpfls gestanden hatte, falls da überhaupt ein Auto gewesen war. Brunner klammerte sich an einen Täuschungsversuch von Anton Höpfl wie ein Ertrinkender an einen Rettungsring. Leider hatte die Spurensicherung nicht eindeutig feststellen können, ob am Vorabend ein Fahrzeug an besagter Stelle gestanden hatte. Die Lindenberger Kollegen, die zuerst am Tatort eingetroffen waren, hatten unwissend, aber zielsicher die Spuren beim Parken ihres Dienstwagens an ebenjener Stelle verwischt.

»Können Sie mir sagen, wie spät es war, als Sie sich verabschiedet haben, und wissen Sie, was er von Anton Höpfl wollte?«

»Es muss so gegen kurz nach halb neun gewesen sein. Ich kann mich erinnern, dass ich das Radio abgedreht habe, um mich zu verabschieden, und da waren die Kurznachrichten gerade vorbei. Was er bei Herrn Höpfl wollte, weiß ich nicht, und um ehrlich zu sein, war ich gedanklich viel zu beschäftigt, um nachzufragen. Ich bin einfach davon ausgegangen, dass er ein Freund ist, den er besuchen wollte. Denn schließlich hat er ja kein Auto mehr gehabt und hat gemeint, er würde sich dann wohl fahren lassen.«

Dieser Gedanke erschien Brunner jedoch zu abwegig. Er kannte von Stegmann zwar nicht, als er noch unter den Lebenden weilte, aber das Bild von ihm, das vor seinem inneren Auge entstanden war, passte nicht so recht zu der schlichten Lebensweise von Anton Höpfl. Wie auch immer, er musste endlich mit dem Höpfl reden.

»Gibt es noch etwas, das Sie mir berichten sollten?«, fragte er ungeduldig.

»Nein, an mehr kann ich mich momentan nicht erinnern«, antwortete sie und wirkte dabei, als ob sie in ihrem Gedächtnis nach weiteren nennenswerten Details herumkramen würde.

»Ich danke Ihnen für Ihre Informationen. Ich bitte Sie, Ihre Kontaktdaten bei der Kollegin am Empfang zu hinterlassen und sich in der nächsten Zeit zu unserer Verfügung zu halten. Bitte melden Sie sich bei mir, sollte Ihnen noch etwas einfallen, was wichtig für uns sein könnte.«

Er war bereits aufgestanden und kramte nun im obersten Schreibtischfach nach seiner Visitenkarte. Als diese endlich gefunden war, reichte er sie Melanie Hippold und komplimentierte sie schnellstmöglich zur Tür hinaus. Brunner war froh, sie nach der unerfreulichen Wendung, die das Gespräch gebracht hatte, endlich loszuwerden, um sich eine Strategie zu überlegen, wie er das ersehnte Geständnis aus Anton Höpfl herausholen könnte.

Melanie Hippold war ebenfalls erleichtert, ihre Aussage hinter sich gebracht zu haben. Nun konnte sie versuchen, nach vorn zu blicken, nachdem sie Johannes auf dem einzigen Weg, der ihr noch geblieben war, ihre Schuld zurückbezahlt hatte.

Brunner hatte noch exakt dreizehn Minuten Zeit, seine neue Taktik auszufeilen. Die Augen geschlossen und den bleischweren Kopf auf die Hände gestützt, saß er nun wieder allein an seinem

Schreibtisch. Die Option, dem Festgenommenen körperlich ein wenig zuzusetzen, nachdem er die Kamera des Befragungsraums ausgeschaltet haben würde, hatte Brunner bereits verworfen. Das war zu filmreif und würde ihm höchstens noch größere Schwierigkeiten einbringen als die, in denen er ohnehin schon steckte.

Sein Gehirn tüftelte gerade an der Möglichkeit, Anton Höpfl eine verkürzte Haftstrafe im Falle eines Geständnisses in Aussicht zu stellen, als ihn sein Telefon mit schrillem Klingeln aus den Gedanken riss.

»Brunner«, meldete er sich in barschem Tonfall, ohne auf die Nummer des Anrufers, die auf dem Display des modernen Schnickschnack-Telefons angezeigt wurde, zu achten. Der, der es wagte, ihn jetzt zu stören, sollte ruhig merken, dass ihm das gerade gar nicht passte. Er hatte keine Zeit, sich mit Höflichkeitsfloskeln aufzuhalten. Schnell änderte er jedoch seinen Tonfall ins beinahe Unterwürfige, am anderen Ende der Leitung war sein Chef, der ebenfalls nicht sehr gut aufgelegt zu sein schien.

»Brunner, haben Sie nun endlich etwas, was den Tatverdächtigen im Fall von Stegmann festnagelt?«, blaffte dieser ohne jede Höflichkeit ins Telefon. »Der Staatsanwalt sitzt mir im Nacken. Ohne eindeutige Beweise müssen wir Anton Höpfl noch heute Vormittag laufen lassen. Dieser verdammte Anwalt hat wohl gewaltigen Druck ausgeübt.«

Brunners dunkelste Ahnungen, der Anwalt könnte seinen Plan durchkreuzen, bewahrheiteten sich nun auf unangenehmste Weise. Nicht nur, dass dieser seine erwartete Rolle spielte, er selbst hatte in der letzten halben Stunde jegliche Argumente verloren und damit die Chance vertan, Anton Höpfl heute dingfest zu machen.

»Nun ja …«, druckste Brunner herum.

»Antworten Sie mir gefälligst!«, drang die kollabierende Stimme des Chefs in einer Lautstärke an sein Ohr, die das Telefon beinah überflüssig machte, denn er war wahrscheinlich durch das halbe Gebäude zu hören.

»Dann müssen wir ihn laufen lassen, Chef. Das Auto von von Stegmann ist aufgetaucht. Eine Bekannte hatte es am Tatabend ausgeliehen und erst gestern Abend vom Tod des Fahrzeughalters erfahren. Die Beweisführung, dass Herr Höpfl den Wagen nach dem Mord verschwinden ließ, wird dadurch untergraben. Uns bleibt kein Ansatzpunkt außer dem Tatmotiv, für das wir eine Zeugin haben«, fasste Brunner wahrheitsgemäß zusammen, verschwieg aber die Tatsache, dass er nach dem falschen Auto hatte fahnden lassen, denn Melanie Hippold hatte ihm bestätigt, dass es sich bei dem von ihr ausgeliehenen Fahrzeug nicht um einen Jeep handelte. Ob das gesuchte Auto dort stand, wo er es vermutete, würde er zunächst höchstpersönlich überprüfen, bevor irgendjemand von diesem Fauxpas erfuhr.

»Ich habe allerdings darüber nachgedacht, den Tatverdächtigen auf die Möglichkeit einer Haftverkürzung im Falle eines Geständnisses hinzuweisen, um so vielleicht doch noch eine Aussage von ihm zu bekommen. Ich spreche gleich mit ihm«, beeilte er sich, schnell hinzuzufügen.

»Es wird kein Verhör mehr geben! Damit haben Sie ja quasi selbst seine Entlassung unterschrieben. Was denken Sie sich eigentlich? Das ist ein Mordfall und keine Bagatelle. Sie können doch nicht mit Versprechungen um sich werfen, die dann in einem Gerichtsverfahren keine Anwendung finden«, brüllte sein Chef aufgebracht weiter.

»Na, das weiß der doch nicht«, rechtfertigte sich Brunner und stellte betrübt fest, dass hier die Wellenlänge, auf der er und sein Chef ausnahmsweise gemeinsam gelegen hatten, endete.

»Kümmern Sie sich gefälligst um die weiteren Ermittlungen, und lassen Sie ab sofort den Höpfl in Ruhe, Sie dürfen ihn höchstens noch nach Hause fahren und sonst nichts!«

Zack. Der Hörer wurde auf die Gabel geworfen, noch ehe Brunner etwas zu seiner Verteidigung erwidern konnte. Nun stand er wieder ganz am Anfang seiner Ermittlungen, und Anton Höpfl war, abgesehen von ein paar Formalitäten, wieder ein freier Mann.

12. Mai

7.30 Uhr, Kempten, in der Zelle der Untersuchungshaft

Anton Höpfl war kurz davor gewesen, Brunner alles, was er von ihm hören wollte, auf den Kopf hin zuzusagen, nur damit ihn dieser endlich in Ruhe ließ. In stundenlangen Verhören war er die letzten Tage mürbe geworden. Hatte sich selbst ebenso wie Brunner auch immer wieder gefragt, was für ein Leben draußen überhaupt noch auf ihn wartete. Brunner hatte damit seinen zerstörten Ruf gemeint, Anton dachte auch an seine Ehe, die kurz vor dem Scheitern stand. Ständig war er nach dem Wagen von Johannes von Stegmann gefragt worden. Er hatte keine Ahnung, wo sich das Auto in diesem Augenblick befand, denn er saß tatsächlich unschuldig in Untersuchungshaft. Nur niemand wollte ihm glauben, und an dieser Tatsache verzweifelte Anton langsam, aber sicher.

Nicht einmal sein Anwalt Leo Breuer schien von seiner Unschuld überzeugt zu sein. Dennoch war er es gewesen, der ihm gestern zugesichert hatte, dass er bald wieder auf freiem Fuß sein würde. Anton hatte ihm sein Herz ausgeschüttet, von der großen Last der endlosen Verhöre erzählt und auch von seinen Sorgen um seine Ehe berichtet. Breuer weckte ein kindliches Vertrauen in ihm. Allein schon seine Erscheinung strahlte pure Macht und Autorität aus und flößte Anton das gute Gefühl ein, er könne alles für ihn bewerkstelligen. Breuer war schlank und groß mit breiten Schultern, an den Schläfen war sein schwarzes, dicht gewachsenes Haar bereits von ersten grauen Strähnen durchzogen, was ihm einen weisen Anstrich gab. Sein ernstes Gesicht mit den grauen Augen, denen nichts zu entgehen schien, zierte eine aristokratisch wirkende Hakennase. Ja, diesem Mann erzählte Anton alles, außer dem Betrugsversuch mit seinem Stier Barnabas, seine kriminelle Verbindung mit Johannes von Stegmann. Er konnte schließlich nicht noch mehr Schwierigkeiten gebrauchen, als er ohnehin schon hatte.

Mit ernster Miene hatte Leo Breuer seinem Bericht gelauscht, hier und da ein wenig nachgehakt und sich fleißig Notizen mit seinem eleganten Füller in sein ledergebundenes Buch gemacht. Auf seine Unschuldsbeteuerungen war er nicht weiter eingegangen, sondern hatte sich an der Vorgehensweise von Brunner festgebissen.

»Nun, Herr Höpfl, ich habe das Gefühl, dass der Herr Kommissar dringend ein Geständnis von Ihnen hören möchte. Ich bitte Sie, sich heute auf Ihr Schweigerecht zu berufen, sollten Sie erneut zum Verhör bestellt werden. Ich werde alle Hebel in Bewegung setzen, damit Sie schnellstmöglich aus der Untersuchungshaft entlassen werden. So geht das ja nun wirklich nicht. Ich hab da so ein Gefühl, dass es keine sichere Beweislage gibt, um Sie noch länger festzuhalten. Ich werde der Sache auf den Zahn fühlen«, hatte er Anton abschließend versichert und war mit bereits gezücktem Mobiltelefon nach einer kurzen Verabschiedung aus dem Raum geeilt.

Seitdem hatte Anton nichts mehr von ihm gehört, aber auch von keinem anderen, das musste er seinem feinen Herrn Anwalt zugutehalten. Er hatte sich gedanklich auf weitere unerfreuliche Stunden mit Brunner eingestellt, aber er war nach dem Gespräch mit Breuer am gestrigen Morgen nicht mehr aus seiner Zelle geholt worden. Hier saß er also nun und wartete gespannt ab. Die Ruhepause des vergangenen Tages und die langen Stunden ohne seine Hofarbeit, die ihm wie Wochen erschienen, hatten neue Lebensgeister in ihm geweckt und ihn neuen Mut schöpfen lassen. Nein! Er würde keinen Mord gestehen, den er nicht begangen hatte, nur damit Brunner so schnell wie möglich einen Täter hatte. Sollte er doch weitersuchen. Vielleicht fand er ja noch den echten Mörder. Er würde kämpfen! Um sein Leben, das er nicht an Jahre im Gefängnis verschenken wollte, und um seine Liebe, Sieglinde. Beinahe hatte er in seinem festgefahrenen Alltag vergessen, wie sich Kampfgeist anfühlte. Aber nun, da er in ihm erwacht war, fühlte er sich stark und um Jahre jünger.

Zuversichtlich, dass er gewinnen konnte, blickte er in seine Zukunft. Wenn er nur endlich erfahren würde, ob er bald nach Hause gehen durfte. Er konnte die Zeit des Wartens nicht auf seinen Hinterbacken sitzend ausharren, dafür durchströmte ihn zu viel Energie. Wie ein Tier im Käfig tigerte er daher in seiner kleinen Zelle auf und ab, bis das Klopfen an der Tür ihm verriet, dass er an die Wand zurücktreten sollte, damit das Frühstück gereicht werden konnte. Aber anstelle eines Tabletts, das durch die Luke in der Tür geschoben wurde, öffnete sich die Tür, und zwei Beamte traten in die Zelle ein.

»Herr Höpfl, wir bringen Ihnen Ihr Frühstück«, eröffnete der eine und streckte ihm sein Tablett entgegen.

Angesichts der komischen Situation, wie zwei Beamte ihm schwerbewaffnet seine Morgenmahlzeit überbrachten, musste Anton dank seiner überspannten Nerven lachen. »Stellen Sie's doch einfach auf den Tisch«, sagte er möglichst gleichgültig, um nicht loszugrölen bei dem Anblick, wie der andere, die Hand an seiner Waffe, sich nervös in seiner derzeitigen Behausung umblickte.

»Wir kommen persönlich, um Ihnen mitzuteilen, dass Sie aus der Untersuchungshaft entlassen werden. Packen Sie also Ihre Sachen zusammen. Nach dem Frühstück, das Ihnen noch zusteht, werden wir Sie abholen«, fuhr der erste fort und erklärte damit das bizarre Auftreten.

Tonnen von Steinen brachen sich Bahn, als sie von Antons Herzen polterten. Er durfte nach Hause! Sein Anwalt hatte es geschafft. Man konnte ihm nichts beweisen, auch wenn der zweite Beamte seinem Verhalten nach nicht von seiner Unschuld überzeugt schien. Aber das konnte ihm egal sein. Er würde seine Chance auf den Kampf um sein Leben bekommen, und das war das Einzige, was für Anton in diesem Augenblick zählte.

8.30 Uhr, auf dem Weg von Kempten nach Vorderreute

Anton wurde tatsächlich, kurz nachdem er seine Mahlzeit hinuntergewürgt hatte, was sich angesichts seiner Aufregung als schwieriges Unterfangen erwiesen hatte, aus seiner Zelle abgeholt. Eilig hatte er die wenigen Habseligkeiten zusammengepackt. Er konnte diesen tristen Ort nicht schnell genug hinter sich lassen, um seiner strahlenden Zukunft, wie sie ihm in diesem Moment erschien, entgegenzutreten.

Nachdem er durch diverse Schleusen geführt worden war, stand er staunend unter einem wolkenlosen blauen Himmel. Dem Glücksgefühl nach, das ihn überkam, konnte man meinen, er hätte Jahre und nicht nur wenige Tage in Haft verbracht. Es wurde jedoch jäh gedämpft, als er Brunner sah, der mit unglücklicher Miene an seinen parkenden Wagen gelehnt stand. Was wollte der denn hier? Ihn noch mal abpassen und ihn mit seinen Fragen weiterquälen? Durfte er das überhaupt?

Seine stummen Fragen wurden von einem der Beamten, die ihn in seine Freiheit begleitet hatten, – es war der, der das Frühstückstablett getragen hatte – beantwortet.

»Herr Höpfl, Herr Brunner hat den Auftrag bekommen, Sie nach Hause zu bringen. Ein weiteres Verhör wurde ihm jedoch strengstens untersagt. Und der Chef des Morddezernats bittet Sie um Mitteilung, wenn er auch nur versuchen sollte, diese Anordnung zu umgehen«, leierte er den Text herunter, der ihm vom Chef höchstpersönlich eingebläut worden war. Wieso der arme Brunner zu dieser äußerst ungewöhnlichen Tätigkeit verdonnert worden war, hatte der Beamte nicht erfahren.

Anton Höpfl war nicht ganz wohl in seiner Haut, aber immerhin würde er so zügig nach Hause kommen. Die banale Frage, wie er zu seinem Hof kommen sollte, hatte er sich in seiner emotionalen Verfassung bisher nicht gestellt.

So kam es, dass kurze Zeit später die zwei Männer in peinliches Schweigen versunken in Richtung Oberallgäu aufbrachen. Anton hatte Brunners Angebot, sich auf den Beifahrersitz zu setzen, ausgeschlagen und sich freiwillig in die abgetrennte Kabine auf den Rücksitz verzogen. Es erinnerte ihn zwar unangenehm an die Fahrt nach seiner plötzlichen Verhaftung, aber so hatte er immerhin die größtmögliche Distanz zu Brunner geschaffen.

Auch Brunner war froh darüber, seinen Mitfahrer aus seinen Gedanken verdrängen zu können, solange er nicht in den Rückspiegel blickte, was er tunlichst vermied. Die unangenehme Situation vergaßen beide bald, zu eifrig war jeder von ihnen in seine eigenen Gedankengänge vertieft.

Brunner wetterte lautlos gegen seinen Chef, der ihm diese erniedrigende Fahrt eingebrockt hatte und ihm damit demonstrierte, auf welcher Sprosse der Leiter er ihn im Moment sah. Und die schien ganz unten angesiedelt, wenn ein Kommissar, der gerade an einem Mordfall ermittelte, dazu verdonnert wurde, den Tatverdächtigen nach der Haftentlassung nach Hause zu bringen. Brunner versuchte, sich damit aufzumuntern, dass die Fahrt wenigstens einen Vorteil hatte: Er würde, ohne groß aufzufallen, da er ja später allein unterwegs war, den Verbleib des Dienstautos von von Stegmann checken können. Er musste bald eine heiße Spur finden oder besser noch den Mörder mit hieb- und stichfesten Beweisen verhaften, ansonsten sah es für seine Karriere, die gestern noch so strahlend vor ihm gelegen hatte, düster aus.

Nach wie vor war Brunner überzeugt, dass er den wahren Mörder gerade nach Hause fuhr. Brunner wagte einen kurzen Blick in den Rückspiegel. Ja, er war sich sicher, der Mann, dessen Spiegelbild er da sah, war ein Mörder, und er, Konrad Brunner, würde nicht eher ruhen, bis er ihn überführt hatte.

Anton Höpfl ahnte derweil nichts von Brunners schlechten Gedanken, die ihm galten. Er sinnierte über seine Frau. Wie würde sie reagieren, wenn er plötzlich wieder zu Hause war? Bang ertappte er sich bei der Befürchtung, dass sie sich nicht freuen würde oder, schlimmer noch, den Hof verlassen hatte. Der neuen Sieglinde war alles zuzutrauen. Aber würde sie tatsächlich ihr Zuhause und ihre Tiere im Stich lassen? Bald würde er es erfahren. Nun war er froh, dass er bei den sich überschlagenden Ereignissen des heutigen Morgens nicht mehr die Gelegenheit hatte, seine Entlassung telefonisch bei Sieglinde anzukündigen. In seiner euphorischen Freude war er darüber enttäuscht gewesen, aber nun befand er es für gut, überraschend zu Hause aufzutauchen. Vielleicht würde sich ihm ein Blick hinter die Mauer, die seine Frau in den letzten Monaten um sich errichtet hatte, offenbaren, weil sie nicht mit ihm rechnete. Und wenn tatsächlich ein anderer Mann im Spiel und auf dem Hof war? Anton war sich unsicher, ob er davon wirklich wissen wollte. Was seine Ahnungen und Beschuldigungen bereits ins Rollen gebracht hatten, durfte er in den letzten Tagen zur Genüge am eigenen Leib erfahren. Nein, lieber hoffte er in kindlicher Zuversicht, dass einfach alles gut werden und er zu Hause seine ihm wohlgesinnte alte Sieglinde vorfinden würde.

Eine knappe Dreiviertelstunde nachdem das Auto in Kempten aufgebrochen war, erreichte es samt seiner brütenden Insassen die Abzweigung zum Höpflhof. Brunner bog in der frohen Erwartung, seinen unliebsamen Begleiter bald los zu sein, recht schwungvoll in die deutlich schmälere Straße, die zu den Höpfls führte, ein.

9.20 Uhr, auf dem Höpflhof

Als würde er einen langen Winterschlaf aus seinen Gliedern schütteln, streckte und dehnte Anton sich, nachdem er dem unliebsamen Fahrzeug, das ihn nach Hause gebracht hatte, entstiegen war. Gleich darauf blickte er sich nach dem Besitzer des zweiten Wagens um, der auf dem Hof samt Viehanhänger stand. Das Auto von Georg Bernbach. Was wollte der denn hier? War Sieglinde etwa schon dabei, die Viecher zu verschachern, oder diente der Anhänger nur als Tarnung eines Schäferstündchens für neugierige Beobachter? Anton witterte erneut einen Ehebruch seiner Frau, war aber klug genug, diesen Gedanken in Gegenwart von Brunner für sich zu behalten. Dieser Übergeschnappte würde Georg Bernbach als sein potenzielles nächstes Opfer womöglich sofort in Schutzhaft nehmen. Oder schlimmer noch: ihn sofort nach Kempten in die ungemütliche Zelle zurückverfrachten.

Noch ehe er seine Überlegung weitergesponnen hatte, wie er Brunner auf schnellstem Weg loswerden konnte, um Sieglinde und Georg aufzustöbern und beide gegebenenfalls in leidenschaftlicher Umarmung zu überraschen, öffnete sich die Stalltür, und Georg führte seine Bella am Strickhalfter heraus.

Beim Anblick des rechtmäßigen Besitzers der Kuh, die er gerade hinter sich herzog, blieb Georg wie angewurzelt samt der verdatterten Bella stehen. Sieglinde, die den beiden folgte, wäre fast wegen des abrupten Anhaltens gegen das Tier gelaufen. Sicherlich wäre sie dafür mit einem saftigen Tritt belohnt worden, denn Bella war nicht eben für ihre Geduld und Sanftmut bekannt.

»Anton …«, setzte der erstaunte Georg an, »… ja, was machst du denn hier?«

Frechheit, mich das zu fragen, dachte Anton, wählte aber eine weit freundlichere Antwort. »Ja, Georg, ich wohne hier, und außerdem haben die mich wieder laufen lassen müssen. Einen Unschuldigen können die halt auch nicht ewig festhalten. Das Gleiche könnte ich dich aber auch fragen. Was machst du denn mit meiner preisgekrönten Kuh?«, fragte er misstrauisch mit einem Seitenblick auf seine Frau, an die die Frage ebenso gerichtet war.

Sieglinde war die ganze Situation recht unangenehm und beeilte sich um eine rasche Aufklärung. »Du wolltest doch die Bella auf der Auktion in Kempten morgen verkaufen und hast sie sogar noch selbst angemeldet. Der Georg war so nett, mir anzubieten, sie mitzunehmen; der fährt ja seine eigene Kuh schon heut hin, damit sie sich die Nacht im Auktionsstall erholen kann. Ich hab ja auch gar nicht gewusst, dass du heimkommst, dann hätte ich dem Georg den Umstand ersparen können«, sagte sie in vorwurfsvollem Ton.

Anton hatte die Auktion tatsächlich vergessen. Zu anders waren die Gedanken gewesen, denen er sich in den letzten Tagen gewidmet hatte. Wieso aber hing dann diese unangenehme Spannung in der Luft, und die beiden erstarrten wie zwei Rehe im Scheinwerferlicht, als er auftauchte? Nein, irgendwas stimmte da nicht. Anton nahm Sieglinde genauer unter die Lupe. Was er erblickte, gefiel ihm. Sie schaute beinahe so aus wie die alte Sieglinde, ganz ohne dicke Schminke im Gesicht und auftoupierte Haare. Nur die bunten Klamotten, die um ihren dürren Körper schlabberten, waren gleich geblieben. Sie musste abermals einige Kilo in den letzten Tagen verloren haben. Ein zärtliches Mitleid überkam Anton. Diese Gute hatte in den letzten Tagen schließlich auch einiges durchmachen müssen und den Hof ganz allein am Laufen gehalten. Sogar an die Auktion hatte sie gedacht und organisiert, dass der Verkauf von Bella wie geplant vonstattengehen konnte. Mit einem liebevollen Lächeln trat er auf sie zu, denn nun musste er Vertrauen beweisen, um sie nicht endgültig zu verlieren.

»Mei Sieglinde, das hab ich tatsächlich ganz vergessen. Aber zum Glück kann ich mich auf dich verlassen. Ohne dich wär's hier in den letzten Tagen wohl drunter und drüber gegangen. Ich bin so froh, dass ich dich hab!« Besitzergreifend legte er ihr bei diesen Worten den Arm um die mageren Schultern und zog sie eng an sich.

Sieglinde war freudig überrascht über die zarten Worte und die Geste ihres Mannes, sie hatte ihn doch schon sehr lange nicht mehr so erlebt. Erschöpft und voller Rührung legte sie ihren Kopf an seine Schulter. Nun würde alles gut. Anton war wieder da, und hoffentlich schnallte auch Georg, dass er hier überflüssig war.

Georg, der über sensible Antennen verfügte, nahm die kampflustige Haltung von Anton Höpfl wahr, der nach den Tagen in Haft wie verwandelt hier erschien und sogar die Befindlichkeit seiner Frau bemerkte, was, wie Sieglinde ihm einmal anvertraut hatte, in den letzten Jahren kaum mehr der Fall gewesen war. Und auch in Sieglindes Augen waren Emotionen aufgeglommen, die er bei ihr noch nie gesehen hatte. Ja, es war offensichtlich, diese beiden verband eine innige Liebe, auch wenn sie in den letzten Jahren etwas eingestaubt gewesen war. Vielleicht war hier und jetzt die Gelegenheit für einen Neuanfang. Georg wollte sich nicht weiter einmischen. Dass die zwei zusammengehörten, sah auch ein Blinder mit Krückstock. Er konnte es sich leisten, edelmütig zu sein und einen Rückzieher zu machen. Die große Liebe war es zwischen ihm und Sieglinde ohnehin nie gewesen. Sie hatten sich gegenseitig in der Not festgehalten und waren einander dazu gerade recht gewesen. Beide hatten sie davon profitiert. Sie hatte ihm über seine Depression hinweggeholfen, und er hatte bei Sieglinde Veränderungen ausgelöst, die letztendlich Anton in Bewegung gebracht hatten. Zudem hatte sich Georg gerade frisch verliebt, und angesichts der Tatsache, dass er seine Angebetete am gestrigen Abend bereits für ein romantisches Essen hatte gewinnen können, standen seine Aussichten gar nicht schlecht.

Er konnte die beiden Höpfls mit bestem Gewissen sich selbst überlassen und war dankbar, dass er sich keine Sorgen mehr um Sieglinde machen musste. Er hätte sie nicht im Stich lassen können, das wusste er.

Um Sieglinde ein Zeichen zu geben, sagte er nun: »Na, Anton, aber ich glaub, ich nehm die Bella trotzdem für die Auktion morgen mit. Ihr beide könnt sicher ein bisschen Zeit für euch allein brauchen. Und außerdem ist es deiner Frau bestimmt auch recht, wenn sie dich morgen bei der Arbeit nicht wieder den ganzen Tag entbehren muss.« Von Anton unbemerkt zwinkerte er Sieglinde bei den letzten Sätzen zu.

Glücklich nahm sie Georgs unausgesprochene Worte zwischen den Zeilen wahr und antwortete an Antons Stelle: »Ja, Georg, das wär eine gute Sache. Und da du ja eh schon hier bist und die Bella nur noch in den Hänger muss, ist's ja grad egal. Die Umstände hast ja schon gehabt.«

Mit diesen Worten wurde Bella in den Viehanhänger geführt, die sich widerstandslos, ohne noch mal zu ihren Gefährtinnen zurückzuschauen, ihrem Schicksal ergab.

Brunner meldete sich nun räuspernd zu Wort; bisher hatte er noch keine Gelegenheit gehabt, sich zu verabschieden, und es war ihm unangenehm gewesen, die intime Szene zu beobachten. Irgendwas lief da zwischen den dreien, das spürte er im Urin, aber das ging ihn nichts mehr an. Zu eindringlich war die Warnung seines Chefs gewesen, was Anton Höpfl anging, und außerdem hatte er nun Wichtigeres im Sinn.

»Also, Herr Höpfl, ich fahr dann mal wieder. Es tut mir außerordentlich leid, dass wir Sie zu Unrecht inhaftiert haben. Es bestand nun mal der dringende Verdacht gegen Sie …«, lauteten sein Abschied und ein gestammelter Rechtfertigungsversuch, der von Anton großzügig unkommentiert blieb. Und so stieg Brunner diesmal allein in sein Auto und brauste wieder einmal vom Hof der Höpfls.

Berta, die die ganze Szene von ihrem Platz im Stall aus beobachtet hatte, wurde von vielschichtigen Gefühlen aufgewühlt. Zum einen hatte es ihr das Herz gebrochen, zuzusehen, wie Bella, die sich noch nicht einmal gewehrt hatte, abtransportiert worden war. Sie konnte nun nur noch hoffen, dass sich Heimweh in

Bella regen würde, sobald sie im Auktionsstall ankam, und sie zumindest versuchen würde, wieder zu ihnen zurückzukehren. Aber insgeheim war sie fast sicher, Bella das letzte Mal gesehen zu haben – zu sehr hatte sie sich in den letzten Tagen von ihnen allen abgekapselt und wahrscheinlich Elenors beherzten Ratschlägen gar nicht zugehört.

Außerdem war das Aufeinandertreffen der beiden Männer, von denen der eine nicht einmal zu wissen schien, dass er seinem Rivalen gegenüberstand, für sie höchst aufschlussreich gewesen. Diesbezüglich überschlugen sich ihre Gedanken, und sie hatte das dringende Bedürfnis, sich mit dem Rest ihrer Herde zu beraten. Leider würde das vermutlich bis morgen warten müssen, bis sie die anderen auf der Weide wieder um sich scharen konnte, denn sie waren alle fertig gemolken, und die Bauersleute waren bereits im Haus verschwunden. Dies ließ nichts Gutes ahnen, und sie würden den sonnigen Tag wahrscheinlich vergessen im Stall verbringen müssen. Berta seufzte, denn sie vermutete, dass das Karussell in ihrem Kopf keine Ruhe geben würde und ihr ein langer Tag und eine schlaflose Nacht bevorstanden. Langsam war ihr das einfach zu viel auf ihre alten Tage.

13. Mai

9.45 Uhr, auf der Weide des Höpflhofs

Die Kühe des Bauern Höpfl, der am Morgen nach seiner Heimkehr wie gewohnt seine Arbeit wieder aufgenommen hatte, waren in den letzten Tagen an Disziplin nicht zu überbieten. Sofort, nachdem sich alle nach dem alten Auslassschema des Bauern auf der Weide eingefunden hatten, scharten sie sich im Kreise um Berta, ohne dass diese auch nur einmal dazu aufrufen musste. Beinahe alle waren inzwischen im Netz ihrer Ermittlungsarbeiten verstrickt und gierten danach, neueste Erkenntnisse auszutauschen, zu diskutieren oder je nach Platz im Stall überhaupt erst zu erfahren, was geschehen war.

»Gut, gut, meine Damen! Ihr wisst ja alle schon, was kommt«, eröffnete Berta zufrieden die Ratssitzung. »Die meisten haben gestern Morgen mitbekommen, wie der Georg, der ehemalige Liebhaber der Bäuerin, die Bella abgeholt hat.«

Diese Bemerkung erntete betretene Mienen, wohin Berta auch blickte. Auch ihr eigenes Herz machte einen schmerzhaften Sprung, als sie an ihr verlorenes Herdenmitglied dachte. Aber sie mussten sich konzentrieren und weitermachen, denn wenn sie sich nun ihrer Trauer hingaben, würden sie den Mörder nicht enttarnen können. Deshalb sprach sie einfach weiter, ohne auf Bellas Verschwinden einzugehen.

»Für alle, die es nicht gesehen oder gehört haben: Der Bauer kam gestern zurück. Er wurde von dem Kommissar, der ihn auch mitgenommen hat, wieder zu uns gebracht.«

Gemurmel derjenigen, an denen die Ereignisse am Vortag vorübergegangen waren, erhob sich.

»Wie hat der Georg denn reagiert, als er den Bauern gesehen hat? Immerhin wollte die Bäuerin ihn zurückhaben, ich hab's ja von der Mehlkammer aus ganz genau gehört«, wollte Nanni wissen.

Lotti, die über Bertas Schulter hinweg die Szene beobachtet hatte, antwortete ihr. »Na ja, er schien ziemlich erstaunt zu sein.

Aber er hat nicht so ausgesehen, als wollte er gegen den Bauern kämpfen, so wie es manchmal zwei Stiere um eine Kuh tun«, überlegte sie laut.

»Das stimmt. Außerdem hat er ja auch Bella mitgenommen, obwohl der Bauer das selbst hätte machen können. Der Georg hat gesagt, er kümmert sich darum, damit die Bauersleute den Tag zusammen verbringen können«, sagte Berta.

»Das ist aber komisch. Wenn der Georg die Bäuerin doch so gernhatte und gemeint hat, dass sie vielleicht wieder ein Paar werden, falls der Bauer nicht wiederkommt, war er doch sicher froh, dass der weg war. Müsste der nicht eher böse sein, dass er jetzt wieder da ist …?«, fragte Henriette, die dank der neuen Tierärztin gerade ihren zweiten Frühling erlebte und kaum noch hinkte, was einem Wunder gleichkam.

»Das ist eine gute Überlegung, Henriette«, lobte Berta, die es nicht besser hätte formulieren können. Die Kräuterwickel und Tropfen im Mehl schienen nicht nur Henriettes Beinen gutzutun, sondern schärften auch ihren Verstand und hatten zudem noch eine positive Wirkung auf ihr ängstliches Wesen. Anstatt alle davon überzeugen zu wollen, ihre Ermittlungsarbeit einzustellen, dachte sie nun eifrig mit.

»Der Bauer ist aber jetzt wieder da. Wieso also hat der Georg dann nicht um die Bäuerin gekämpft?«, mischte sich nun auch Iris ein, die die bisherigen Ermittlungen eher schweigend verfolgt hatte.

Berta war über die zunehmende, aktive Anteilnahme ihrer Gefährtinnen hocherfreut, und auch Iris' Überlegung fand sie sehr bedeutsam. Dennoch konnte sie keine der Fragen zufriedenstellend beantworten, weshalb Berta beschloss, wieder einmal den ganzen Wissensstand herunterzuleiern. Vielleicht fiele einer von ihnen ein Hinweis auf, den sie bisher übersehen hatte.

»Also, hier noch einmal kurz zusammengefasst: Wir wissen, dass zwei Personen im Dunkeln um den Hof herumgeschlichen sind und miteinander gestritten haben: der Tierarzt und der Mörder. Wir wissen aber auch, dass der Bauer nicht die zweite Person gewesen sein kann, da er erst später aus der Wirtschaft kam. Wir haben ein Plastikding mit dem Bild eines Mannes, den wir noch immer nicht kennen. Der Georg ist es nicht, denn den hab ich gestern ganz deutlich sehen können. Der hatte aber eine Liebschaft mit der Bäuerin, und sie wären vielleicht wieder zusammengekommen, wenn der Bauer nicht gestern von der Polizei wiedergebracht worden wäre. So werden Georg und die Bäuerin also bestimmt kein Paar. Der Georg hat aber nicht um die Bäuerin gekämpft, sondern dem Bauern auch noch geholfen, damit er mehr Zeit für seine Frau hat«, fasste sie prägnant zusammen und erntete erneut ratlose Mienen, wohin sie auch blickte.

Nur Elenor wirkte sehr nachdenklich, und Berta hakte bei der hübschen Kuh nach: »Was ist, Elenor? Woran denkst du?«

»Es ist nur ein Gedanke, aber: Wusste der Mörder eigentlich, wen er da ermordet hat? Wie du gesagt hast, war es ja dunkel, und du hast zwei Männer herumschleichen sehen und sie auch gehört, aber wenn der Mörder den Tierarzt nicht richtig gesehen, sondern nur gehört hat, kann es dann auch sein, dass er gar nicht genau wusste, wen er da vor sich hat?«

Berta zwinkerte erstaunt. Auf den Gedanken, dass der Tierarzt vielleicht gar nicht das Opfer sein sollte, war sie noch gar nicht gekommen. »Ich muss sagen, das ist eine sehr kluge Überlegung! Wie uns allen bekannt ist, verlassen sich die Menschen hauptsächlich auf das Sehen. Wenn eine von uns vor Schmerzen oder vor Hunger schreit, dann schauen sie erst, bei wem etwas nicht stimmt, ehe sie richtig hinhören. Aber worauf genau willst du denn hinaus, Elenor?«

»Nun ja, wenn der Georg doch eigentlich die Bäuerin will und der Bauer ihm im Weg ist, könnte es dann nicht sein …«

»… dass er eigentlich den Bauern ermorden wollte?«, vollendeten Lotti und Berta gleichermaßen erstaunt Elenors Satz im Chor.

»Genau das meinte ich.«

»Elenor, du bist wirklich genial. Das passt alles! Georg wollte den Bauern aus dem Weg haben und wusste wahrscheinlich, dass er am Abend noch ausgeht. Er hat im Dunkeln vor der Haustür auf ihn gewartet. Dass es der Tierarzt war, hat er in der Aufregung nicht gemerkt, immerhin haben die beiden gestritten. Vielleicht wollte er um die Bäuerin kämpfen und hat den Tierarzt, von dem er meinte, es wäre der Bauer, getötet, um die Bäuerin für sich allein zu haben. Als er dann mitbekommen hat, dass der Tierarzt tot ist und nicht der Bauer, war es schon zu spät, mit dem Bauern zu kämpfen, da der schon von der Polizei geholt worden war. Ich fürchte, unser Bauer ist immer noch in Gefahr, wenn der Georg die Bäuerin doch für sich haben will.« Henriette lief zur Höchstform auf und war während ihres Plädoyers aufgeregt nach vorn geprescht. In einem Atemzug hatte sie den Mord quasi aufgedeckt und atmete nun erschöpft ein und aus, immerhin war sie trotz ihres zweiten Frühlings eine alte Kuh.

Berta nickte ihr wohlwollend zu. »Das ist richtig gute Ermittlungsarbeit, Henriette. Wir haben ein Motiv, einen Mörder und ein Opfer. Und so, wie es aussieht, ein weiteres potenzielles Opfer. Nur eines passt nicht ganz dazu, und deshalb bin ich mir noch nicht so ganz sicher, ob wir mit Georg wirklich den Richtigen haben: Das Plastikding, das in der Nähe des Toten lag, zeigt einen anderen Mann.«

»Nicht nur das«, sagte Iris. »Der Georg hat doch gestern gar nicht um die Bäuerin gekämpft. Wahrscheinlich will er sie überhaupt nicht mehr haben. Nach dem, was Nanni in der Mehlkammer gehört hat, war er ja noch unentschlossen. Wieso sollte er also kurz vorher einen Rivalen töten, wenn er sie gar nicht so sehr will? Das macht doch nicht so richtig Sinn.«

Darauf hatte Hanni, die sehr genau zugehört hatte, eine Antwort parat: »Na, das ist doch sonnenklar! Der Bauer wurde von der Polizei gebracht. Sollte der Georg denn den Bauern vor den Augen des Kommissars angreifen? Nein, der ist schlau: Der hat sogar so getan, als ob er den Bauersleuten helfen will, damit er später den Bauern töten kann, ohne dass ein Verdacht auf ihn fällt.«

Hätten die Kühe Hände gehabt, so hätten sie Hanni applaudiert. In ihrem Fall stießen sie jedoch begeistertes und zustimmendes Muhen aus, um der Spannung und Euphorie, in die sie sich gegenseitig in der hitzigen Diskussion gesteigert hatten, Ausdruck zu verleihen.

»Ja, es passt alles außer dem Plastikding. Du bist echt schlau, Hanni. Du hast aus der Krimireihe im Radio wirklich viel gelernt. Der Georg will den Verdacht von sich ablenken und tut so, als ob er helfen will. Später könnte er dann in Ruhe den Bauern töten, und keiner würde auf ihn kommen. Nur dieses Bild des Unbekannten lässt mich nicht los.« Obwohl sie sich durchaus für die Beweisführung erwärmen konnte, hegte Berta noch immer einen Rest Zweifel.

»Vielleicht hat das auch ein Spaziergänger verloren. Es laufen ja so viele im Frühling herum, und so klein, wie es ist, ist es uns halt vorher nicht aufgefallen«, bemerkte Lotti trocken.

Widerwillig musste Berta ihr zustimmen. Dennoch hatte sie den Verdacht, dass Lotti wie viele der anderen auch der Ermittlungsarbeit überdrüssig wurde und das Ganze schnellstmöglich zu einem zufriedenstellenden Ende bringen wollte. Berta konnte ihr das nicht verübeln, als sie einen Blick auf ihre engste Freundin warf, die rund wie ein Fass war. Ihr Leib war von dem Kalb, das sich in ihrem Bauch befand und das wohl bald zur Welt kommen würde, dick und schwerfällig. Lotti, die stark vermutete, dass da nicht nur *ein* Kalb in ihr steckte, litt in ihrem empfindlichen Zustand sehr unter dem Stress der letzten Tage. Vielleicht hatte sie ja recht, und die Situation war einfach zu heikel, um sich an einem Plastikding aufzuhängen. Womöglich befand sich der Bauer in ernsthafter Gefahr.

»Aber was sollen wir tun? Wie können wir den Bauersleuten begreiflich machen, dass der Georg Böses im Schilde führt?«, muhten sie in ihrer Hilflosigkeit aufgeregt durcheinander.

»Genau so«, meinte Elenor. »Wir schreien so laut und hysterisch wir können, wenn der Georg dem Bauern zu nahe kommt. Dann merkt er, dass etwas nicht stimmt, und ist auf der Hut; dann lässt er sich nicht so leicht ermorden wie der Tierarzt.«

Es war ein höchst riskanter Plan, und sie konnten nur hoffen, dass der Bauer ihre Warnung verstand. Er hatte zwar eine sehr sensible Wahrnehmung seiner Tiere und deren Befindlichkeiten, aber welche Kuh warnte schon vor einem Mörder? Dennoch war es die einzige Möglichkeit, die ihnen einfiel, und so einigten sie sich auf diese Vorgehensweise. Leider bezog der Plan auch mit ein, dass die Kühe an den Fenstern zum Hof Wache halten mussten, damit ihnen nicht entging, wenn Georg auftauchte.

Noch eine durchwachte Nacht, hoffentlich schaffe ich das überhaupt, dachte Berta müde. Sie hatte auch in der vorherigen Nacht kein Auge zugetan und verwünschte zum ersten Mal ihren oft beneideten Platz am Fenster zum Hof. Dennoch konnte sie auf die einzige andere Kuh, die ebenfalls einen Fensterplatz zur Vorderseite des Stalles hinaus hatte, nicht bauen. Elli war zwar eine liebenswürdige, aber nicht gerade die hellste Kuh ihrer Herde. Sie war zu träge und fad, als dass sie sich bisher auch nur an der Ermittlung beteiligt hätte. Ihr Part dabei bestand lediglich darin, sich mit in den Kreis zu stellen und durch Wedeln ihres Schwanzes ihre Fliegen und vielleicht noch die der Nachbarinnen zu vertreiben. Also würde auch diese Aufgabe an Berta, die in diesen anstrengenden Tagen ihr Alter in ihren Knochen zu spüren begann, hängen bleiben. Und sosehr sie es sich wünschte, sie konnte immer noch nicht an den Mörder in Georg glauben, weshalb sie beschloss, das Plastikding unbemerkt mit in den Stall zu nehmen und unter ihren Heuresten im Barren zu verbergen. Wer wusste schon, ob es nicht plötzlich von der Weide verschwinden würde, wo doch jede von ihnen Zugriff darauf hatte. Denn ihr schien die Bereitwilligkeit ihrer Gefährtinnen, mit Georg endlich den Mörder gefunden zu haben, eine Spur zu groß zu sein.

10.15 Uhr, Kempten, auf dem Auktionsgelände

Locher steuerte das Parkhaus des »Forum Allgäu« an. Von dort aus musste er nur noch die Straße überqueren, um das Auktionsgelände zu erreichen. Es war zwar nicht so, dass er dort als Veterinär gebraucht wurde. Dennoch war es ein kleiner Höhepunkt seines trostlosen Daseins, seit Lisa ihn verlassen hatte, und er freute sich fast darauf, sich dort als ranghöchster Veterinär zu präsentieren und von den Bauern freundlich empfangen zu werden. Vielleicht würde ihm einer ein Bier ausgeben, und er könnte ein Gespräch führen, das erste seit vielen Tagen. Seitdem Lisa mit den Mädchen ausgezogen war, um mit einem gut verdienenden Politiker der kommunalen Regierung zu leben, war er sehr einsam. Mit dem Tod seiner Mutter hatte er sein letztes Familienmitglied verloren. Nun hatte er niemanden mehr, und über diesen Umstand verzweifelte der empfindsame Locher. Die Einsamkeit hatte sich bereits in der kurzen Zeit tief in seine verhärmten Züge eingegraben, und er wirkte um Jahre gealtert. Auch seine Nervosität, die ihn schon lange befallen hatte und nicht mehr loslassen wollte, nahm tagtäglich zu.

Es gab zwar noch die Samstage, an denen er die Kinder abholte, und diese stellten eine Veränderung zu den kargen und wortarmen Arbeitstagen und leeren Feierabenden dar, aber sie hatten einen bitteren Beigeschmack, der von Mal zu Mal stärker wurde. Denn seine Töchter hatten ihm deutlich zu verstehen gegeben, dass sie nur Interesse an ihm hatten, wenn sich die Samstage für sie auszahlten. Das Essen bei ihrem Lieblingsitaliener hatten sie kaum angerührt und nur lustlos an ihren Pizzen herumgeknabbert. Sie wollten ihre Konsumbedürfnisse stillen und mit ihm shoppen gehen. Dafür hatte er jedoch kein Geld übrig gehabt, und prompt war das nächste Treffen von seinen Töchtern abgesagt worden, da sie lieber mit Lisa und ihrem Neuen übers Wochenende nach Mailand jetten wollten. Sein Herz zog sich auch jetzt schmerzhaft zusammen, als sich ihm erneut die Erkenntnis aufdrängte, dass die Bindung zu seinen Töchtern lediglich darin bestand, dass er Geld ranschaffte, das sie zusammen mit ihrer Mutter ausgeben konnten. Nun zeigte sich ihm auf äußerst qualvolle Weise, wie groß Lisas Einfluss auf die Mädchen war. Sie folgten Lisa brav auf dem Weg, den noch dickeren Fisch, den sie an Land gezogen hatte, auszuweiden.

Diese traurige Entwicklung hatte seinen Entschluss gefestigt, wie er sein weiteres Leben verbringen wollte. Er war bereits aus dem gemeinsamen Haus ausgezogen und hatte es einer Maklerin zum Verkauf überlassen. Natürlich würde Lisa die Hälfte des Geldes bekommen, da er nicht klug genug und viel zu verliebt gewesen war, bei der Heirat auf einem Ehevertrag zu beharren. Und so würde sie ein letztes Mal von ihm profitieren, obwohl sie selbst nicht einen müden Cent in ihr Heim investiert hatte, sondern lediglich im Luxus der Sauna, des großen Gartens und des Whirlpools geschwelgt hatte. Aber das war Locher nun auch egal.

Er strebte einzig und allein einen Schnitt an, der sein altes Leben endgültig beenden und ihm den Weg in eine bessere Zukunft bereiten würde. Dazu war leider mehr Geld notwendig, als es die Hälfte des Hauses abwerfen würde. Ein letztes Mal also würde er als treibende Kraft voranbringen, dass die Zuchtstation einen neuen Spitzenstier bekommen sollte. Dazu musste er nur noch der Höpfl signalisieren, dass es auch ohne Johannes von Stegmann weiterginge. Er würde es wohl oder übel darauf ankommen lassen müssen, dass Anton seine Frau eingeweiht hatte und dass sie bereit wäre, die Sache mit ihm durchzuziehen. Schließlich saß Anton wegen Mordverdachts in Haft, wie er vor ein paar Tagen aus den lokalen Nachrichten erfahren hatte.

Das war auch einer der Gründe, weshalb er auf die Auktion ging. Vielleicht würde er Sieglinde Höpfl dort antreffen – schließlich musste sie sämtliche Arbeiten ihres Mannes übernehmen, dazu gehörte auch der Besuch einer Auktion. Der andere Grund war von einer anderen existenziellen Notwendigkeit und nicht finanzieller Natur. Er hoffte, dass er dort seine mit dem Tod der Mutter gekappten Wurzeln wieder neu entfalten könnte, indem er sich seinem Halbbruder offenbarte. Erst in ihrem Testament hatte er dieses gut gehütete Geheimnis erfahren. Es war verrückt, sie kannten sich seit frühester Kindheit, und doch hatten sie nicht geahnt, dass sie weit mehr waren als Freunde und entfernte Verwandte. Nun, da er um die Wahrheit wusste, wunderte er sich über seine jahrelange Blindheit.

Er selbst hatte einen Vater, der nie da war, der sich nicht um seine Mutter gekümmert hatte und nur kam, um Geld, ein warmes Essen und vielleicht ein bisschen Sex – wenn er gerade keine andere am Haken hatte – abzuholen. In der Zwischenzeit trieb er sich mit anderen Frauen herum und lebte, ohne für irgendetwas Verantwortung zu übernehmen, in Saus und Braus vor sich hin. Sein Lebenswandel hatte einen frühen Tod von ihm gefordert.

Sein Freund kannte seinen leiblichen Vater gar nicht. Er hatte keinerlei Vaterfigur, wusste nur von einem anonymen Erzeuger, der ihn nicht haben wollte, der keine Verpflichtungen eingehen wollte. So hatte Georg nie erfahren, dass er denselben Vater hatte wie sein Kindheits- und Jugendfreund Herbert Locher.

Als Locher den Brief gelesen hatte, der ihm bei der Testamentseröffnung übergeben wurde, hätte er sich fast vor den Augen des Notars an die Stirn geschlagen. Er kam sich so naiv vor. Seine Mutter hatte ihm geschrieben, dass Georg zwar wisse, dass er einen Halbbruder habe, aber keinerlei Interesse zeige, Genaueres zu erfahren. Und deshalb war Georg immer noch unwissend. Heute sollte der Tag werden, an dem Georgs Leben wie sein eigenes auch wieder einen kleinen Glanz, ein klein wenig mehr Sinn bekommen sollte, indem er erfuhr, dass er nicht allein war.

Locher erinnerte sich erneut daran zurück, in welch schlechter Verfassung Georg bei ihrer letzten Begegnung gewesen war. Er war von der Höpfl-Bäuerin verlassen worden, obwohl sie ihr Leben auf dem Höpflhof anscheinend kaum ertrug. Locher mutmaßte, dass sie auf das Geld, das der Stier einbringen sollte, scharf war und ihren Mann deshalb nicht verlassen wollte. Jetzt würde sie allein das Geld bekommen und könnte sich mit ihrem Geliebten absetzen, sofern sie das wollte. Wie auch immer, es war Georgs Angelegenheit. Dass bei Sieglinde Höpfls Entschluss die Finanzen eine Rolle spielen könnten, davon wusste Georg ja nichts. Er war einfach ein verletzter Mann, der auf dem Weg war, in eine tiefe Depression abzurutschen. Die Tatsache, dass sie Halbbrüder waren und er immer noch ihn hatte, sollte Georg wieder ein kleines Licht in die Dunkelheit bringen. Dafür würde Locher sorgen, bevor er das Allgäu verließ. Er hatte darüber nachgedacht, wohin er gehen wollte. Vielleicht würde er erst einmal reisen und sich treiben lassen, bis er irgendwann an einem Ort sesshaft werden und sich mit einer kleinen Praxis auf dem Land als Tierarzt niederlassen konnte. Aber eines war ihm gewiss: Wohin es ihn auch verschlagen würde, er wollte immer für seinen Bruder Georg da sein, und das sollte dieser heute auch erfahren.

Frohgemut betrat Locher das Auktionsgelände und hielt Ausschau nach den beiden Menschen, die er so dringend sprechen wollte. Insgeheim hoffte er, dass er sie vielleicht sogar zusammen antreffen würde. Jetzt, da Anton Höpfl nicht mehr da war, war Sieglinde Höpfls Liebe zu Georg vielleicht wieder neu entfacht worden – Geld hin oder her. Schließlich würde es ihm den Abschied von Georg erleichtern, wenn er ihn in den liebenden Armen einer Frau wüsste.

Bella stand mit tief gesenktem Haupt in ihrer Box im Stall der Kemptener Kuhauktion. Um sie herum herrschte lautes, buntes Treiben, aber das nahm sie in ihrer tiefen Traurigkeit und Angst vor dem, was auf sie zukommen würde, kaum wahr. Die Fahrt gestern Abend hierher war problemlos verlaufen. Georg hatte bei sich zu Hause noch die Kuh zugeladen, die er selbst auf der Auktion versteigern wollte. Bella war froh, dass sie in einer anderen Ecke des Stalles untergebracht worden war, nachdem man sie aus ihrem Transportmittel geholt hatte. Es war nicht so, dass sie Giselas Gesellschaft nicht nett fand; tatsächlich hatte Gisela sich sehr bemüht, ein freundliches Gespräch während der Fahrt in Gang zu bringen, und aufgeregt ohne Punkt und Komma über das Abenteuer, das ihnen bevorstand, geplappert. Aber Bella hatte sich nicht darauf einlassen können, Sympathien für die quirlige Gisela zu entwickeln. Zu tief und frisch war noch die Wunde in ihrem Kuhherzen, die die abrupte Trennung von ihrer Herde hinterlassen hatte. Noch einen Verlust – und wäre er auch noch so winzig klein – würde sie momentan nicht ertragen können.

So stand sie also, ohne eine Regung oder Interesse an dem Geschehen um sich herum zu zeigen, in ihrer Box und starrte trübsinnig vor sich hin. Sie überlegte ernsthaft, ob sie ihren Stolz überwinden und versuchen sollte, Elenors Ratschläge zu befolgen. Sie hatte die letzte Nacht grübelnd verbracht, ohne auch nur ein Büschel des Heus zu fressen, das verführerisch duftend vor ihr lag.

Dass auch der besorgt blickende Georg sich immer wieder zu der Parade bunter Gestalten gesellte, die an ihrer Bleibe vorbeizogen und ihre neugierigen Blicke über sie hinwegwandern ließen, nahm Bella nicht zur Kenntnis. Und so entging ihr, dass er schließlich mit einer weiteren Person im Schlepptau erneut bei ihr auftauchte und diesmal die Box betrat.

Erschrocken fuhr Bella hoch und sah direkt in das Gesicht des fremden Mannes, der sie bereits fachmännisch unter die Lupe nahm.

»Also, Georg, dann werd ich mir deine Kuh mal anschauen, aber so schlecht, wie du gemeint hast, sieht sie auf den ersten Blick gar nicht aus«, sagte der Fremde.

»Danke, Herbert, da bin ich aber froh, dass ich dich getroffen hab. Mein Glück, dass ein so hohes Tier wie du eine kleine Auktion besucht.« Georg lachte nervös auf. »Aber ich würd nicht so ein Theater um das Vieh betreiben, wenn's tatsächlich meins wär. Leider hab ich das Pech gehabt, zur falschen Zeit am falschen Ort zu sein, und muss mich nun um die kranke Kuh eines anderen kümmern.«

Locher blickte überrascht auf. Eine bessere Gelegenheit, mit Georg ins Gespräch zu kommen und ein bisschen warm zu werden, hätte er sich kaum wünschen können. Er wäre ihm wohl zutiefst dankbar, wenn er ihn aus seiner brenzligen Lage retten könnte. Dann würden sie vielleicht mit einem Bier darauf anstoßen, und er könnte die heikle Thematik vorsichtig zur Sprache bringen.

Gründlich untersuchte Locher also das hübsche Tier, das vor ihm stand. »Das ist aber schade, dass das nicht deine ist. Wirklich ein bildschönes Tier, das sicher ein gutes Geld einbringen dürfte. Wem gehört sie denn?«, bemühte er sich, das Gespräch zum Laufen zu bringen.

»Die gehört dem Anton Höpfl. Der ist gerade erst gestern Abend heimgekommen, und da dacht ich, ich könnt ihm doch die Arbeit abnehmen, da ich ja sowieso hermuss.«

Diese Antwort haute Locher fast aus den Socken. Weshalb um Himmels willen half Georg dem Ehemann seiner ehemaligen Geliebten? Und sollte er ihn das direkt fragen, oder würde er damit zu tief in dessen Intimsphäre eindringen und sich womöglich die Chance, offen mit ihm zu reden, verbauen? Außerdem war ihm neu, dass Anton bereits wieder aus der Haft entlassen war.

Georg aber schien Lochers Gedanken gelesen zu haben und

deutete sein Schweigen richtig. »Ich weiß ja, dass es schon ein bisschen komisch ist, dass ich grad meinem Rivalen helfe, wo ich dir doch das letzte Mal die Ohren mit Sieglinde vollgeheult habe.« Verlegen trat Georg von einem Fuß auf den anderen und fuhr erklärend fort: »Als der Anton verhaftet war, wollte sie sogar zu mir zurück.«

Lochers Augen wurden groß. Wieso in aller Welt hatte Georg dann nicht zugegriffen? Innerlich schrie er, aber es kam kein Wort über seine Lippen.

»... aber ich bin jetzt ganz froh, dass ich erst mal abgewartet hab. Jetzt ist ja der Anton wieder da, und das wäre bloß wieder wahnsinnig kompliziert geworden. Und außerdem«, sagte Georg mit geheimnisvoll gesenkter Stimme, »bin ich verliebt, wie ich es seit Petra nicht mehr war.« Ein Strahlen, das das volle Ausmaß seiner Gefühle spiegelte, überzog sein Gesicht.

Lochers Mundwinkel zuckten kaum merklich. Dann klopfte er Georg freundschaftlich auf die Schulter. »Mensch, Georg! Das freut mich für dich! Du hast ja einiges erlebt seit unserem letzten Treffen.« Locher wandte sich wieder Bella zu. »Was hältst du davon, ein kaltes Bierchen zu trinken, wenn ich mit der Kandidatin hier fertig bin? Dann kannst mir alles in Ruhe erzählen«, quetschte er angestrengt hervor, denn die Untersuchung der Kuh forderte seine letzten, kargen Kräfte.

»Du, das würd ich gern, aber ich muss noch die beiden Kühe vor der Auktion hübsch machen, ein bisschen striegeln und so. Dann wollte ich mich noch mit *ihr* im ›Forum‹ auf einen Kaffee treffen, bevor der Verkauf losgeht. Aber sag, was ist mit der Bella? Kann die überhaupt antreten?«

In Lochers hagerem Gesicht machte sich Enttäuschung breit, Georg maß dem aber keine weitere Bedeutung bei, seine Gedanken weilten ohnehin woanders.

»Also erst mal, die Kuh ist kerngesund. Mir scheint, dass sie ein bisschen sensibel reagiert. Vielleicht liegt's am Stress beim Transport oder an der neuen Umgebung. Ich sehe aber keinen Grund, weshalb sie nicht in den Ring steigen sollte. Die sieht doch blendend aus.«

Georg seufzte erleichtert. Auf eine Auseinandersetzung mit

Anton, wenn er seine Kuh wieder zurückbrachte, hatte er wenig Lust.

»Du, ich muss aber trotzdem ganz dringend mit dir reden. Vielleicht hast ja noch kurz Zeit? Bitte. Es ist wirklich sehr wichtig.«

Das eindringliche Flehen und der bittende Blick aus den eingesunkenen Augen ließen Georg aufhorchen. Was stimmte da nicht? Aber schließlich war er Herbert, der ihm gerade aus der Patsche geholfen hatte, etwas schuldig, und auch wenn er jetzt keine Lust darauf hatte, willigte er in ein Gespräch ein, vorausgesetzt, er wäre bereit, es in den Boxen der Kühe zu führen.

Während er Bella striegelte, die ihm bereits ein wenig lebhafter vorkam, begann er zunächst, von den neuesten Entwicklungen zu berichten, denn obwohl Herbert darauf gedrängt hatte, schien er nicht bereit, einen Beitrag zur Unterhaltung beizusteuern. Als er fertig erzählt hatte – von den turbulenten Tagen um den Höpflhof, Sieglinde im Speziellen, Antons Haftentlassung und, was ihm am wichtigsten schien, von seiner noch sehr frischen, aber heftig aufblühenden Liebe zu Sara Rummler –, wartete Georg ab. Wenn Herbert nicht bald den Anfang machen würde, würde er sich verabschieden, um seine Zeit sinnvoller zu verbringen: nämlich mit Sara.

Doch ehe Georg sich dazu entschließen konnte, begann Herbert mit tonloser Stimme und leerem Blick zu sprechen, und Georg vergaß Sara Rummler, die bereits auf ihn wartete, für kurze Zeit.

Bella betrachtete ihre Besucher genau und hörte aufmerksam zu. Jedes zaghafte Wort des Fremden weckte neuen Kampfesmut in ihr, und die Erkenntnis, dass sie ganz dringend wieder nach Hause musste, brach sich Bahn. Denn ihr war ein Licht aufgegangen. Voller Freude erwartete sie nun ihren großen Auftritt im Ring, schließlich hatte sie nun eine Möglichkeit, heimzukehren, ohne dabei ihr Gesicht zu verlieren.

14.30 Uhr, Kempten, auf dem Auktionsgelände

Georg kochte vor Wut. Was war nur in diese verdammte Kuh gefahren? Zuerst stand sie lethargisch herum und fraß keinen

Halm, und dann tobte sie wie vom Teufel besessen durch den Vorführring. Ihm, der sie führte und der zuletzt wie eine Puppe von ihr am Führstrick herumgeschleudert worden war, kam es vor, als hätte jede lobende Bemerkung, mit der sie vorgestellt wurde, ihre Tobsucht angestachelt. Die anpreisenden Worte waren mit der zunehmenden Raserei des Tieres schließlich spärlicher geworden, und Gebote für die Kuh waren sogar ganz ausgeblieben. Obwohl der Höpfl eine wirklich schöne Kuh hergeschickt hatte, wollte sie keiner haben. Letztendlich konnte kein Bauer ein solch bösartiges Vieh im Stall gebrauchen. Und so musste Georg Bella wieder nach Hause bringen und Anton erklären, warum sie nicht verkauft worden war. Von seiner guten Laune wenige Stunden zuvor war kaum etwas übrig geblieben. Zuerst die vermeintliche Krankheit der Höpflkuh – nun wusste Georg, dass dieses Biest wahrscheinlich seine Kräfte für den Ring mobilisiert hatte – und dann das unerfreuliche Gespräch mit Herbert, wegen dem er Sara hatte versetzen müssen, die darüber ziemlich verstimmt zu sein schien.

Nein, dieser Tag hatte Georg nicht das gebracht, was er ihm zunächst verheißen hatte. Am meisten traf ihn die frostige Kälte, die zwischen ihn und Sara getreten war, nachdem er sie kurz angerufen hatte, um ihr zu erklären, dass er leider nicht zum Kaffee kommen konnte, und versucht hatte, sie zu einem späteren Treffen nach der Auktion zu überreden. Ihre Stimme hatte geklirrt wie Eiswürfel, die in ein Glas geworfen wurden, als sie ihm sagte, er solle sich nicht um eine Ausrede bemühen. Dann hatte sie grußlos aufgelegt, und Georgs Bemühungen, sie zu erreichen, liefen ins Leere. Sie war nicht mehr ans Telefon gegangen, und mehrfach hatte er es klingeln lassen, bis die Mailbox ansprang und ihre süße Stimme den Anrufer bat, eine Nachricht zu hinterlassen, da sie gerade verhindert sei. Auch das hatte er mit flehender Stimme versucht, ohne Erfolg. So blieb Georg nur die Möglichkeit, ihr eine SMS zu schicken, in der Hoffnung, sie würde ihm seine unglaubliche Geschichte, die er auf SMS-Tauglichkeit gekürzt hatte, glauben und wieder gut mit ihm sein.

Bisher hatte Sara nichts von sich hören lassen, und so beschloss

Georg, das Mistvieh von Anton zu verladen und nach Hause zu fahren. Immerhin hatte er seine eigene Kuh erfolgreich verkauft. Vermutlich war Sara auch schon gar nicht mehr in Kempten, und er wartete vergeblich darauf, das versäumte Treffen nachholen zu können.

Gerade als er Bella, die sich wieder lammfromm führen ließ, worüber Georg nur den Kopf schütteln konnte, im Anhänger angebunden hatte, piepte sein Handy: eine SMS. Schnell las er die Nachricht, die, wie er gehofft hatte, von Sara stammte.

Hallo! Klingt ja ziemlich abgefahren. Erklär's mir bitte genau. Kaffee bei McD im Forum in fünfzehn Minuten? Gruß, Sara.

Tausend Steine fielen von Georgs Herzen. Zwar hatte sie ihre Nachricht nicht mit einem »Kuss, Sara« beendet, wie schon einige Male zuvor, aber es war ein Anfang, und der Ton, den er in ihre Nachricht hineininterpretierte, klang bereits deutlich milder und versöhnlicher als die harten Worte zuvor am Telefon. Er würde sich noch schnell an einem Waschbecken im Stall gründlich waschen und sich frische Kleidung, die er extra zu diesem Zweck mitgenommen hatte und die nicht nach Kuhstall roch, überziehen. Er würde sich beeilen. Dies teilte er ihr in einer kurzen, aber erfreuten Nachricht mit, während er sich bereits im Laufschritt mit der mitgebrachten Seife in der Hand auf dem Weg zum Waschraum befand.

Bella muhte verwundert über ihre verzögerte Heimreise hinter ihm her.

Georg drehte sich kurz um, blickte sie verärgert an und rief ihr zu: »Du Miststück musst noch ein bisschen warten. Ich treffe mich erst noch mit meiner Liebsten, bevor ich dich nach Hause fahre. Aber da bist du selbst schuld; wenn du dich hättest verkaufen lassen, wärst du schon längst unterwegs zu einem gemütlichen Stall.«

Trotz seiner strengen Worte hörte Bella den Unterton eines Schmunzelns heraus. Zufrieden mit seiner Erklärung machte sie sich über das duftend vor ihr liegende Heu her.

Knappe fünfzehn Minuten später spurtete Georg, nach Seife und frisch gewaschener Kleidung duftend, durch den Eingang des Einkaufszentrums, darauf bedacht, Saras neu aufgekommene Gunst nicht zu verspielen, indem er verspätet zur zweiten Verabredung des Tages kam. Schnaufend erreichte er die kleine McDonald's-Filiale im Erdgeschoss und war froh, dass er sich nicht auch noch die überfüllte Rolltreppe hatte hinaufdrängeln müssen.

Schnell sah er sich um und entdeckte sie in einer Nische an einem Tisch sitzend, vor ihr standen bereits mehrere leere Pappbecher und Kartons. Anscheinend hatte sie das Schnellimbissrestaurant seit seiner Absage nicht verlassen, und die Schachteln waren die stillen Zeugen ihres Wartens auf ihn.

Sein schlechtes Gewissen meldete sich erneut, aber auch seine Erleichterung. Trotz ihrer Wut war sie nicht sofort ins Auto gesprungen und nach Hause gefahren, sondern hatte auf ihn gewartet. Nun musste er sich ins Zeug legen, um ihre Kränkung in Verständnis für seine unglaubliche Situation umzuwandeln. Mit zärtlichem Blick schritt er auf sie zu und hauchte ihr zur Begrüßung einen Kuss auf ihre rosigen Wangen. Wie sie darauf reagieren würde, wusste er nicht, aber er wollte nicht wie ein eingeschüchterter Schuljunge um sie herumdrucksen.

»Sara, schön, dass wir reden können«, begann er das Gespräch, das sicher nicht einfach werden würde, denn in ihren blauen Augen glomm noch immer ein Funken Enttäuschung. »Ich weiß, was ich dir geschrieben habe, klingt sehr unglaublich und recht abenteuerlich, aber es ist wirklich die Wahrheit, und ich möchte dir meine ganze Geschichte erzählen, dann kannst du mein Verhalten vielleicht ein bisschen besser verstehen.« Mit einem eindringlichen Blick ergriff er ihre Hände, die ruhelos an der Papierverpackung eines Strohhalmes herumzupften.

»Nein, Georg, erst werd *ich dir* mal was erzählen, damit du mich verstehst, denn ich habe keine Lust, mich wieder auf Spielchen einzulassen«, brach es heftig aus ihr heraus, und ihr Tonfall verriet eine Verletzlichkeit, die Georg nun doch überraschte, schließlich hatte er doch nur ein Kaffeetreffen abgesagt.

»Georg, ich will keine Spielchen spielen. Nicht noch einmal.« Sie hatte ihre Hände aus seinem Griff befreit und fuchtelte ziellos damit in der Luft herum. »Ich habe mich schon mal auf so eine

Geschichte eingelassen, und das werde ich nicht wieder tun. Zu meinem eigenen Schutz muss ich an diesem Punkt die Bremse ziehen.« Sie sprang abrupt auf, und der Stuhl, den sie dabei zur Seite gestoßen hatte, pendelte für Sekundenbruchteile auf seinen Hinterbeinen, ehe er doch nicht umfiel und in seine ursprüngliche Stellung zurückprallte.

Sara wollte davonlaufen, aber Georg ergriff sie am Arm und hielt sie zurück. Er schien nicht bereit, einfach so aufzugeben, und unter dem mahnenden Blick seiner sanftmütigen Augen kapitulierte sie. Georg ist nicht Simon, rief sich Sara ins Gedächtnis. Die Mühe, die er sich mit ihr machte, bewegte Sara dazu, ihm einen Vertrauensvorschuss zu gewähren. Sie erzählte ihm von ihrem Geliebten Simon, der sie in die Wüste geschickt hatte, von der Sorge, dass sie mit der toten Ehefrau von Georg genauso wenig konkurrieren können würde wie mit der lebendigen von Simon.

Auch ihre neue Stelle als Tierärztin machte ihr zu schaffen. Letzteres hing zwar nicht unmittelbar mit dem Gefühlswirrwarr, das Georg in ihr hervorrief, zusammen, vermengte sich in Saras Innern aber zu einem diffusen Brei und bereitete ihr Bauchschmerzen. Ihre alten Kollegen, mit denen sie sich einmal monatlich zum Stammtisch traf, hatten komische Andeutungen über ihren Vorgänger von Stegmann gemacht. Sara hatte den Gerüchten zuerst nicht geglaubt, vielmehr darüber gelacht, dass einem kleinen Allgäuer Tierarzt so viel kriminelle Energie zugetraut wurde. Man hatte ihr nicht viel zum Tod von Stegmanns erzählt, und sie war einfach davon ausgegangen, dass er eines natürlichen Todes gestorben war oder einen Unfall gehabt hatte. Erst später hatte sie dann erfahren, dass er ermordet worden war. Das tauchte das Stammtischgeschwätz ihrer Kollegen in ein anderes Licht. Vielleicht hatte von Stegmann seine Hände tatsächlich mit dreckigen Geschäften beschmutzt. Ihm eilte der Ruf eines exzessiven Lebemanns voraus. Mit dem Gehalt eines normalen Tierarztes ließ sich ein solches Dasein kaum finanzieren. Und Sara fragte sich, was das Ganze mit der Stelle zu tun haben könnte, die sie nun besetzte. Wenn von Stegmann in kriminelle Machenschaften verwickelt war, würde sie als seine Nachfolgerin unter

Umständen auch mit unseriösen Angeboten behelligt werden? Und was würde passieren, wenn sie sich diesen Vorstellungen widersetzte? Sie hatte sogar kurz überlegt, ob sie sich vorsorglich einen anderen Job suchen sollte, so sehr verunsicherten sie ihre Überlegungen.

Georg konnte von ihrem gedanklichen Durcheinander ja nichts wissen. Er war ein lieber Mann, und sie konnte sich vorstellen, dass sich wirklich etwas Schönes zwischen ihnen entwickeln könnte. Nun, da sie sah, wie er um sie kämpfte, war sie sich sicher, dass er einen triftigen Grund für seine Absage gehabt haben musste. Sie würde ihm die Chance geben, sich zu erklären.

Schweigend hörte sie sich Georgs Geschichte an. Er erzählte vom Tod seiner Frau, seiner Einsamkeit und seinen Depressionen, der Affäre mit Sieglinde, die seine Trauer ein wenig gedämpft hatte, und vom plötzlichen Auftauchen eines ominösen Halbbruders, von dem Georg angenommen hatte, es handle sich um einen Betrüger, der Petras Erbe wollte. Ein junger Mann hatte ihn aufgesucht, aber derartig unverständlich vor sich hin gestammelt, dass Georg ihn kurzerhand vom Hof gejagt hatte. Dass sich heute ausgerechnet Herbert Locher als Halbbruder offenbart hatte, bildete den Höhepunkt seines Berichts.

Georg war sich immer noch nicht ganz sicher, was er davon halten sollte. Er war wütend auf Herbert, weil dieser das Geheimnis so lange für sich behalten hatte, und auch auf sich selbst. Schließlich hätte er dem nervösen Kerl, der vor einem guten halben Jahr vor seiner Tür stand, auch besser zuhören können, dann wäre ihm viel Leid erspart geblieben. Einsame dunkle Winter- und Feiertage, die er mit seiner Trauer allein verbracht hatte, hätte er nicht ertragen müssen, denn Herbert hätte ihn sicher zu sich eingeladen. Seine Reaktion ihm gegenüber tat Georg nun beinahe leid. Wütend, wie er gewesen war, auch wegen der Situation mit Sara, in die ihn Herbert unabsichtlich gebracht hatte, hatte er ihm die kalte Schulter gezeigt und gesagt, dass das wohl kaum etwas an ihrem Verhältnis verändern würde.

Das musste er unbedingt wiedergutmachen, schließlich war

Herbert auch für ihn da gewesen, als er nach dem Ende der Beziehung zu Sieglinde wieder einmal an einem Tiefpunkt angekommen war. Nun ging es Herbert schlecht, das hatte er ihm sofort angesehen, und er hatte ihm ja dann auch sein Herz ausgeschüttet, vom Ende seiner Ehe und seinen Plänen, fortzugehen, berichtet. Und Georg hatte ihn einfach nur schlecht behandelt.

Sara stärkte ihm den Rücken. Auch wenn sie sich nicht zu seinem Verhältnis mit einer verheirateten Frau äußerte, zeigte sie Verständnis, dass er sich an diesem Strohhalm festgehalten hatte. Sie bestärkte ihn in seinem Entschluss, nochmals mit Herbert zu reden.

»Egal, wie die Geschichte mit diesem Herbert ausgeht. Es spielt letztendlich keine Rolle, denn er will das Land verlassen, und damit wäre er, so hart das klingen mag, sowieso nicht sehr präsent für dich. Und außerdem: Du bist nicht mehr allein, denn nun hast du mich.«

Er hatte sie davon überzeugen können, dass seine Gefühle für sie echt waren. Georg war ein glücklicher Mann. So glücklich, wie er es schon lange nicht mehr gewesen war.

16.15 Uhr, auf dem Weg von Kempten nach Vorderreute

Georg fuhr fröhlich pfeifend am Kemptner Ortsschild vorbei, den Buchenberg mit seiner gewundenen Steigung hinauf. Sara hatte ihm nicht nur seine Absage verziehen, nein, sie waren in ihrer Beziehung durch ihre gegenseitigen Offenbarungen sogar ein gutes Stück vorangekommen und hatten sich beide klar zu ihren Gefühlen bekannt. Sara hatte ihm sogar gesagt, dass sie ihn liebe, mehr konnte sich Georg nicht wünschen, und zum ersten Mal seit Petras Tod malte er sich seine Zukunft nicht in Schwarz oder dunklen Grautönen aus. Erstmals seit beinahe drei Jahren, als sie die Diagnose von Petras zerstörerischem Krebsgeschwür erhalten hatten, lag die Zukunft in hellem Sonnenschein vor ihm, der die Düsternis der letzten Jahre bereits ein wenig verblassen ließ. Deutlicher denn je wurde ihm bewusst, dass er Sieglinde nie geliebt hatte. Aber sie hatte ihn mit ihrer Zuneigung, die vermutlich auch von ihrer Seite aus eher rein körperlicher Natur gewesen war, vor seinem Untergang bewahrt. Er war froh, dass er sich nicht erneut auf sie eingelassen hatte, und auch Sieglinde hatte gestern Abend mit ihrem Anton ganz zufrieden, ja fast glücklich ausgesehen. Da nimmt das Schicksal doch noch ein gutes Ende mit uns allen, dachte er beseelt lächelnd.

Er wollte schnell die Höpflkuh abliefern und dann nach Hause. Sara und er wollten gemeinsam etwas kochen, falls sich aus den kargen Vorräten in seinem Kühlschrank etwas zaubern ließ. Eigentlich ging es nur um das Beisammensein, und das Kochen war ein Vorwand, den sie gar nicht mehr brauchten. Trotz des lauen Abends würde er ein Feuer im Schwedenofen in der Stube anzünden, sie könnten es sich in der anheimelnden Atmosphäre davor gemütlich machen und ein Glas Wein trinken. Bei seinen Gedanken an den bevorstehenden Abend und daran, wieder eine Frau und Partnerin an seiner Seite zu wissen, überkam ihn eine tiefe Ruhe und Zufriedenheit. Gleich morgen würde er versuchen, Herbert zu erreichen, um sich mit ihm auszusprechen, bevor dieser für immer ins Ausland verschwand. Aber bis es so weit war, stünden ihm viele wundervolle Minuten mit Sara bevor.

Weiter hinten im Gespann, das in Richtung Oberallgäu unterwegs war, machte sich ein weiteres glückliches Lebewesen seine Gedanken über die bevorstehende Ankunft in Vorderreute auf dem Höpflhof. Bella überlegte, wie sie ihr Wissen am besten preisgeben konnte. Sie hoffte auch, dass die anderen Kühe der Herde nicht mehr böse auf sie waren, da sie sich in den letzten Tagen vor ihrer Abfahrt so unversöhnlich verhalten hatte. Die Sorge darüber, ob sie wieder als vollwertiges Mitglied in die Herde aufgenommen werden würde, hatte sie erfasst, als ihr während Georgs Abwesenheit richtig bewusst geworden war, dass sie es tatsächlich geschafft hatte und sie wieder nach Hause kommen würde. Bella hatte inzwischen ein schlechtes Gewissen. Die anderen hatten sich viel Mühe gegeben. Berta hatte viel daran gesetzt, sie zu trösten, und Elenor gab ihr die wertvollen Tipps und Erfahrungen weiter, die sie bei der Auktion gemacht hatte. Leider hatte sie alle verscheucht und sogar gesagt, dass sie froh wäre, endlich von ihnen wegzukommen. Berta hatte sogar bei einer Versammlung angesprochen, was sie tun könnten, um ihr zu helfen. Selbst die Mordermittlungen waren darüber in den Hintergrund gerückt. Bella tat ihr Verhalten leid, als sie sich in Erinnerung rief, wie schlecht sie die anderen, die ihre Treue zu ihr bewiesen hatten, behandelt hatte. Hoffentlich würden ihr die Freundinnen verzeihen. Immerhin brachte sie ihnen ein kleines Versöhnungsangebot mit nach Hause: ihr Wissen und ihre neu gewonnenen Erkenntnisse bezüglich Georg und damit auch irgendwie vom Mord des Tierarztes. Bellas Gedanken hellten sich auf, und ungeahnte Freude auf ihre bevorstehende Ankunft zu Hause durchflutete sie.

17.00 Uhr, im Stall des Höpflhofs

Berta kaute zufrieden ein paar Halme von dem frisch geschnittenen Gras, das im Barren vor ihr lag. In letzter Zeit hatte es im Stall nur Heu zu fressen gegeben, da die Bäuerin es nicht geschafft hatte, den großen Traktor samt Ladewagen zu rangieren, um frisches Gras von der Wiese zu holen. Berta war froh, die Tage mit dem abendlichen Mahl aus trockenem Heu endlich hinter sich zu haben. Jetzt, da der Bauer wieder da war, war beinahe alles wie zuvor, nur dass eben immer noch ein ungeklärter Mordfall auf ihrem Rücken lastete, denn Berta war nach langer Überlegung zu dem Schluss gekommen, dass Georg nicht der Mörder war. Es war vielmehr ein Gefühl, das sie nicht näher benennen konnte, und weniger die Existenz des Plastikdings, das unter ihrem Gras ruhte. Aber darüber wollte sie sich jetzt nicht den Kopf zerbrechen.

Glücklich dachte sie an ihre engste Vertraute und eigentliche Platznachbarin Lotti, die tatsächlich recht behalten und in den frühen Morgenstunden des Tages zwei propere Kälber zur Welt gebracht hatte. Die Geburt hatte sich über Stunden hingezogen, und Berta hatte den Schmerz und die nackte Angst in Lottis Augen gesehen. Sogar der Bauer, der in seinem Leben schon etlichen Kühen Geburtshilfe geleistet hatte, war über die Dauer des Geburtsvorgangs ohne nennenswerte Fortschritte nervös geworden und hatte die Tierärztin gerufen. Berta hatte sich große Sorgen um ihre Freundin gemacht, da alles darauf hindeutete, dass die Kälber nicht so zur Welt kommen wollten, wie sie es eigentlich sollten. Sie hatte versucht, sich nichts anmerken zu lassen, und Lotti gut zugeredet, um sie auf ihre eigene Weise zu unterstützen. Aber wie auch die Bauersleute hatte sie merklich aufgeatmet, als die Tierärztin eintraf und ihre fachkundige Hand an Lotti legte. Mit vereinten Kräften hatten sie und der Bauer dem ersten Kalb auf die Welt geholfen, indem ein Strick um dessen Hufe gelegt worden war und sie Lotti durch Ziehen während der Wehen unterstützt hatten. Trotz des mangelnden Platzes im Bauch der Mutter durch das Geschwisterchen, das noch auf seinen großen Auftritt wartete, war es ein recht groß geratener Stierknabe, der zu allem Übel auch noch mit dem Hintern voran diese Welt betreten wollte. Lotti allein hätte keine Chance gehabt, das war Berta mittlerweile bange klar geworden. Zum Glück war die Tierärztin da gewesen, die mit ihrer Ausstrahlung voller Ruhe und Gelassenheit Balsam für die nervösen Gemüter und aufgeriebenen Nerven gewesen war. Zudem war sie wirklich nicht zimperlich und störte sich nicht an dem vielen Blut und der glitschigen Schmiere, mit denen die Kälber bedeckt waren und die auch an ihrer Kleidung Spuren hinterlassen hatten. Das zweite Kälbchen, eine recht hübsche junge Dame, wie Berta aus den Augenwinkeln hatte feststellen können, war fast von allein gekommen, nachdem der Bruder endlich den Weg frei gemacht hatte. Lotti war von ihrem stundenlangen Martyrium völlig erschöpft und entkräftet, und zusammen mit der Tierärztin hatte der Bauer beschlossen, sie zur Genesung an einen ruhigeren Platz zu bringen, an dem sie rechts und links keine Nachbarin hatte. So konnte sie sich auf dem weichen Strohbett ausbreiten und sich erholen.

Berta konnte sich also heute, wenn die noch in vollem Gange laufende Stallarbeit abgeschlossen war, mit ungewohnt viel Platz zur Ruhe betten. Es würde zwar komisch sein, ohne die gewohnten Atemzüge von Lotti neben sich einzuschlafen, dennoch hatte sie sich vorgenommen, den enormen Raum, der sich ihr augenblicklich bot, zu genießen. Sie hatte die Worte der Tierärztin aufmerksam verfolgt und war glücklich, dass Lotti sich wieder vollständig erholen würde und dem Stall an diesem wunderbaren Tag zwei gesunde Kälber geschenkt worden waren. In der Mordermittlung hatte sich nichts Neues ergeben außer ihrer Erkenntnis, dass Georg wohl kaum der Mörder war, da würde sie mit Gedankenwälzerei heute Abend nicht weiterkommen. Die nächtliche Wache am Fenster hatte sie Elli übertragen, und sie selbst würde einmal wieder richtig ausschlafen. Es war doch sowieso egal, ob der Bauer rechtzeitig gewarnt würde, sollte Georg auftauchen, er war ohnehin nicht der Mörder. Außerdem hatte Elli sich sehr über die wichtige Aufgabe gefreut. Damit sind wir heute alle zufrieden und glücklich, dachte Berta müde kauend.

Es blieb nur das rätselhafte Auto übrig, das Berta heute Nachmittag von der Weide aus bei der Ankunft auf dem Hof beobachtet hatte und von dem sie nicht wusste, wer darin saß und was diese Person wollte. Aber auch diesen lästigen Gedanken verscheuchte sie. Schließlich waren nicht alle, die zu den Höpfls kamen, Mörder.

17.15 Uhr, auf dem Höpflhof

Endlich war es so weit: Bella wurde rückwärts von Georg die Laderampe des Viehanhängers auf heimatlichen Boden hinunterbugsiert. Kaum lugte ihr Hinterteil aus dem Anhänger, stand auch schon Anton in der Stalltür und beobachtete wortlos das Geschehen.

»Anton. Grüß dich. Es tut mir leid, aber die muss ich dir zurückbringen, die wollte keiner haben …«, stammelte Georg, als Bella schließlich ganz ausgeladen war und sie beide Anton gegenüberstanden. Weiter kam er in seiner Erklärung nicht.

»Georg. Schön, dich zu sehn. Und gut, dass du die Bella wieder mitbringst. Ich hab tatsächlich schon angefangen, meine Entscheidung zu bereuen.«

Georg glaubte, nicht recht zu hören. Innerlich hatte er sich gegen Antons Anschuldigungen bereits gewappnet. Er wollte sich verteidigen und Anton vom bestialischen Verhalten der Kuh im Vorführring berichten, und nun war ihm aller Wind aus den Segeln genommen.

Trotzdem leierte er die vorbereiteten Worte herunter: »Also, ich kann's mir nicht erklären, aber die Kuh ist im Ring herumgetobt wie vom Teufel besessen! Im Stall war sie wie im Wachkoma, und dann, so wie die sich aufgeführt hat, wollte sie einfach keiner haben. Auch wenn's ein wirklich schönes Tier ist«, beeilte er sich schmeichelnd hinzuzufügen, um Anton milde zu stimmen, was dieser aber ohnehin schon war.

»Jaja, meine Bella ist halt schon eine Kluge! Die wollt halt wieder heimkommen. Die hat ganz genau gewusst, wie sie's anstellen muss, die Gute«, sagte Anton und tätschelte Bella den Hals.

Nur Georg verstand die Welt nicht mehr. Schließlich hatte er gedacht, dass sich der Höpfl ein hübsches Sümmchen aus dem Verkauf der Kuh errechnet hatte, und nun stand er selig grinsend in der Stalltür. Vielleicht hatte man ihm in der Untersuchungshaft eine Gehirnwäsche verpasst?

Nun gut, mir soll's recht sein, dann verdirbt er mir schon nicht die gute Laune und den Abend, dachte Georg und sagte laut: »Na, dann ist ja gut. Dann nimm sie doch gleich, und ich mach mich vom Acker, ich hab heut noch was vor.« Mit diesen Worten drückte er Anton den Führstrick in die Hand und verriegelte den Anhänger. Er wollte den Hof schnellstmöglich verlassen, bevor es sich Anton anders überlegte und ihn doch noch zur Sau machte, sollte die Wirkung seiner beglückenden Droge nachlassen.

Und obwohl Georg durch das Stallfenster deutlich zu sehen gewesen war, brach kein warnendes Kuhgebrüll los. Berta war nicht daran interessiert, und Elli hatte ihre Pflicht bereits wieder vergessen und widmete sich hingebungsvoll einem Haufen von jungem Gras, in den sie bis zu den Ohren abgetaucht war.

Bella, die hocherhobenen Hauptes durch ihren Heimatstall schritt, wurde von Anton an Lottis Platz geleitet und neben Berta angebunden, denn an ihrem eigentlichen Platz lag die strapazierte Lotti.

Anton war froh, seine Kühe nach Bellas Rückkehr wieder alle beisammenzuhaben, denn das Geld, das er mit ihrem Verkauf erzielen wollte und mit dem er Sieglinde mal so richtig was bieten wollte, hatte er wahrlich nicht mehr nötig, dafür hatte der überraschende Besucher am Nachmittag gesorgt. Heute Abend wollte der Herr, wenn er Feierabend hatte, wiederkommen, und mit einem Bier wollten sie auf die Geschäfte anstoßen, denn aus Barnabas würde doch noch ein richtiger Zuchtstier werden. Die Summe, die Anton und Sieglinde vorerst bekommen sollten, hatte der Herr auf ein Blatt weißes Papier geschrieben und diskret über den Küchentisch geschoben. Als er auf den Zettel schielte, wäre Anton beinahe vom Stuhl gefallen, der Betrag war weit höher, als er erwartet hatte.

Anton beschlich schon wieder eine kindliche Freude, als er daran dachte, wie er Sieglinde heute Abend nach der Stallarbeit mit dem geglückten Deal und seinen Reiseplänen überraschen würde. Sie war dank der Schicksalsfügung, dass im Kühlschrank gähnende Leere herrschte, einkaufen gefahren und ahnte noch nichts von dem bevorstehenden Glück, sondern glaubte, dass die Sache mit dem Tod von Johannes von Stegmann hinfällig geworden war. Er selbst war vor wenigen Stunden noch der gleichen Meinung. Aber nun würde sich alles zum Guten wenden. Alle Tiere könnten bleiben, und er und Sieglinde würden mehr Geld zur Verfügung haben, als sie es sich je hätten erträumen können.

17.30 Uhr, im Stall des Höpflhofs

Bella wartete angespannt neben Berta. Sie hatte gehofft, erst einmal in Ruhe im Stall ankommen zu können, bevor sie sich mit Berta auseinandersetzen und sich ihr erklären musste. Jetzt stand sie direkt neben ihr angebunden und wagte es nicht, sie anzusehen oder sie gar anzusprechen.

Schließlich brach Berta nach einigen Minuten des Schweigens das Eis und stupste Bella von der Seite mit der Nase an. »Schön, dass du wieder da bist! Ich bin mir sicher, das gilt für uns alle, wenn ich das sage. Aber auch ganz besonders für mich«, hieß Berta sie wieder willkommen.

Bella war dankbar, und angesichts der freundlichen Begrüßung, die sie nach ihrem ruppigen Auftreten in den letzten Tagen so gar nicht erwartet hatte, brach die Entschuldigung, die sie eigentlich gar nicht hatte vorbringen wollen, aus ihr heraus.

»Berta, es tut mir leid, wie ich mich verhalten habe. Ich wollte euch nicht verletzen, aber ich war so verwirrt. Ich habe nicht verstanden, warum die Bauersleute mich nicht mehr haben wollten. Aber ich musste einfach wiederkommen. Und dank Elenor ist mir das auch geglückt.«

Berta lächelte still in sich hinein. Sie hatte immer gewusst, dass Bella hinter ihrer Arroganz eine weiche Seite verbarg, und war froh, dass sie nun einen Blick darauf erhaschen durfte.

»Nun, ich denke, dass sie dich verkaufen wollten, weil du besonders schön bist. Dazu bist du eine gute Milchkuh und noch recht jung. Es war bestimmt nicht als Strafe gedacht, sondern weil du eine der besten Kühe der Herde bist«, sagte Berta ehrlich, auch wenn sie damit Gefahr lief, Bellas Hochmut noch zu verstärken.

»Oh! So habe ich das gar nicht gesehen. Ich dachte, ich habe für sie keinen Wert, und darum wollten sie mich nicht mehr«, kam es ungewohnt bescheiden von Bella zurück, und sie war für diesen Moment die glücklichste Kuh im ganzen Allgäu. Sie war wieder zu Hause und war dort mit Freude empfangen worden. Außerdem gab es eine ganz plausible Erklärung dafür, warum gerade sie hatte verkauft werden sollen. Eine, die es ihr ermöglichte, ihren Stolz zu wahren. In ihrem Glück hätte sie beinahe vergessen, Berta von den neuen Erkenntnissen zu erzählen. Wie praktisch, dass sie dank irgendeiner glücklichen Fügung direkt neben ihr stand.

»Berta, es gibt einen Grund dafür, warum ich alles darangesetzt habe, wiederzukommen! Es hat mit dem Mord zu tun.«

Berta, die wieder dazu übergegangen war, mit gesenktem Haupt die Grashalme zu zupfen und zu zerkauen, riss augenblicklich aufhorchend ihren Kopf hoch. Dabei blieb ein Büschel Gras in ihrem Maul hängen und enthüllte unabsichtlich das von ihr verborgene Plastikding.

Bella, die eher zufällig einen Blick nach unten warf, schaute direkt in ein Gesicht, das sie kannte. Sie hatte heute viel Zeit mit diesem Mann verbracht. Es war das Gesicht des Mörders, das wusste sie nun genau, und sie berichtete der aufgeregten Berta alles, was sie an diesem Tag erfahren hatte.

19.00 Uhr, auf dem Weg von Lindau nach Vorderreute

Kurze Zeit später befand sich Locher auf dem Weg zum Höpfl-Anwesen, das in den vergangenen Tagen mehr Besucher gesehen hatte als in manch ganzen Jahren.

Er wollte mit Anton Höpfl auf den geglückten Deal anstoßen. Für beide war das Geld ein Segen. Für Anton, weil er damit um seine Sieglinde werben konnte und ihr die Welt zu Füßen legen würde. Für Locher sollte es der Grundstein für sein neues Leben werden. Er konnte es kaum mehr erwarten, es endlich zu beginnen. Nichts hielt ihn mehr in seinem alten Leben. Seine Frau und seine Kinder waren fort und interessierten sich nicht mehr für ihn, und sein undankbarer Halbbruder reagierte ganz anders als erwartet auf seine Enthüllung. Keine Spur von Freude oder Brüderlichkeit war aufgekommen. Wütend und verärgert darüber, dass er ihn so lange im Dunkeln hatte tappen lassen, schien Georgs einziges Interesse, endlich zu seiner neuen Geliebten zu kommen.

Locher war emotional am Ende. Den letzten Rest an psychischer Stabilität hatte er eingebüßt, als seine Tagträume über eine freudige Zusammenkunft mit seinem Halbbruder der bitteren und kalten Realität gewichen waren. Eines stand ihm nun ganz deutlich vor Augen: Er hatte nichts und niemanden mehr. Nur die Aussicht auf einen Neuanfang ließ ihn weiteratmen und um sein Leben kämpfen. Deswegen hatte er sich von Kempten aus direkt zu den Höpfls aufgemacht, um den Abschluss des Geschäfts zu besprechen. Gefangen in der Dunkelheit, die vor wenigen Stunden endgültig über ihn gekommen war, malte er sich den Start in sein neues Leben in den schillerndsten Farben aus. Wo er auch hingehen würde, er würde freundlichen Menschen begegnen, die sich für seine Seelenqualen interessierten und bereit waren, ihn ernsthaft zu unterstützen. Er würde viele Freunde haben und, wenn die Zeit reif war, vielleicht sogar wieder eine Frau und eine Familie finden. Aber er würde diesmal genau hinsehen, sie sollte ganz anders sein als Lisa. Rücksichtsvoller mit ihm und seiner empfindlichen Seele. Er würde eine Frau suchen, die ihm den Respekt schenkte, den Lisa ihm immer verwehrt hatte.

Der Traum von einer besseren Zukunft war der letzte Faden, der den nervlich zerrütteten Locher am Leben erhielt und ihn davor bewahrte, die Grenze zu überschreiten und seiner erbärmlichen Existenz selbst ein Ende zu setzen. Deshalb hatte er auch die Einladung von Anton Höpfl, heute Abend auf den geglückten Abschluss des Geschäfts gemeinsam einen zu trinken, angenommen. Dass sie eher der Höflichkeit entsprang und recht halbherzig abgegeben wurde, hatte Herbert durchaus gespürt. Aber sein Instinkt sagte ihm auch, dass er den heutigen Abend allein nicht überleben würde. Das machte ihm eine Höllenangst, deshalb hatte er zugesagt. Besser, die Zeit mit einem eigenbrötlerischen Bauern, der ihn eigentlich gar nicht dahaben wollte, und seiner biederen Frau zu verbringen, als in den dampfenden Abgasen seines Autos zu sterben. Denn ein passender Schlauch für den Auspuff des Wagens lag schon im Kofferraum bereit. Bei seinem letzten Besuch im Baumarkt hatte er nicht daran vorbeigehen können, wie magisch war er von dem dicken Gummischlauch angezogen worden, und eine innere Stimme hatte ihn gedrängt, ihn in der notwendigen Länge zu kaufen. Vielleicht konnte er die Nacht auf dem Hof verbringen, falls er zu betrunken war, um noch Auto zu fahren. Morgen würde er dann seine Sachen packen und auf Nimmerwiedersehen aus dem Allgäu verschwinden.

19.30 Uhr, im Stall des Höpflhofs

Berta traute ihren Ohren kaum. Was Bella ihr kurz nach ihrer Ankunft erzählt hatte, klang so verrückt. Es erwies sich nun als wahrer Segen, dass gerade Bella, die über einen scharfen Verstand, gute Ohren und ein gutes Gedächtnis verfügte – allesamt Talente, die nicht jeder Kuh gegeben waren und schon gar nicht alle auf einmal –, hatte verkauft werden sollen.

Sicherheitshalber hakte Berta aber noch mal nach: »Und du bist dir ganz sicher, dass die beiden Halbbrüder sind?«

»Ja, ganz sicher. Sie standen beide in meiner Box und haben miteinander geredet. Er hat auf jeden Fall den Georg gemeint, als er ihn mit ›Bruder‹ angeredet hat.«

Berta schwirrte der Kopf. Georg, der vermeintliche Mörder, und der Mann vom Plastikding waren Halbbrüder. Das konnte doch kein Zufall sein. Georg und sein Halbbruder hatten auch über die Bäuerin gesprochen. Bella war der Meinung, dass der Mann vom Bild ganz komisch reagiert habe, weil der Georg gar nichts mehr von der Höpflbäuerin wolle, da er jetzt eine neue Liebschaft habe. Das dringende Bedürfnis, sich mit ihrer Herde zu beraten und gemeinsam zu überlegen, quälte Berta. Sie spürte deutlich, dass sie dem Mörder ganz dicht auf den Fersen waren, aber irgendwie fand sie kein passendes Motiv.

»Bella, überleg noch einmal ganz genau. Wieso sollte der Halbbruder von Georg den Tierarzt töten wollen oder, wie wir in der Zwischenzeit vermutet haben, eigentlich den Bauern, und er hat nur aus Versehen den Tierarzt erwischt?«

Bella musste nicht lange überlegen, denn sie erinnerte sich sehr genau an jedes einzelne Wort, das gesprochen worden war. »Also, der Halbbruder war ziemlich erstaunt, als er hörte, dass Georg die Bäuerin gar nicht mehr will. Er wusste von der Liebelei und dass die Bäuerin diese beendet hat. Georg war deshalb wohl ziemlich traurig, weshalb der andere auch nicht verstehen konnte, warum Georg jetzt schon wieder eine andere Frau haben wollte.«

Berta ging ein Licht auf: »Kann es sein, dass er den Bauern für seinen Halbbruder aus dem Weg räumen wollte, damit der mit der Bäuerin glücklich werden kann, und er den Tierarzt im Dunkeln einfach mit ihm verwechselt hat?«

Bella nickte ernst. »Genau das denke ich auch. Und dabei ist ihm das Plastikding aus der Tasche gefallen.«

Berta hüpfte aufgeregt von einem Bein auf das andere. »Bella, du bist eine Meisterin in Sachen Mordermittlung. Wir haben den Mörder vom Tierarzt gefunden!«

Bella sah die Situation etwas pragmatischer. »Und wie sollen wir den Menschen klarmachen, warum er den Tierarzt ermordet hat?«

Darauf wusste Berta jedoch auch keine Antwort. Zudem stand die quälende Frage im Raum, ob der Bauer dann noch in Gefahr schwebte, da vermutlich er das Opfer der Tat sein sollte. »Ich kann es mir nicht vorstellen, wo doch der Georg die Bäuerin gar nicht mehr haben will«, überlegte sie.

»Ich weiß nicht so recht«, zweifelte Bella. »Dieser Fremde war irgendwie nicht normal. Er hat ganz schlecht gerochen und hatte eine komische Hautfarbe. Außerdem haben seine Hände gezittert, als er mich untersucht hat. Und er konnte nicht ruhig auf einem Bein stehen. Ich glaub, der ist das, was die im Krimiradio einen ›Psychopathen‹ nennen. Wer weiß, ob der nicht noch mehr Leute ermorden will.«

»Nun gut, das können wir natürlich nicht wissen. Ich hab den jedenfalls noch nie hier gesehen, außer als Schatten in der Mordnacht. Ich glaub nicht, dass der noch mal wiederkommt und dem Bauern ernsthafte Gefahr droht. Falls doch, müssen wir versuchen, den Bauern zu warnen.«

Es war das erste Mal im Laufe der Mordermittlungen, dass Berta sich brachial täuschen sollte. Das wurde ihr bereits wenige Minuten später klar, als das Auto, das sie bereits am Nachmittag von der Wiese aus beobachtet hatte, auf dem Hof vor dem Wohnhaus anhielt und sie den fremden Mann daraus entsteigen sah.

Bella, die über Bertas Rücken zum Fenster hinausgespäht hatte, erkannte ihn sofort. »Berta! Das ist er. Der Mann von dem Plastikding und Georgs Halbbruder. Der *Mörder*!« Bellas Stimme überschlug sich vor lauter Aufregung.

Berta musste genau hinsehen, so krank und ausgezehrt sah Locher in Fleisch und Blut aus, dass er kaum wiederzuerkennen war. Aber es war eindeutig der Mann, der auf dem Plastikding zu sehen war.

»Wir müssen den Bauern warnen. Er will ihn doch noch umbringen!«, schrie nun auch Berta in nackter Panik auf, und die anderen Kühe im Stall schlossen sich, ohne genau zu wissen, warum sie es taten – sie nahmen an, dass Georg aufgetaucht war, um sein Werk zu vollenden und den Bauern zu töten –, dem Brüllen an.

19.45 Uhr, im Stall des Höpflhofs

Anton war dankbar, die Milchkammer verlassen und vor Sieglinde mit ihrem weinerlichen Flehen davonzulaufen zu können. Das Gebrüll der Kühe war der Anlass dafür, nachzusehen, was da nicht in Ordnung war. In seinem Übermut hatte er es nicht erwarten können und Sieglinde schon bei der abschließenden Stallarbeit, dem gemeinsamen Reinigen der Milchkammer, von dem bevorstehenden Geldsegen und den Plänen, die er für sie beide geschmiedet hatte – eine mehrmonatige Reise, bei der sie sich die Ziele aussuchen sollte –, mit überschäumender Freude berichtet.

Was dann passierte, darauf war er nicht vorbereitet gewesen: Sieglinde war schluchzend in sich zusammengesunken, aus ihrem Gestammel hatte er entnehmen können, was er doch für ein herzensguter Mann war und dass er es nicht verdient hatte, von ihr mit Georg betrogen worden zu sein. Die Welt schlug über ihm zusammen. Er hatte recht gehabt. Sieglinde hatte eine Affäre mit einem anderen Mann. Und auch das alarmierende Gefühl, das ihn gestern beschlichen hatte, als er Sieglinde und Georg gemeinsam auf dem Hof hatte stehen sehen, war richtig gewesen. Bittend und weinend hatte sie sich gerade noch an seine Hand geklammert und gebettelt, er müsse ihr verzeihen, sie habe das alles nicht gewollt, sie sei doch nur so unglücklich gewesen. Vor einem neuerlichen Wutausbruch hatte er sich gehütet, wusste er doch ganz genau, wohin ihn der letzte gebracht hatte. Deshalb war er fast dankbar für den Radau im Stall, der es ihm ermöglichte, seine klammernde Frau abzustreifen und vor ihr zu fliehen. Er würde nachsehen, was die Viecher hatten, und hätte Zeit, seine wild durcheinanderwirbelnden Gedanken zu sortieren.

Tatsächlich standen alle Kühe, sogar die immer noch geschwächte Lotti und auch einige Kälber, brüllend, als würden sie abgestochen, im Stall und starrten *ihn* dabei allesamt aus wilden, weit aufgerissenen Augen an. Anton wischte sich über seine müden Augen. Jetzt drehte er wohl wirklich langsam durch. Doch als er seinen Kühen erneut entgegenblinzelte, stierten ihn seine Tiere immer noch heftig muhend an, und diesmal war er sicher, dass er sich das nicht nur einbildete. Er kam jedoch nicht dazu, sich darüber weitere Gedanken zu machen, da Locher seinen Kopf zur Stalltür hereinstreckte und nach ihm rief.

Na super. Der hat mir gerade noch gefehlt, rumorte es in Anton, und als er sich sein Gegenüber genauer ansah, fiel ihm auf, wie schlecht Locher aussah. Irgendwie krank. Weiter konnte Anton nicht mehr denken, bevor schwarze Dunkelheit über ihm zusammenbrach und ihn wie eine Decke umhüllte.

19.50 Uhr, auf dem Weg von Kempten nach Vorderreute

Beinahe zur gleichen Zeit war ein schwer angesäuerter Brunner, der seine eigene Blindheit und seinen verflixten Chef verfluchte, auf dem Weg zu den Höpfls. Das letzte Mal hatte er Anton Höpfl nach Hause gebracht und war der Überprüfung des Dienstautos des Mordopfers nachgegangen. Johannes von Stegmanns Jeep hatte, wie er es bereits dunkel geahnt hatte, in der Garage der Tierarztpraxis geparkt. Keines der beiden Autos war jemals verschwunden oder auch nur kurze Zeit weg gewesen. Er hielt nichts in den Händen und war in seinen Ermittlungen kein Stück weitergekommen. Weder gegen Anton Höpfl noch gegen irgendeinen anderen konnte er etwas vorbringen. Das einzig Gute an seiner momentanen verfahrenen Situation war, dass sein Chef noch nichts vom Zweitwagen von Johannes von Stegmann und damit von seinem grob fahrlässigen Ermittlungsfehler, nämlich dass er nach dem falschen Fahrzeug hatte fahnden lassen, wusste. Aber das half Brunner auch nicht unbedingt weiter. Und es war nur noch eine Frage der Zeit, bis sein Chef auch davon erfuhr.

Für morgen, gleich in der Früh, hatte sein pedantischer Chef eine Konferenz einberufen, in der er den Ermittlungsstand zum Von-Stegmann-Mord und die bisherige Arbeit daran zweifellos bis ins kleinste Detail auseinandernehmen würde. Es würde der letzte Nagel zu dem Sarg sein, in dem er seine Karriere als erfahrener Mordermittler endgültig begraben müsste, da war sich Brunner ganz sicher.

Und nun hatte er nicht einmal die Zeit, sich eine rettende Strategie einfallen zu lassen, weil er erneut dazu verdonnert worden war, zum Höpfl zu fahren, um diesem Deppen seine wenigen Habseligkeiten zu bringen, die der am Vortag samt seiner Reisetasche im Auto vergessen hatte. Fast wäre es ihm gelungen, einen Streifenpolizisten damit auf den Weg nach Vorderreute zu schicken, als sein Vorgesetzter den Kopf aus der Tür des Konferenzraumes gestreckt hatte und ihn zu sich gerufen hatte. Sein Chef war dahintergekommen und hatte ihm deutlich zu verstehen gegeben, dass der Streifenpolizist Besseres zu tun hatte und er sich selbst um die Rückgabe kümmern sollte, und zwar augenblicklich. Nein, er war derzeit wirklich nicht gut auf ihn zu sprechen, und Brunner befürchtete, dass sich dies nach der morgigen Konferenz auch nicht unbedingt zum Besseren wandeln würde. Falls er dann überhaupt noch einen Job hatte.

Er wollte gar nicht darüber nachdenken, denn schon beim Gedanken daran wurde ihm übel. Was sollte er dann in seinem Alter anfangen? Als Hausmeister arbeiten? Irgendetwas musste passieren, und der nur auf dem Papier bestehende Christ in ihm rief den obersten Chef im Himmel an, dass es doch möglichst schnell passieren möge. Ein Vaterunser betend, parkte er seinen Wagen neben dem, der schon auf dem Hofplatz der Höpfls stand. Ohrenbetäubendes Gebrüll drang aus dem Kuhstall, und der Anblick, der sich ihm bot, war geradezu grotesk.

Vor der Stalltür saß ein Schatten von einem Mann, der sich bei genauerem Hinsehen als Locher erwies und noch elender wirkte, als Brunner ihn zuletzt gesehen hatte. Auf seinem Schoß lag der Kopf des kernig gesund aussehenden Anton Höpfl, der jedoch ohnmächtig war. Locher versuchte, ihm hektisch mit wedelnden Händen Luft zuzufächern, und wie um die ganze Szene noch lächerlicher zu gestalten, hüpfte die Bäuerin in Leopardenleggins aufgeregt um die beiden Männer herum und schien sich nicht entscheiden zu können, was sie zur Hilfe tun sollte. Die absurde Situation brachte Brunner beinahe zum Lachen, hätte sie ihm nicht verheißen, dass er sich vermutlich länger bei den Höpfls aufhalten musste, als ihm lieb war. Schließlich konnte er der aufgelösten Sieglinde Höpfl nicht einfach die Tasche in die Hand drücken und den bewusstlosen Höpfl seinem Schicksal überlassen.

Das Handy aus seiner Tasche am Gürtel befreit und bereits gezückt, um einen Rettungsdienst zu rufen, sollte es sich als nötig herausstellen, ging er in großen Schritten auf das Grüppchen zu. Als er sah, dass die Augenlider des Bauern flatterten, steckte er das Handy kurzerhand in die Jackentasche. Anton Höpfl schien schon wieder aus der Ohnmacht zu erwachen. Brunner ließ sich ohne großes Aufheben neben Anton Höpfl in die Hocke sinken, ignorierte das hilflose Händeflattern von Locher und klatschte dem Bauern rechts und links eine Watschen auf die Wangen, woraufhin dieser die Augen endgültig aufschlug.

»Herr Höpfl! Herr Höpfl! Wachen Sie auf«, drang die eindringliche Stimme von Brunner an Antons Ohren.

Anton hatte keine Ahnung, was los war und wo er sich überhaupt befand. Die Stimme seines Peinigers ließ ihn glauben, er wäre noch immer in Haft und bei einem Verhör eingeschlafen.

»Bitte nicht noch mehr Fragen, Herr Kommissar … Ich kann nicht mehr.«

Das war die Basis, die sich Brunner für sein letztes Verhör gewünscht hatte, aber ihm war klar, dass er diese Situation nicht ausnutzen konnte, um doch noch ein Geständnis aus Anton Höpfl herauszuholen. Jammerschade, aber zwei Zeugen, die seine zweifelhafte Vorgehensweise bestätigten, würden die Glaubhaftigkeit eines Geständnisses zu sehr untergraben. So gab sich Brunner damit zufrieden, dass er den Hof bald wieder verlassen konnte.

»Herr Höpfl, Sie sind zu Hause, ich bin nur hier, um Ihnen Ihre Tasche zu bringen, die Sie gestern in meinem Auto vergessen haben«, gab Brunner Auskunft.

Anton Höpfl kam wieder ganz zu sich. »Was ist denn passiert? Wieso lieg ich hier am Boden?«

Hierauf wusste Herbert Locher Antwort, jedoch ging seine mit kraftloser Stimme verkündete Erklärung, dass Anton plötzlich kreidebleich geworden und umgekippt sei, im Höllenlärm, den die Kühe immer noch veranstalteten und der noch weiter anzuschwellen schien, unter.

Nur Anton hatte Lochers Worte gehört und beantwortete ihm indirekt seine Frage. Die letzten Tage waren wohl einfach zu viel für ihn gewesen, und das geheulte Geständnis von Sieglinde bezüglich der befürchteten Affäre hatte ihm schlichtweg den Rest gegeben. Aber das musste er ja keinem verraten.

»Ja, Sackrazement! Was haben denn Ihre Viecher? Das ist ja nicht auszuhalten, geschweige denn, dass man was verstehen kann«, herrschte der genervte Brunner Sieglinde an, die mittlerweile zumindest auf einem Punkt zum Stehen gekommen war. Sie schien aber nicht daran interessiert zu sein, dem nachzugehen, weshalb Brunner kurzerhand beschloss, selbst einen Blick in den Stall zu werfen. Woher diese plötzliche Neugierde kam, konnte er im Nachhinein nicht benennen, da er sich eigentlich nicht im Mindesten für Tiere, insbesondere für Nutztiere, interessierte. Später war er jedoch dankbar, dieser Intuition gefolgt zu sein.

Bereits kurz nach dem Betreten des Stalls konnte er die treibende Kraft der Aufregung in Form einer Kuh, die mit wildem Kopfschütteln mit einem Stück Papier zu winken schien, ausmachen. Als er die Reihe der Kühe abschritt, um von vorn auf sie zuzutreten und zu schauen, was sie da im Maul hielt, hörten die Tiere mit dem Gebrüll auf. Gespenstische Stille trat ein, und die Kuh, die ganz außen in der Reihe am Fenster stand, schien ihm das nasse Stück Papier, das an ihrer Zunge klebte, geradezu zu überreichen.

Nachdem er es ihr aus dem Maul gezogen hatte, passierten mehrere Dinge gleichzeitig. Er selbst erkannte auf dem Ausweis eine etwas jüngere und vor allem deutlich gesünder aussehende Ausgabe von Herbert Locher. Ebenso wie Locher selbst, der durch das Fenster gespäht hatte, um zu sehen, ob seine tierärztliche Hilfe benötigt wurde, und die Szene beobachtet hatte. Eine ganz bestimmte Erkenntnis schien in beiden Köpfen parallel Form anzunehmen. Brunners Eindruck verstärkte sich, als Locher die Beine in die Hand nahm und lossprintete.

Brunner nahm unmittelbar die Verfolgung auf, aber der Rückweg zur Stalltür kam ihm unglaublich lang vor. An der Tür blickte er sich hektisch suchend nach Locher um.

Dieser machte sich mit seinem Autoschlüssel wild kratzend am Schloss von Brunners Wagens zu schaffen. In der Hektik hatte er nicht bemerkt, dass er versuchte, das falsche Fahrzeug zu öffnen, das seinem in Fabrikat und Farbe sehr ähnlich war. Als er die knirschenden Schritte hinter sich auf dem Kies wahrnahm, weil Brunner auf ihn zurannte, schleuderte Locher den Schlüssel kurzerhand von sich und floh zu Fuß.

Brunner verfluchte seine Schusseligkeit. Er hatte die kurze Pause, die entstanden war, als er sich in der Stalltür nach Locher umgesehen hatte, dazu nutzen wollen, bei den Lindenberger Kollegen Verstärkung anzufordern. Sein Handy hing aber nicht wie gewohnt in der dafür vorgesehenen Tasche an seinem Gürtel, sondern lag vermutlich irgendwo im Kuhstall, denn er fand es auch nicht mehr in seiner Jackentasche. Irgendwo auf dem Weg zur Stalltür war es ihm abhandengekommen. Nun musste er selbst diesen Irren einfangen, der mit seiner Flucht praktisch ein Geständnis abgegeben hatte, und er hatte nicht einmal seine Dienstwaffe dabei, um ihm im Notfall ein Knie kaputtzuschießen. Brunner schickte erneut ein Stoßgebet gen Himmel, da das vorherige auf beeindruckende Weise in kürzester Zeit Wirkung gezeigt hatte. Es wäre der blanke Hohn, sollte ihm dieser verfluchte Locher, dieser vermaledeite Schauspieler, auch noch entkommen.

Tatsächlich sah es ganz danach aus. Nachdem der ausgezehrte Locher wieder zum Sprint angesetzt hatte, vergrößerte sich die Distanz zwischen ihm und Brunner in rasender Geschwindigkeit. Denn trotz der offensichtlichen Mangelerscheinungen war Locher erstaunlich vital und entwickelte in der brenzligen Situation Bärenkräfte. Er rannte in atemberaubender Geschwindigkeit in Richtung Hiltrud Gersbergers Haus und war kurz davor, die schmale Straße zu überqueren, die auf dem Weg dahin lag. Zweifellos wollte er im dichten Unterholz, das hinter dem Haus der Gersberger wucherte, verschwinden.

Wenn er es bis dahin schaffte, wäre er nicht mehr einzuholen, so viel war Brunner klar. Wertvolle Minuten würden verstreichen, ehe er Verstärkung rufen könnte, und weitere kostbare Zeit würde vergehen, bis die Kollegen eintreffen würden. Zeit, die Locher nutzen konnte, um im Dickicht des Waldes zu verschwinden. Brunner versuchte noch einmal, einen Gang zuzulegen, und verfluchte sich im Stillen, dass er heute Mittag nicht auf seine Frau gehört und sich einen Nachschlag von den Kässpatzen genommen hatte, die ihm jetzt wie ein Stein im Magen lagen und sein Tempo zusätzlich drosselten. Der Abstand wurde immer größer, und Brunner war bald am Ende seiner Kräfte.

Das ahnte auch Locher, der im Sprint einen Blick zurückwarf und sah, wie der schwerfällige Brunner immer weiter zurückfiel, deshalb mäßigte er sein Tempo, das er kaum länger durchhalten konnte. Dank der Distanz, die er zwischen sich und seinen Verfolger gebracht hatte, würde er nun auch im schnellen Laufschritt entkommen und bald in das Dickicht des Waldes abtauchen können.

Die Entscheidung, langsamer zu werden, die er binnen weniger Sekunden getroffen hatte, rettete ihm das Leben. Ansonsten hätte er die ausschlaggebenden Schritte mehr in der Straße gestanden, als das Auto von Sara Rummler angebraust kam. Der wuchtige Geländewagen hätte ihn in voller Fahrt frontal erwischt, und er wäre über die Motorhaube geflogen. Nun aber prallte der Seitenspiegel schmerzhaft an seine Schulter, und Locher wurde rückwärts auf die Wiese neben der Straße geschleudert.

Mit quietschenden Reifen kam das Fahrzeug zum Stehen. Sara Rummler und Brunner kamen beinahe gleichzeitig beim kreidebleichen Locher an, der mit schmerzverzerrtem Gesicht im Gras lag. Der Aufprall hatte seine Schulter zerschmettert.

Bereits zum zweiten Mal in kurzer Zeit zuckten Blaulichter über den Hof der Höpfls, und das Anwesen glich einem Ameisenhaufen, in dem geschäftiges Treiben herrschte. Nachdem Locher zurück auf den Hof geschafft worden war, hatte es nicht mehr lange gedauert, bis der alarmierte Rettungsdienst und die polizeiliche Verstärkung eingetroffen waren. Nun saßen Locher, dessen Schulter einbandagiert worden war und der unter starken

Schmerzmitteln stand, die Höpfls, Sara Rummler und Brunner selbst am Stubentisch der Höpfls. Die Lindenberger Kollegen hielten sich im Hintergrund bereit, um notfalls eingreifen zu können.

»Schluss jetzt mit dem Theater! Jetzt reden wir mal Klartext!«, donnerte Brunner, der ein glückliches Ende seiner bisher so fehlgeschlagenen Ermittlungen und die wundersame Rettung seiner Karriere witterte. »Also, Herr Locher, erst mal zu Ihnen. Ich frage Sie jetzt ganz direkt: Was macht eine Ihrer laminierten Visitenkarten im Stall der Höpfls, und wie, denken Sie, ist die dahin gekommen? Und wieso sind Sie davongelaufen, als Sie gesehen haben, dass ich Sie gefunden habe?«

Locher schwieg. Es war kein bockiges Schweigen einer Verweigerungshaltung, die ihn vor weiteren Schwierigkeiten bewahren sollte, sondern Ausdruck der totalen Leere, die in ihm herrschte.

»Herr Locher. Antworten Sie mir!«, blaffte Brunner ihn an. Er würde nicht so schnell aufgeben, und das machte er nun ganz deutlich klar.

Locher hob seinen gesenkten Kopf und blickte Brunner aus seinen starren Augen an. Seine blutleeren Lippen bewegten sich, ohne dass ein Ton herauskam, und die Farbe der Haut hatte vom Aschgrauen ins Weiße übergewechselt. Er hielt dem strengen Blick von Brunner nicht stand, und seine Augen huschten unruhig durchs Zimmer. Es war alles vorbei. Verloren. Er wünschte, er hätte die Gelegenheit genutzt, als er noch Zeit gehabt hatte, und allem ein Ende bereitet. Er hatte keine Kraft mehr. Deshalb ließ er sich mit einer Ergebenheit in die Arme des ihm gewiesenen Schicksals gleiten und begann stockend, seine Geschichte zu erzählen.

»Wussten Sie, dass ich einen Halbbruder habe, Herr Kommissar?«

Sara, der nicht klar war, worauf das hier hinauslaufen sollte, und die immer noch schockiert darüber war, dass sie beinahe einen Menschen getötet hatte, dachte an Georg und fragte sich, was das alles mit ihm zu tun hatte. Sie wollte doch nur kurz nach der Kuh von Anton Höpfl sehen, die in den frühen Morgenstunden eine schwierige Geburt gehabt hatte, bevor sie zu ihrer Verabredung mit Georg ging.

Locher fuhr mit seiner Erzählung fort, die an alle und keinen im Raum gerichtet war. »Ich jedenfalls wusste es nicht. Ich habe aus dem Testament meiner Mutter erfahren, dass es ihn gibt. Sie wollte uns noch zu ihren Lebzeiten zusammenbringen und hat organisiert, dass ein Pfleger ihres Altenheims meinen Halbbruder aufsucht, um ihm davon zu erzählen …« Locher starrte ins Leere, als würde er in die Vergangenheit blicken. Seine Stimme und seine unruhigen Gliedmaßen waren plötzlich zur Ruhe gekommen, und die Gewissheit, was aus ihm werden würde, schien ihm Kraft und Halt zu verleihen. »… aber er wollte nichts davon wissen! Er hat nicht erfahren, dass ich – sein alter Jugendfreund – und er denselben Vater haben. Also hat es meine Mutter auch mir verschwiegen. Aber sie musste es wohl doch irgendwie loswerden, bevor sie starb, denn sie hat mir einen Brief hinterlassen, in dem alles stand. Als ich dann mitbekommen habe, dass Georg unglücklich verliebt ist, weil seine Affäre Sieglinde das Verhältnis beendet hat, wollte ich ihm helfen. Ich habe nach der Trennung von meiner Frau gemerkt, wie verloren man sich im Leben fühlen kann, wenn man die Liebe und die Wärme eines anderen Menschen verliert. Er sollte dieses grausame Schicksal nicht noch einmal erfahren, nicht nachdem er seine große Liebe schon verloren hatte«, sagte Locher wispernd.

Sieglinde erstarrte und griff nach Halt suchend unbewusst nach Antons Hand, die auf der Tischplatte ruhte. Warum um alles in der Welt berichtete er Brunner von ihrer Affäre?

Anton, dem eben noch ein ungutes Gefühl im Magen rumort hatte, wurde warm ums Herz. Wie Sieglinde Schutz bei ihm suchte, zeigte ihm, dass er der einzige Mann in ihrem Leben war, den sie liebte. Jetzt konnten sie nur hoffen, dass Locher nicht zu viel von ihren krummen Machenschaften erzählen würde. Anton sah eine reelle Chance für Sieglinde und sich, ihre Ehe zu retten. Die wäre aber vertan, wenn er wieder ins Gefängnis gehen müsste.

Um sie zu ermutigen, am besten gar nichts zu dieser Anschuldigung zu sagen und damit Brunners Aufmerksamkeit auf sich zu ziehen, drückte er fest ihre Hand. Hoffentlich verstand sie, was er ihr damit sagen wollte. Sieglinde drückte zurück.

Die Gedanken von Brunner, der sich ganz auf Locher konzentrierte, überschlugen sich. Locher, der Halbbruder von Georg Bernbach, war der Mörder von von Stegmann. Ungläubig, dass sich die Bäuerin, ihren triebhaften Gelüsten folgend, in die Arme eines anderen Mannes geworfen hatte, vielleicht auch von mehreren, hakte Brunner nach.

»Sie haben also Johannes von Stegmann ermordet, weil Sie wussten, dass er eine Beziehung zu Sieglinde Höpfl hatte, und Sie ihn als potenziellen Rivalen Ihres Halbbruders aus dem Weg räumen wollten?«, fragte er Locher.

Ohne es zu wissen, lieferte er diesem damit ein passendes Motiv. Locher blinzelte, als wäre er soeben erwacht. Sein Blick huschte über die versammelten Leute am Tisch und blieb bei Anton und Sieglinde, die sich immer noch aneinander festklammerten, hängen. Ein kaum wahrnehmbares Lächeln schlich sich in sein Gesicht, und er deutete den beiden mit einem nahezu unmerklichen Kopfschütteln an, ruhig zu bleiben. Sie liebten sich, das konnte man sehen. Georg hatte nie eine Chance auf Sieglindes ehrliche Zuneigung gehabt, das wurde Locher nun klar. Aber das war in Ordnung, Georg würde ohne Sieglinde glücklich werden. Locher seufzte. Die Liebe derart vor Augen zu haben stimmte ihn traurig. Wie sehr hatte er sich das für sich und Lisa gewünscht. Ihm war klar, dass sie ihn schon lange nicht mehr liebte, aber sie hätten ihre Inszenierung der gut betuchten, harmonischen Familie noch länger aufführen können, wenn dieser verfluchte von Stegmann und seine Habgier nicht gewesen wären. Nicht nur, dass er schon dick abgesahnt hatte, er hatte von ihm zusätzlich Geld erpressen wollen.

»Herr Locher, bitte antworten Sie mir. Haben Sie Johannes von Stegmann ermordet, weil Sie ihn für Ihren Halbbruder aus dem Weg räumen wollten?«, mahnte Brunner zu einer Antwort.

Anton zerquetschte beinahe Sieglindes Hand. Das konnte doch nicht Lochers Motiv sein? Er hatte zwar keine Ahnung, warum Locher es getan hatte, aber er hatte das ungute Gefühl, dass es etwas mit der Barnabas-Geschichte zu tun haben musste. Das konnte einfach kein Zufall sein. Antons Beine zitterten wild, so nervös war er. Gleich würde ihm die ganze verdammte Betrugssache um die Ohren fliegen. Sieglinde neben ihm schien ähnliche Schlüsse zu ziehen, denn sie hielt gespannt die Luft an.

Locher blickte Brunner direkt ins Gesicht. Er wusste, dass es für ihn vorbei war, dass er überführt war. Aber für die anderen war es noch nicht zu spät. Er wollte der wahren Liebe nicht im Weg stehen. Anton und Sieglinde sollten die Chance bekommen, ihr restliches Leben miteinander zu verbringen. Nach einem raschen Seitenblick auf die Höpfls fällte er seine Entscheidung.

»Genauso war es, Herr Kommissar«, sagte er mit fester Stimme.

Antons Hand krallte sich fester um die von Sieglinde, als Locher fortfuhr.

»Ich dachte, Johannes hätte Sieglinde meinem Bruder ausgespannt, und deshalb haben wir uns gestritten. Er wollte nicht einsehen, dass er sich raushalten sollte, da bin ich wütend geworden. Aber er hat nur gelacht und ist vor mir davongelaufen. Da habe ich die Rolle Weidezaun genommen, die vor dem Stall lag, und hab ihm ein Stück davon von hinten um den Hals gelegt und ihn damit erwürgt. Ich wusste nicht, was ich da tat … ich wollte das doch eigentlich gar nicht … ich war nur so wütend, und dieser eingebildete Pfau hat mich auch noch ausgelacht.«

Sieglinde atmete erleichtert auf. Locher trat zwar gerade ihre Affäre breit und unterstellte ihr eine weitere, aber er schwieg zu dem geplanten Betrugsversuch. In Anbetracht der drohenden Strafe war es Sieglinde egal, was die anderen am Tisch von ihr denken mussten. Hauptsache, Anton und sie kamen mit heilem Hals davon.

Auch Anton schien sich ein wenig zu entspannen, denn er lockerte seinen festen Griff, mit dem er beinahe die Knochen ihrer Hand gebrochen hätte, ein wenig. In dem Versuch, zu verstehen, warum Locher ihn nicht mit ins Verderben riss, starrte er Locher gebannt an.

Diesem schien die Erinnerung fast körperliche Qualen zu bereiten. Die Ruhe, die er gerade noch ausgestrahlt hatte, wurde von vielfältigen physischen Reaktionen abgelöst. Auf seiner bleichen Stirn bildeten sich Schweißperlen, gleichzeitig zog er fröstelnd die gesunde Schulter hoch, und seine Hände zitterten. Es war nicht nötig, dass Brunner weiter nachfragte, denn die Geschichte, die schon zu lange in Locher rumorte und ihn samt seiner zutiefst verletzten Seele zerfraß, musste nun endlich ans Tageslicht. Er konnte es nicht ertragen, die Tat weiterhin zu verdrängen, ohne dass sie ihn endgültig zerstörte.

»Ich wollte ihn zum Wald hinter dem Hof bringen, als ich Geschrei aus dem Haus gehört habe, da hab ich ihn liegen gelassen und bin zu meinem Auto gerannt und abgehauen. Dabei muss ich wohl eine meiner Visitenkarten aus der Tasche meines Jacketts verloren haben. Wie sie aber in den Stall kommt, weiß ich nicht, da war ich nicht drin«, vollendete er sein Geständnis, was ihm unendliche Erleichterung zu verschaffen schien.

»Eines verstehe ich aber nicht«, überlegte Brunner laut. »Was haben Sie bei den Höpfls gemacht, und woher wussten Sie, dass Johannes von Stegmann dort sein würde?«

Die gleiche Frage stellten sich auch Anton und Sieglinde. Beide wagten es jedoch nicht, sich bemerkbar zu machen.

»Ich habe mich wenige Stunden zuvor noch mit ihm getroffen. Er hat mir erzählt, dass er noch zum Anton Höpfl auf ein Bier gehen wollte, und hatte mich mit eingeladen. Eigentlich wollte ich gar nicht hingehen, aber ich hatte nach dem Treffen einen Streit mit Lisa wegen der Kinder … und da hatte ich Angst, allein zu sein … deshalb musste ich unter Leute …« Locher war in Gedanken ganz zu den Stunden des verhängnisvollen Tages zurückgekehrt und bemerkte nicht, dass seine Erklärung zunehmend unverständlich wurde.

»Sie hatten einen Streit mit Ihrer Frau? Um was ging es, und wovor hatten Sie Angst?«, holte ihn Brunners Nachfrage zurück in die Gegenwart.

»Meine Kinder interessieren sich vor allem für mein Geld. Und als ich mit Lisa darüber geredet hab – ich hab mit ihr wegen dem nächsten Treffen telefoniert –, hat sie das nicht verstanden. Sie meinte, ich müsse mehr auf ihre Bedürfnisse eingehen und dass ich selbst schuld sei, dass sie nichts mehr von mir wollten, da ich ja immer nur am Arbeiten sei und sie mich ohnehin kaum kennen würden. Jedenfalls wurde mir klar, dass ich nichts und niemanden habe außer meinen Halbbruder, der noch nicht mal davon weiß, dass wir Verwandte sind. Wissen Sie, ich bin ein einsamer Mann, und ich hatte nie die Familie, die ich mir gewünscht habe. Ich hatte Angst, dass ich mir etwas antun würde, so wie heute auch. Ich bin heute gekommen, um unter Menschen zu sein. Am 5. Mai aber habe ich Johannes vor dem Hof getroffen, er war viel später dran, als er eigentlich wollte. Wir haben geredet, und unser Gespräch ist auf Sieglinde gekommen. Ich wünschte mir, dass sie zu Georg zurückgeht, damit es ihm nicht so geht wie mir, aber Johannes hatte kein Einsehen. Und was dann passiert ist, wissen Sie ja.«

Auf den Inhalt des Streits ging er nicht weiter ein, schließlich hatte Brunner schon eine Erklärung gefunden, die er vollends übernommen hatte und die von Brunner nicht hinterfragt wurde. Der letzte Anstoß, zur Mordwaffe zu greifen, war ein anderer gewesen, aber das brauchte Brunner nicht zu wissen. Es war von Stegmanns Lachen gewesen.

Obwohl Anton Locher dankbar war, brodelte es gleichzeitig in ihm. Locher konnte froh sein, dass er etwas gegen ihn in der Hand hatte und ihn jederzeit hochgehen lassen könnte, sonst wäre er jetzt über den Tisch gehechtet und hätte ihm eine Tracht Prügel verpasst. Was bildete der sich eigentlich ein, Georg auch noch helfen zu wollen, seine Sieglinde zu stehlen?

Sieglinde schaute schuldbewusst, tätschelte ihm die Hand und ermahnte ihn damit, ruhig zu bleiben. Sie wollten das hier schließlich unbeschadet überstehen.

Anton zügelte seinen Zorn. Ihre außerehelichen Aktivitäten würden sie später noch ausführlicher besprechen. Gespannt beobachtete er weiter das befremdliche Szenario, das sich in seiner Stube abspielte.

Locher sah so aus, als hätte er seinen Frieden mich sich gemacht, und auch Brunner wirkte sehr zufrieden, weil er sich nicht weiter querstellte und ergeben kooperierte. Mehr schien er nicht zu wollen, und er hatte bereits ein umfassendes Geständnis geliefert. Und tatsächlich war alles andere, was er erzählt hatte, die reine Wahrheit. Er hatte zum Glück seines Bruders beisteuern wollen und ihm irgendwann davon erzählen wollen, um ihre

Beziehung zueinander zu festigen. Damit wäre jedem geholfen gewesen. Er hätte einen glücklichen Halbbruder gehabt, und damit wäre er nicht mehr so allein gewesen. Aber dann war alles anders gekommen.

Von Stegmann hatte ihn unter Druck gesetzt, ihn endgültig festnageln wollen und ihm sogar gedroht, sich an die Presse zu wenden, für den Fall, dass er ihm nicht zusätzlich zwanzig Prozent seiner Beteiligung abtreten würde. Locher hatte sogar kurz nachgerechnet, ob er sich auf die Forderung einlassen konnte. Dann fing von Stegmann an zu lachen. Es war der Tropfen gewesen, der das Fass zum Überlaufen gebracht hatte.

Lochers Gedanken wurden unterbrochen, als zwei weitere Streifenpolizisten, diesmal aus Kempten, in die Stube traten. Mit einem Kopfnicken bedeutete Brunner ihnen, Locher abzuführen und ihn auf dem Weg ins Krankenhaus zu begleiten, denn seine medizinische Versorgung stand nun im Vordergrund.

Während Locher an seinem gesunden Arm von seinem Platz hochgezogen wurde, blickte er Anton Höpfl tief in die Augen.

Anton zeigte ihm mit einem kaum sichtbaren Nicken seinen Dank. Und damit war es ihm ernst. Er und Sieglinde hatten ihre Haut gerettet, und sie würden das Geld, das Barnabas einbringen würde, allein bekommen. Auch wenn Locher ein Mörder war, auf eine merkwürdige Art hatte er sich für sie geopfert und sie vor einer rechtmäßigen Strafe verschont.

Brunner entließ die immer noch recht mitgenommene Sara Rummler mit der Bitte, am nächsten Tag eine Aussage auf dem Präsidium zu machen, ebenso wie die Eheleute Höpfl, und tastete an seinem Gürtel nach seinem Handy, um seinem Chef von den erfreulichen Entwicklungen der letzten Stunden zu berichten. Verdammt. Wo war das blöde Ding, das mal wieder nicht in seinem Halfter steckte? Ach ja, der Kuhstall, erinnerte er sich und verließ die Bauernstube, um sich auf die Suche nach seinem Telefon zu machen.

Im Stall angekommen, fand er es tatsächlich im Gras vor Berta liegend wieder. Er bedachte die Kuh, die ihm unwissentlich geholfen hatte und ihn nun aufmerksam und neugierig beäugte, mit einem langen Blick.

»Du bist mir schon so ein Rindviech. Da hilfst du mir doch tatsächlich, einen Mordfall zu klären und den Täter zu fassen.« Brunner sah in die Runde. »Ihr alle habt mir geholfen mit dem Lärm, den ihr hier veranstaltet habt.« Er langte sich an die Stirn. »Jetzt red ich schon mit Kühen. Mich würde nur interessieren, woher du die Visitenkarte hattest.«

Kopfschüttelnd und einen letzten Blick auf die nun zufrieden wiederkäuende Berta werfend, verließ er den Stall. Jetzt wollte er sich die Belohnung für die harten letzten Tage abholen und seinen Triumph auskosten, indem er seinen Chef anrief.

14. Mai

9.00 Uhr, auf dem Höpflhof

Nach den turbulenten Tagen war schon beinahe wieder Ruhe bei den Höpfls und ihrem Vieh eingekehrt, Normalität und Routine begannen wieder Einzug im Alltag zu halten.

Berta und Bella waren auf der Weide für ihr kriminalistisches Talent gefeiert worden, worüber die Freude über Bellas Rückkehr nahezu untergegangen war. Aber Bella war gar nicht unglücklich, dem Aufsehen um ihr Heimkommen zu entgehen. Tatsächlich hatte sich ihre weiche und freundliche Seite bis zum heutigen Tag gehalten, wie Berta erfreut feststellte.

Der Mörder war gefasst, und sie konnten sich wieder ihrem normalen Kuhleben widmen, obwohl die Ermittlungen und Diskussionen über die Zusammenhänge noch lange Gesprächsthema sein würden.

Berta für ihren Teil war froh, dass sie wieder zur Ruhe kommen konnte, denn die Anstrengung der letzten Tage steckte in ihren nicht mehr ganz so jungen Knochen. Der Aufregung und Aufgaben bereits überdrüssig hatte sie sich vorgenommen, von ihrer Position zurückzutreten und den Posten der Leitkuh für eine andere frei zu machen. Zuvor wollte sie sich jedoch mit Lotti besprechen, bevor sie den Rat einberief und ihre Entscheidung bekannt gab. Denn Berta hatte vor, eine Nachfolgerin vorzuschlagen: Bella, die sich jetzt vollends in die Herde integriert hatte. Berta musste sich noch in Geduld üben, denn Lotti lag immer noch in ihrem Erholungsbett und durfte noch nicht wieder auf die Weide.

Auch die Stimmung zwischen den Bauersleuten wurde wieder besser; nachdem das eisige Schweigen von lautstarkem Streit abgelöst worden war, hatten sie sich lange ausgesprochen und sich vorgenommen, an ihrer Beziehung zu arbeiten und sich nicht zu trennen. Da viele dieser Wortgefechte während der alltäglichen Arbeit stattfanden, wussten die Kühe bestens Bescheid, wie es um das Verhältnis zwischen dem Bauern und der Bäuerin stand.

Einem unbeschwerten Sommer, den die Kühe ganz mit artgerechten Tätigkeiten verbringen konnten, stand also nichts mehr im Weg.

Berta, die Nase im frischen Gras versenkt, sah als Erste das Auto mit Viehanhänger, das den Höpflhof ansteuerte. Innerlich stöhnte sie auf. Nicht schon wieder Aufregung. Hoffentlich wurde keine von ihnen geholt. Ein neues Mitglied in der Herde könnte sie zum jetzigen Zeitpunkt auch nicht wirklich gebrauchen, wo sie doch endlich mal wieder Zeit für sich hatte. Eine Neue würde wieder viel Arbeit bedeuten, denn sie hatte noch nicht als Leitkuh abgedankt.

Aber das Auto verließ den Hof wieder, ohne dass eine von ihnen weggebracht worden war. Berta legte sich gedanklich bereits die Begrüßungsworte für die Neue zurecht, als sie sah, dass der Bauer mit einer großen Braunen auf dem Weg in Richtung Wiese war. Als er jedoch näher kam, erkannte Berta, dass es keine Kuh, sondern vielmehr ein Stier war, den der Bauer da am Führstrick führte: Ferdinand war zurück.

Auf der Weide angekommen, begab sich Ferdinand sofort zum Zaun, der ihn von den Kühen trennte, und hielt nach Berta Ausschau. Er musste ihr endlich erzählen, was er in jener Nacht gehört hatte. Immer und immer wieder hatte er das Gespräch, das er belauscht hatte, in Gedanken wiederholt, um auch ja nichts davon zu vergessen. Dabei hatte er sich so konzentrieren müssen, dass er der Aufgabe, die er erfüllen sollte, nicht hatte nachkommen können, und so hatte ihn der Mann, der ihn ausgeliehen hatte, schließlich unverrichteter Dinge zurückbringen müssen. Als er ausgeladen worden war, hatte der Bauer gelacht und dem anderen erklärt, dass er das nächste Mal viel Geld bezahlen müsse, um an Ferdinands Gene zu kommen, da er an die Deckstation verkauft werden würde.

Ferdinand freute sich auf das Abenteuer, denn er hatte auch seine letzte Reise in vollen Zügen genossen. Vielleicht wäre er dann wie die Kühe auch näher bei seinen Artgenossen und müsste nicht mehr allein in einem Stall hausen.

Jetzt musste er aber dringend mit Berta reden, bevor er vielleicht keine Chance mehr dazu bekäme. Zufrieden registrierte er, dass sie sich bereits in seine Richtung aufgemacht hatte.

Bei Ferdinand am trennenden Zaun angekommen, begrüßte Berta ihn mit der erfreulichen Nachricht, dass der Mörder gefasst war. »Wir haben es geschafft, Ferdinand! Wir haben den Menschen geholfen, den Mörder zu finden, anhand eines Plastikdings, das ich auf dem Weg zur Weide entdeckt habe und das die Menschen übersehen haben.«

»Oh.« Ferdinand war enttäuscht, mit seiner Information über die Mordnacht nicht mehr zu den Ermittlungen beitragen zu können. »Dann spielt es ja keine Rolle mehr, wer da war und was die gesagt haben.«

»Tatsächlich war dieser Herbert der Mörder. Er ist der Halbbruder von Georg, der eine Liebelei mit der Bäuerin hatte. Wir vermuten, dass dieser Herbert eigentlich den Bauern töten wollte, um den Weg für den Georg frei zu machen, und ihn im Dunkeln einfach mit dem Tierarzt verwechselt hat«, sagte Berta.

Ferdinand horchte auf. So war es nicht gewesen. Glücklich darüber, nun doch noch seinen Teil beitragen zu können, das Bild des Tathergangs zu vervollständigen, belehrte er Berta eines Besseren.

»Berta, so war es nicht. Dieser Herbert hatte es auf den Tierarzt abgesehen. Es hatte irgendwas mit mir zu tun. Er wollte nicht mehr bei den Plänen, mich zum Zuchtstier zu machen, mitwirken. Dieser Herbert meinte, dann würde die Bäuerin von ganz allein wieder zum Georg gehen, weil der Bauer dann kein Geld bekäme. Der Tierarzt wollte aber auch viel Geld verdienen und hat gesagt, dass er das Ganze auf jeden Fall durchziehen werde und dass der Herbert ihm gleich auch noch einen Teil von seinem Geld geben solle. Ihm sei es doch egal, ob der Georg unglücklich sei oder nicht. Das war diesem Herbert aber nicht egal, und er wollte auch sein Geld nicht teilen. Der Tierarzt hat gesagt, dass er dann seinen Job gleich vergessen kann, und ganz gemein gelacht. Er wollte gleich am nächsten Tag zur Presse gehen und allen erzählen, dass der Herbert ein Betrüger ist. Deshalb hat er ihn dann getötet.«

Berta dachte nach. »Das passt, Ferdinand! Nun wissen wir also sicher, warum der Tierarzt gestorben ist. Aber die Menschen wahrscheinlich nicht. Letztendlich ist es ja auch egal.«

Berta überlegte noch kurz, ob sie nicht einen Denkfehler machte. Aber die Menschen hatten den Mörder gefangen, und welchen Grund sie sich zurechtrückten, war ihr nun wirklich wurscht. Sie und die anderen Höpflkühe wussten nun die ganze Wahrheit, und das befriedigte sie zutiefst. Aber Ferdinand würde zur Zuchtstation gehen. Wieder ein Verlust für die Höpfltiere. Da Ferdinand jedoch nur am Rand der Herde existierte, war diese Veränderung nicht so schwerwiegend für die Gemeinschaft. Wenn sie Bella dauerhaft verloren hätten, wäre es viel schlimmer gewesen. Dem freudigen Ausdruck auf seinem Gesicht nach war sein Fortgehen ganz in seinem Sinne. Deshalb konnte Berta mit Leichtigkeit darüber hinweggehen. Sie wünschte Ferdinand bei ihrem Abschied alles Glück für seine Zukunft und dankte ihm für seine Mithilfe. Dann ging sie zu den anderen, um sie zu informieren. So konnten sie sich ebenfalls von Ferdinand verabschieden, denn wer wusste schon, wie lange er noch auf dem Hof sein würde. Vielleicht würden sie ihn sogar nie wiedersehen.

Tatsächlich wurde schon am nächsten Tag ein aufgeregt fröhlicher Ferdinand vom Hof der Höpfls abtransportiert.

Epilog

Georg stand an der Lücke zur Weide und betrachtete die überschaubare Herde von fünfzehn Kühen, die demnächst mitsamt ihren Kälbern Einzug auf seinem Hof halten sollten. Sein erstes Zusammentreffen mit Anton und Sieglinde war recht seltsam gewesen, nachdem ihre Affäre aufgeflogen war.

Anton hatte ein Gesicht gemacht, als würde er ihn jeden Moment zu Boden prügeln, und auch seine geknurrte Begrüßung »Grüß dich, Georg, du Drecksack!« war nicht eben freundlich gewesen. Aber was hätte er auch erwarten können? Immerhin war er nicht körperlich angegriffen worden, und Anton hatte ihn sogar im Stillen beiseitegenommen und ihm auf verquere Art gedankt. Durch ihn habe er überhaupt wieder sehen können, was für eine tolle Frau er mit Sieglinde habe, und begriffen, dass er sich mehr um sie bemühen musste.

Es war nun so, dass die Höpfls für mehre Monate auf Reisen gehen wollten. Die Rückkehr war noch nicht geplant. Trotz der unangenehmen Zusammenhänge, die sie in der letzten Zeit verband, hatten die Höpfls bei ihm angefragt, ob er die Tiere für die Zeit ihrer Weltreise aufnehmen und versorgen würde. Nach einigem Hin- und Herfeilschen hatten sie sich geeinigt, dass er die Kühe in seinem Stall versorgen würde und dafür das Einkommen aus dem Verkauf der Milch behielt. Extrakosten für Tierarzt et cetera würden den Höpfls zufallen.

Schmunzelnd dachte Georg, dass die Tierärztin in diesem Fall wohl kaum etwas kosten würde, denn Sara wohnte inzwischen bei ihm. Obwohl sie erst kurz zusammen waren, wussten beide, wie ernst sie es miteinander meinten, und Sara war kurzerhand eingezogen. Schließlich war ihnen anhand des traurigen Schicksals von Petra klar, dass es keine Garantie auf eine lange gemeinsame Zeit gab, weshalb sie auch keine verschwenden wollten. Nächstes Frühjahr würden sie heiraten. Georg war glücklich. Nur der Schreck über Herbert, der jetzt in Haft saß und dem gerade der Mordprozess gemacht wurde – ein Mord, den er quasi ihm zuliebe begangen hatte –, warf einen dunklen Schatten über die erfreulichen Entwicklungen.

Aber Georg gelang es, sich emotional einigermaßen von Herbert zu distanzieren, da das Verhältnis zu Herbert Locher, der ein kranker Mann war und vermutlich in der Forensik landen würde, seit vielen Jahren oberflächlicher und unbeständiger Natur gewesen war. Herbert würde ihm in seinem Leben nicht fehlen und auch keine Leere in seinem Herzen hinterlassen.

Ja, Georg war zufrieden. Er beobachtete die Kühe eine Weile und freute sich auf die gemeinsame Arbeit mit Sara, denn sie hatte beschlossen, ihm bei der zunehmenden Arbeit auf dem Hof zu helfen. Dafür wollte sie mit ihrer Arbeit etwas kürzertreten und sich eine Zweitkraft in ihre Praxis holen, die sie zunächst nur vertretungsweise, nun aber endgültig vom ermordeten von Stegmann übernommen hatte.

Eine besonders schöne Kuh graste sich in seine Richtung. Es war Bella, die ihm noch vor weniger als einem Monat solche Scherereien auf der Auktion in Kempten bereitet hatte. Georg begrüßte sie und erzählte ihr, nachdem er sich vergewissert hatte, dass niemand in der Nähe war und ihn beobachtete, von den Plänen ihrer Besitzer und dass sie zusammen mit ihren Gefährtinnen bald zu ihm übersiedeln würde. Er konnte ja nicht ahnen, dass er soeben die neue Leitkuh ausführlich über ihrer aller Zukunft informiert hatte und dass die, sobald er von der Wiese verschwunden wäre, den Rat zusammenrufen würde, um ihren Freundinnen zu berichten, was sie gerade erfahren hatte.

Danksagung

Danke, Markus, dass du immer an mich geglaubt hast und mir damit so lange zugesetzt hast, bis ich es selbst auch konnte.